塞上文艺名家书系

癸巳冬 郑歌平

余光慧文学作品选

余光慧 著

黄河出版传媒集团
阳光出版社

图书在版编目（CIP）数据

余光慧文学作品选 / 余光慧著. -- 银川：阳光出版社，2020.8
（塞上文艺名家书系 / 杨梓主编）
ISBN 978-7-5525-5445-8

Ⅰ. ①余… Ⅱ. ①余… Ⅲ. ①中国文学 - 当代文学 - 作品综合集 Ⅳ. ①I217.2
中国版本图书馆CIP数据核字(2020)第162034号

塞上文艺名家书系　杨梓　主编
余光慧文学作品选　余光慧　著

责任编辑　徐文佳
封面设计　吴海艳　冯彦青
责任印制　岳建宁

黄河出版传媒集团
阳光出版社　出版发行

出 版 人　薛文斌
地　　址　宁夏银川市北京东路139号出版大厦（750001）
网　　址　http：//www.ygchbs.com
网上书店　http：//shop129132959.taobao.com
电子信箱　yangguangchubanshe@163.com
邮购电话　0951-5014139
经　　销　全国新华书店
印刷装订　宁夏精捷彩色印务有限公司
印刷委托书号　（宁）0018208

开　　本　787 mm × 1092 mm　1/16
印　　张　14
字　　数　270千字
版　　次　2020年9月第1版
印　　次　2020年9月第1次印刷
书　　号　ISBN 978-7-5525-5445-8
定　　价　49.80元

总序

塞上江南，文艺沃壤

崔晓华

宁夏地处祖国西北，历史悠久，文化灿烂。南有六盘山，是古丝绸之路的必经之地，是黄土高原上的绿色明珠；北有贺兰山，是蜿蜒五百里的驳马，是父亲一般伟岸的天然屏障，阻挡着来自西伯利亚的寒流和风沙；黄河经秦渠流向宁夏平原，是母亲一样的哺育润泽，将荒地旱原变成美丽的塞上江南。“陇头流水，鸣声呜咽”“蝉鸣桑树间，八月萧关道”“大漠孤烟直，长河落日圆”“贺兰山下果园成，塞北江南旧有名”等，这些中国古代诗人留在塞上大地的名篇佳句，至今仍在流传。

正是春秋短暂、夏冬漫长、半湿润半干旱的气候特征，正是山川河湖、黄土高原、丘陵戈壁、草原沙漠的地理风貌，正是游牧文化和农耕文化的互相交流和融合，尤其是驻军戍边、移民屯垦，守望相助、建设美好家园的艰苦奋斗精神的传承与发扬，塑造和蕴蓄了雄浑与秀丽、阳刚与优雅、豪放与婉约交织的多样性自然景观和丰富的文化矿脉。宁夏文艺家得益于这片土地的孕育、滋养和成就，以其朴实的生活经历和历史记忆，独特的生命感悟和言说方式，形成了纯正、质朴、安静的文学艺术品格，在全国的文艺版图上独具一格，引人瞩目。

“文变染乎世情，兴废系乎时序。”宁夏回族自治区成立六十周年来，宁夏发生了翻天覆地的变化，人民群众生活日新月异、欣欣向荣。宁夏文艺事业伴随着自治区的不断发展繁荣，走进新时代，踏上新征程，广大文艺工作者以更加饱满的热情，积极投身于实现“两个一百年”奋斗目标、实现中华民族伟大复兴中国梦与实干兴宁的火热实践，将文学艺术之根扎进这片沃壤，坚持以人民为中心的导向，创作了大量思想性、艺术性和可读性俱佳的优秀作品。

为肯定宁夏前辈作家的文学成就，2006年10月，由宁夏文学艺术界联合会（以下简称宁夏文联）编辑的《石天剧作选》《李震杰诗文选》，以“霜叶红丛书”的形式由宁夏人民出版社出版发行，得到了文艺界的好评。为弘扬“爱国、为民、崇德、尚艺”的文艺界核心价值观，秉承文联传统，服务文艺名家，汇集优秀作品，树立学习典范，宁夏文联于2014年启动“塞上文艺名家书系”工程，为德高望重、成就突出、在全国有一定影响的宁夏文艺家，以及为宁夏文艺事业作出重要贡献的各个门类的领军人物，精选结集出版他们的代表性作品。第一辑《肖川诗选》《冯剑华文选》，第二辑《路展童话选》《吴淮生诗文选》《张贤亮诗词选》，第三辑《曾杏绯国画选》《高嵩文艺评论选》《马知遥文画选》，第四辑《荆竹文艺论评选》《朔方文札》，共10部。这些作品选集的出版，已经产生广泛影响，并进入高校人文学科研究序列，社会效益明显。此次编辑出版《余光慧文学作品选》《哈若蕙作品选》，是这个书系的继承和延续。

女作家余光慧和哈若蕙，都是20世纪50年代生人，她们亲历了不同时代的变化，有着各自丰富的人生经历，对文学的痴心、热情和追求却是一以贯之。多年来，她们既是宁夏作家队伍中的骨干和前辈，更是宁夏文学事业的组织者和助推者，尤其在发现、扶持和培养青年作家方面付出了艰辛的努力，成绩卓然。她们的作品数量虽然不是很多，但都是倾心劳神之作，不伪饰，不跟风，朴素诚恳，感情真挚，健康向上。编辑出版这两位作家的精选作品，是很有意义的，同样会对宁夏文艺的繁荣产生积极影响和作用。

党的十九届四中全会深刻指出，发展社会主义先进文化、广泛凝聚人民精神力量，是国家治理体系和治理能力现代化的深厚支撑；会议进一步强调，必须坚定文化自信，牢牢把握社会主义先进文化前进方向。处在一个新的时间节点，“塞上文艺名家书系”工程进入重要的机遇期。宁夏文联对此给予高度重视，具体由宁夏文学艺术院负责实施。期望宁夏文学艺术院不忘初心，牢记使命，更加坚定文化自信，更加坚持服务人民，更加坚守艺术理想，共同谱写“建设美丽新宁夏，共圆伟大中国梦”的新篇章；努力发掘抢救文艺精品，做好资料搜集、编辑校对、设计印刷等各项具体而细致的工作，真正树立和强化品牌意识，拿得出，立得住，叫得响，走得远，不负这个伟大的时代，为广大人民群众提供更多更好的精品力作，使这项工程取得更加显著的社会效益，成为宁夏文艺事业兴盛繁荣的新亮点、宣传宁夏文化建设的重要窗口。

是为序。

2019年11月15日于银川

崔晓华　宁夏文联党组书记、副主席。

目录

卷三　事实记余

卷四　评说论谈

卷一

随感笔录

六盘山凉殿峡

你会想到吗？在干旱荒凉的西部山塬上，有这么一块葱茏如翠玉般的峦嶂，这就是六盘山凉殿峡。

溪水

坐在凉殿峡一条山谷的溪边，宁静的绿色包笼了我们。

把手和脚轻轻地放进清冽的溪水中，兀的，一股清凉、清静之感，就浸染了你的全身。因奔走而裹身的暑气、风尘，顷刻间随流淌的溪水、山谷的清风消去了。真惬意啊，你恍若变作溪底那块阴凉、静静的石头，只被透亮、淙淙的清泉轻轻抚摸着。

仰起脸，四周碧绿的山峰围上来，溪旁、山涧密密的青枝嫩叶又给你的发丝、面庞抚上了淡淡的绿意。近旁的枝头上，远处的幽谷里，传来鸟的啼鸣。俯下身去，那艾蒿、松枝混合在一起的清香忙不迭地向你袭来。

这就是凉殿峡，一个清静、清凉、清爽的好去处。传说当年横扫欧亚的蒙古大军曾在这里休养、整肃，凉殿峡的清凉、清静洗去了他们万里征战的风尘。成吉思汗为自己寻得了这么一方休栖之地，疗养西夏人给他的箭伤，也算是有福气。导游热情地指给我们看一树丛中，说这是蒙古大军插旗的石窝，那是蒙古大军演兵的将台；艾蒿铺地的山坡，这边是蒙古大军放马的围场，那边是将士驻扎的营盘。也果真有房基碎瓦在向你说明，千年的历史，就藏在这斑驳的树影、翠绿的山野、淙淙的溪水间，一不小心，你就会碰上它。说是传说也不尽然。史籍载，公元 1227 年春，成吉思汗率军围攻西夏都城兴庆府（银川），久攻不下。闰五月，成吉思汗自隆德至六盘山避暑，七月，一代天骄箭创迸发，死于军中。返回的蒙古大军攻进弹尽粮绝的兴庆府，立国 190 年的西夏灭亡。

我静静地坐在溪边的绿荫中。

历史的沉烟与心灵的疲惫都随溪水流走了。

白桦林

谁会想到在雄奇的大西北黄土高原上，会遇上秀美而充满诗意的白桦林呢？

从枝丫横生的山间小径中钻出来，突然，眼前一亮。在这里，高大的山似乎有意弯下了他坚实的背脊—— 一片独立于四边群峰的坡塬，而让人神思遐想的白桦林就那么风姿绰约地挺立其上。

如果说松是树中的汉子，那么桦就算是林中的少女了。你看，此时亭亭玉立的棵棵白桦，像是羞涩的女儿家，斯斯文文，牵着手儿，给萋萋芳草让出坡地的中央，自个儿沿着塬边，由少而多，由下而上，最终才连萌成片，静静地覆盖了整座山冈。

坐在林中松软的草地上，向上望去，挺拔的白桦给树林撑出了一片秀美的疏朗和阴凉。透过这片疏朗，五月的阳光在桦树林外，显得越加明亮。逆光看去，桦树银白的树干又增添了一些灰色的典雅，衬在一派青翠的绿色之中，明明暗暗，那油画的意境和韵味就浓浓的了。

虽说已是初夏，桦林中闪动的却满是春的气息。刚刚舒展开的桦树叶是那么的干净、清新，虽是绿，却绿得青翠，翠中又透着几分嫩黄。林中的小草也是一副才钻出地皮不久的模样，傻傻地伸直着草尖儿，却努力要覆盖隔年的衰草和落叶的枯黄。我想：这要是在南方，此时的丛林，一定早已绿得浓郁，绿得张狂了，哪会像这里，满眼是绿，却绿得轻柔，绿得透明，绿得鲜亮，绿中跳跃的尽是青春般的纯净和灵动的气韵。只有这种绿，才与少女般的桦树林般配得上。

在这青春的绿色中，人也显得年轻，显得干净，显得快活了。把脸贴在丝绸般感觉的桦树皮上，闻着树木的清香，心是那样的舒畅，阴谋、诽谤、龌龊、肮脏，都离你远去。

这片桦树林原在凉殿峡景点里是无名的，是泾源县的几位青年知识分子从无际的山峦绿野中发现了她。真要感谢他们！

祁连滋润出的美丽

我原以为河西走廊上只有戈壁、荒漠、寂寞的驼铃和残断的长城。

青稞酒喝多了。

蓝蓝的天上有几丝轻抹的白云。

我把自己的身体舒展地放在张掖马蹄寺慢坡松软的草地上。秋日的草滩多了几许敦厚和温和，柔柔的野草抚弄着我的脸颊。

斜阳的光辉穿过郁郁苍翠的松柏林宁静地照耀着，淙淙的溪流声环绕于耳边。眯眼侧望，呵，那白雪覆盖的祁连山峰，正从高空俯视着我。

干爽的阳光，清香的野草味儿，还有让人感到那么干净清冽的冰雪之气包裹着我。温暖、舒适又清凉，真惬意啊，我缓缓翻过身。

蒙古族姑娘们热情开朗的敬酒歌声从不远处的毡包里隐隐飘出。

让同行采风的作家伙伴们欢闹去吧，我要在这绿意与雪韵盈动的大自然中静静地享受。

由兰州而武威，由武威而金昌，由金昌再张掖。我们这队以徐光耀为顾问，刘兆林、田中禾为团长的中国作协作家访问团一行数人，一路采访，一路参观，踩着古丝绸之路的遗迹，风尘仆仆，忙碌又欢畅。

一身燥热，一身风尘的我们，又闯进了清凉、苍绿的马蹄寺山水里。

高耸的雪峰、清澈的溪流、美丽的寺庙、浓郁的雪松，让我们的心儿清凉了，心儿宁静了，心儿舒展了，心儿撒欢了……

我跃上一匹雪白的骏马，马儿驮着我“踏、踏、踏、踏”地踩过溪涧，又上了河畔，一片美丽的草原出现在你面前，一色的马莲。一时，我觉得仿佛全世界的马莲草都汇集到了这里。我从没见过有这么密集的马莲。风儿吹来，墨绿的马莲鼓荡起草的波潮，一浪一浪，排向很远很远的山林深处。落日的余晖在马莲柔韧的草尖上跳跃闪烁。

我们策马跑进这片叫作莲花滩的草原。草，淹没了马的蹄膝。

白马儿、黑马儿、红马儿，将我们高高驮起在绿色的浪涌上。骑马远眺，雪山、松林给草原镶嵌出了美丽的花边，它们也是这片草原的护卫者呢。

风儿吹来，马儿昂起了头。刘兆林大声喊："余光慧起个歌吧。"

"蓝蓝的天上白云飘，白云下边马儿跑……"我们一起可着嗓子唱开了。

马儿带着我们跑到山坡上一块兀立的巨石前。跳下马背，从巨石间一条缝隙中钻过。传说这缝儿是格萨尔王的利剑劈就的，谁从此过，谁便会占有好运。站在巨石下，山风将我脖上白色的哈达吹起，好运真就像环绕了你。

站在山坡上再次回望，平坦、阔大的莲花滩绿得耀眼，绿得让人说不出的舒坦。我想，要是在马莲花开放的时节来呢？那蓝茵茵的花儿铺开，美让你就更是说不尽了！

这么美丽的地方，怪不得传说中行空的天马，都要在这儿歇息一下，留下它的蹄印呢。

我用缰绳轻轻抽了一下马儿，它缓缓地跑了起来。"踏踏"过溪涧，"踏踏"上河畔，"踏踏"回到了山坡坡上的蒙古包前。

哦，大盘的羊肉盛上来了，大碗的青稞酒端上来了，香甜的糍巴，美味的奶酪、奶茶，吃啊、唱啊、跳啊。我的心儿醉了，踩着歌声，我醉倒在雪峰、松林边的草滩上。

"小心着凉，吃点这果子，解乏呢。"

一枝缀满了黄色果实的枝丫垂在我的眼前。白马的主人，一位朴实的妇女从溪流边的丛林里为我折来了一大枝沙棘，那黄色的果儿酸酸甜甜。

"大姐不照张相吗？"

"照。"跳起，拉过马缰绳，我要让祁连雪水滋润的美丽永远定格人间。

皑皑白雪，浓郁松林，茂密的草原，有了它们张掖才可叫作金张掖，我明白了。

上千年前繁盛的河西走廊上，会有多少马蹄寺如此这般的美景呢？一定很多很多吧？

展示你生命的华彩

七月流火。颗颗繁星点缀于夜空。塞上的夏夜依旧有习习凉风吹来。我惬意地徜徉于中山公园里。隐隐有歌声飘来。顺着音乐声踱去，来到公园的露天舞场。夜幕中的舞台甚是美妙。明亮的灯光下，一队着曳地绿裙，披洁白纱巾的女子们在舞蹈。她们形态婀娜多姿，队形变幻有致，颇具专业水平。一曲音乐结束，主持人手牵领舞之人走向前台："观众同志们，刚才由宁夏老年大学舞蹈队演出。她们中年龄最大的七十有加，最小的也年过五旬，让我们再次以……"

天呀，望着她们那依然焕发着无比青春活力的身影，我感叹复感叹。其实细想想，也没有什么特别奇怪的。你不见近些年各种大型活动中，常有精神抖擞的银发方队出现吗？他们或随音乐手持彩扇张弛有度地表演"木兰扇"功，或身系腰鼓、红绸翻飞、击鼓舞蹈，或着装鲜艳、排列有序、引吭高歌……

中国人活年轻了，银川的老人变漂亮了。

记得二十年前，我对从海外归来的亲戚说欧美国家人越老越穿得鲜艳的话颇感惊异。而今，当我们身边的朋友也变得日益富足起来时，我们身边的老人不也越来越光鲜了吗？他们不仅衣着艳丽，那股精气神儿，心理和外形，不是夸张，比之过去，可是要年轻一二十岁了。

没来由地想起一句词："纵是相见识不得，尘满面，鬓如霜。"此乃大文豪苏东坡自嘲之词。其实那时的他还不满四旬，按现在的说法尚要算在青年之列中呢。

中国变了，而变化最大的是中国人变了，变精神了，变漂亮了，变年轻了，变得敢于展示自己生命的华彩了，无论是哪一段生命。如若不信，你就去看看宁夏老年大学舞蹈队的表演吧！

看俄罗斯的“小白桦”

暗云压顶，风雪迷漫，无垠的皑皑荒原上，独行者蹒跚的身影，叙说着无尽的忧郁；雾岚山冈，青青白桦，弯弯小路上的清纯少女是诗意的化身。每当想到俄罗斯文学艺术时，我的心海中便会浮出如此的画面。俄罗斯的文学艺术对中国文人审美取向的影响，某一阶段曾超过任何一个国家。

二月初的塞上，风寒逼人。但你又分明感受到了新春即将来临时的那一种温暖气息已轻轻在城市的每一个角落浮动。当俄罗斯国家“小白桦”歌舞艺术团在银川演出的消息传开时，城市里那春的气息中更添上了一种愉快的味道，春节将临那特有的喜庆气儿越发浓了。

观赏俄罗斯“小白桦”国家民族歌舞团节目是我心中多年的渴望。少年时，我们曾从过期的画报，发黄的报纸上发现过她美丽的身影。近些年，“小白桦”靓丽的面貌又不时在电视荧屏上闪现。今天，这一艺术青鸟终于飞到中国西北塞上的古城银川，使我们得以有机会一睹其容颜，怎不让人高兴?

手里攥着朋友送来的两张票，拉上儿子，叫上丈夫，兴冲冲直奔宁夏人民会堂去看“小白桦”演出。我用 40 元钱在门口又“钓”了一张“鱼”，一家三口就顺顺当当进去了。

帷幕轻启，一曲我们熟悉的《春天的故事》随之升扬。在橘红色舞台灯光的映照下，18 位婀娜多姿的俄罗斯少女，缓缓飘出。她们的曳地红裙，绣花白衣，长长的发辫，鹅黄的头巾，手持一支嫩绿的树枝，呵，你的第一个强烈的印象便是：清新美丽的春天向你走来。

似晨雾在林中缭绕，似清泉在山涧流淌。舞台上 18 位少女随着音乐的旋律，用她们飘逸的舞步，韵味无限的舞姿牵着观众的心，让观众的情感愉悦地飘来荡去。轻盈中含着沉静，舒缓中又有了轻快，俄罗斯民间舞蹈与古典芭蕾的结合，完美地诠释着俄罗斯民间舞蹈的绚丽多彩与古典芭蕾的高贵典雅。你看那挺拔的身姿与舒展的上肢律动；活泼的舞台碎步让丰富多变的队形构图在流动中奇妙地完成；减少西方舞蹈的大度跳跃和刚劲快节奏的动作，却着力突现群舞的整齐划一，富有韵味的波动；还有那绚丽却不张扬的曳地长裙造成的整体飘逸感，无不突出了女子舞蹈的柔美与诗意的浪漫，这似乎也是“小白桦”所有女子群舞所遵循的创作原则。

与女子群舞柔美、浪漫气息形成对比的是男子舞蹈的诙谐、欢快、刚健和剽悍，它是俄罗斯民间舞蹈的典型表现。其中代表性的舞蹈如“车夫舞”，男子演员个个功底扎实，技巧性动作做得又飘又轻又利落。

服装在舞蹈艺术创作中具有重要地位，是整个作品的有机组成部分，特别在女子舞蹈中。“小白桦”的女子群舞服饰给人留下了深刻印象。她们的服装设计绚丽但不驳杂，鲜艳但不张扬，典雅却不死板，服饰很好地为整个舞蹈风格的体现做了服务。

观看毕“小白桦”的演出，你得承认，他们的艺术总监对自己团体歌舞风格的评价：“是舞蹈诗画”“每个舞蹈动作都散发着美好灵魂的光辉”是准确的。

当然，再精美的艺术，也会有不足。“小白桦”的女子群舞在编排上给人以某种雷同感。无论是男子还是女子舞蹈，似乎在出新方面都不够，你的感觉，或是会疑虑，这是不是四十年前的节目？是否是思想的某种僵化，是否会限制了艺术创造想象力？对于一个歌舞团而言，“小白桦”的歌唱力量似乎也弱些。

无论怎样，能在塞上小城银川看到享誉世界歌舞团的舞台演出毕竟是让人愉快的事！

又是天高云淡时

又是天高云淡的时节。有消息称在宁夏的南部，一群年轻的军人正在为改变那里干旱的自然环境而开泉掘井，不计报酬地奋斗着。这消息传递出一种崇高的气韵，于是，我们—— 一群作家、艺术家，被它而吸引，向那里奔去。

“这里叫小红沟。村庄的老百姓都搬走了，就因为过去这里没有水。”王森林中校告诉我们，一口豫南口音温婉淳厚。

呵！断壁残垣，一处又一处被拆去了门窗的破败的土窑，于秋风中默然呆立，似乎是劫难降临那一瞬间大张着口在拼命呼喊，凝固了的是永远的恐惧。旱魔逼迫这里的父老乡亲背离了他们的家园。呵！一个废弃的村庄，好大的一片！

然而，就在前方，高耸的井架以它挺拔的身姿启示我们，旱魔将从这片荒芜之地退出。“那是我们今年开掘的第一百眼井，今天就可以出水了。”王中校提高了嗓音，那欣喜之情感染着我们。

“百井扶贫”，这第一百眼井就在眼前，太具有象征意义了。

“快！快！要喷水了。”不仅是同来的摄影家们，就连书法家、画家们也呼呼啦啦地行动了起来，各自选择着角度，举起了他们的相机。一片匆忙之中，只有我们这帮手中除了一支笔就是一个采访本的作家们依旧与施工现场二营五连的官兵们热切交谈着。短暂的采访使我得知，今后这里将建成全区最缺水的县城——同心县的自来水站。

没有想到，在参观学习的第一站，“百井扶贫”工程就如此直观地将它的必要性及重要性呈现给了我们，第一百眼井和一个废弃的村庄的故事也就如此深刻地留在了我们的脑海中。呵，随着清冽甘甜的井水的喷涌，那遍野的生命绿色将会把更多的故事告诉我们。小红沟，那时我们还会来看你！

在此后的采访中，我进一步得知，何止这一百眼井有故事，哪一眼井的挖掘与成井没有一段动人的话语呢？

西吉白城干沟村。“干沟”，一个凝结了多少辈人伤心的地名。在这里，众百姓在绝望之中终于看到那生命之水的喷涌时，他们泪水长流，齐刷刷跪倒一片。

西吉余家套子村，千里之外的乡亲们听到了“解放军打出甜水”的消息时，他们结伴而归了，平田整地，修园栽树，繁忙之中透出的是勃勃的生机。

还有固原黑城乡，随着有史以来第一眼甜水井的打出，这里的百姓吃苦水的历史永远结束……

请记住这样一个数字吧：100 眼甜水井的成功开掘，使 20 万人口，200 多万头牲畜，近 34000 亩农田摆脱了干渴。

还请记住：100 眼甜水井的成功开掘，是给水团官兵将正常需用三年的时间压缩在八个月中完成的。不能再短的工期，饱含的是军人们令人难以置信的牺牲和奋战。

六盘山记得——

正是寒冬腊月，工程技术人员顶风冒雪毅然奔赴宁南山区八县，行程万余公里，收集详细的水文资料，确定钻井部位；正月里，西北的山区依然是冰封沃野。然而，给水团的官兵们打破施工惯例，于 3 月 1 日出发了……

寒流突至，气温降至零下二十多度，住的帐篷里像冰窖，打湿又结冰的衣服像铁甲；冻僵的手被冰冷的铁管咬下一块块皮肉。但，官兵们依然战斗。

莽莽旱塬记得——

春去夏至，帐篷里变成烤箱。一场大雨，又变池塘，水深及腿肚，暴雨三天，给养阻断，以野菜、苜蓿充饥，但，官兵们依然战斗；混浊的沟水喝下，全连 40%的人腹泻，但，官兵们依然战斗；轻伤正常作战，重伤不下火线。这不仅仅是战争年代的故事。在“百井扶贫”的战斗中，我们的给水团官兵像前辈一样，传统依然。团政委腰椎间盘突出，奔波，一天腰疼难忍，他第二天仍然于百里战区布阵遣将；副营长王国珍腹泻脱水，边打吊针边指挥施工；李盛昌工程师高血压几次昏倒在机场，却坚持不下钻台；还有李云双，徐立江……从团首长到普通战士，感人泪下的事迹一件又一件。

200 万干旱山区的少数民族与汉族人民记得啊——

为了打井，我们的官兵们，他们不过周末、节假日，他们中许多人在亲人病故时不能回去，他们放弃考学机会，推迟婚期……这一切都是为了使当地的百姓早一日摆脱旱魔，摆脱贫困。

这些在家还是大孩子的战士们，野外连续作战八个月，战严寒，斗酷暑，轻伤不下火线，创下了掘钻的最新纪录。就连地质局的老工程师都惊叹不已：“你们是咋干的?”

当“贵族”“豪门”成了某些时髦人物难舍的情结，当只为“大款”“大腕”叫好、鼓掌似乎成为社会时尚的时候，那反时尚而动，殷殷关注处于贫困环境中普通百姓的生计，且施以实际帮助的行动，就更透出一种崇高。这种崇高的气韵，它自 1927 年始，就流动在这支人民的军队之中，只不过在商品大潮涌动的今天使人更感到了它的一份珍贵！

望着这些战士可爱年轻的脸庞，著名书法家胡介文先生将他们拥抱在怀，连连称赞“好样的”，如此还不足以表达自己的感情，他健笔走书“红军都是英雄汉”。书法家郭佳荣紧跟着书写一幅“不到长城非好汉”。画家王云则泼墨挥毫，顷刻间一只翱翔的苍鹰跃然纸上。画家宋鸣将一幅蓬勃盛开的牡丹图送给了眼前最可爱的人。至于摄影家高云翔、张春荣早已兴奋不已，跳上井台为施工中的战士们选择最佳角度，拍摄他们的英姿去了。作家张武、秦克温、余光慧、屈文焜、贾长厚、马乐群见缝插针，追寻着自己的采访对象喋喋不休。

“你们是人民的功臣啊！”著名作家张武发自肺腑感叹一声。团政委王言进微微一笑：“咱们这个部队的唯一宗旨就是为人民服务嘛。”“为人民服务，这不只是你们的宗旨，也应是我们这支文艺队伍的宗旨啊！”张武感叹又感叹。

“红色公牛”的暴怒

乌兰布和是蒙古语“红色公牛”的意思，它横霸于贺兰山麓之西，腾格里沙漠将这个沙漠小弟怀抱于自己的胸襟之内。

1993 年 5 月 6 日，宁夏作家协会一行四人从宁夏首府银川向“红色公牛”所在的方向进发。目的地是乌兰布和边缘的“沙漠明珠”——吉兰泰盐场。

风和日丽。9 日，大轿车载着我们离开了市区西行。

湛蓝的天空下是无言的戈壁。贺兰山越来越迫进我们的视野，连山下那道“边墙”——断垣残壁的明长城遗迹也看得很清楚了。我们从长城的豁口穿了过去，一道矗立的界碑上，大大的“内蒙古”三个字在告诉我们就要离开宁夏了。

天，突然于不知不觉中昏暗下来，四周灰蒙蒙的。噢，下土雾了，这是我们西北春天时常碰到的事情。没什么风，可那细细的土末儿，却从天空，从四面八方，从谁也说不清的地方降落下来。关上车窗，车厢内依然满是尘埃。汽车终于从山腹中钻出来，停在一个高岗上。我们走下来，嚯！好大的风哟。我眯缝着眼，与同行的同事们赶快跑进路边的车辆监理站院内。这里风小点，我们可以用围巾把头发裹住。这时有人在指挥乘客们依次从铺在地上的两排湿漉漉的麻包上走过，汽车也随着从麻包上碾压过去。我听到有人在说：“这是消毒，防止‘5 号病’的传染。”后来才知道，所谓“5 号病”便是猪、羊、牛得的一种烂舌头、烂蹄的病，学名叫“口蹄疫”。内蒙古怕我们这些从宁夏来的乘客将病毒带往他们境内。再上车继续前行，已是 11 点多了。

风越来越大，搅得周天昏黄一片。同座一位先生的蓝色风衣已变成了灰色，满是沙土。气温也骤然下降。刚才还嫌多余的风衣，此时已穿在身上，人却仍不觉暖和，虽然里边还穿了件毛衣又套着薄呢外套。天变得越来越暗了，只是下午 1 点左右，却仿佛置身于黄昏。汽车打开了车灯，大睁双眼，将惊恐的两道光柱投入混沌一片的风沙之中。此时已分不清什么是天，什么是地，不辨东西南北，汽车恰如雾海中一只颠簸的小船。尽管从车窗向外望去，看不到我们惯常所说的“风”，看不到任何东西，我竟知道大风在肆虐，车身被风沙抽打得刷啦刷啦。我相信，此时我的目光所及不会超过二三十米。车厢内一片沉寂。与我同行的散文家吴老先生坐在前排，嘴里喃喃着：“太危险了，太危险了。”汽车像个蜗牛似的慢慢爬行着，但它没停，司机可够大胆，我们也够胆大的。好在这条公路上车辆稀少，偶尔有一辆从对面开来，也是打着灯像个蹒跚的老人小心翼翼地与我们擦肩而过。

下午两点多，风渐渐小了，天也亮起来。我们终于到达吉兰泰盐场，场部院内的树已抽绿吐芽，洋溢着春的气息，柔软的枝条在风中幅度不算很大地摆动着。进了招待所，我拿起扫床笤帚轻轻一拂，噗的，灰土乱冒。哟，这里所有的窗户还都是双层玻璃呢。“红色公牛”发怒了，它是要处处给你点颜色看的。

过了几天，我从新闻上得知，就是5月6日，罕见的沙暴席卷青海、甘肃、宁夏等西北几省。我们宁夏的中卫、中宁等县还发生了几名小学生被突袭的沙暴卷入水渠中丧生的惨事，宁夏的水渠是5月1日才刚刚放的水。而5月6日，它们就吞没了几条鲜活的生命。除此，许多地方的牲畜、庄稼均遭到了毁灭性打击。

我可真为5月6日的吉兰泰之行感到后怕！每当想起，我仍然不寒而栗。

沙暴加剧了人们对人为破坏生态环境导致大陆沙化现象的警觉。据统计，从1949年至1980年，有11个省的207个县约65000平方公里的面积变成沙漠。若不能加以控制，到2000年又会有7万平方公里土地（比宁夏回族自治区面积还大）沦为不毛之地！

在这些充满理性的数字面前，如若你还感不到现实的残酷，那么每年春夏，那成千上万涌向宁夏东南部半干旱地区盐池草原疯狂挖掘甘草的农民队伍，定会让你触目惊心。获得一斤只值块把钱的甘草，则是以数十平方米的草场牺牲为代价的。在盐池半干旱草场的后方，漫天凶恶的毛乌素沙漠却在那些挖掘甘草的铁锨、镢头的帮助下，向村庄、良田、城市步步进逼了。沙进，人退！

宁夏，宁夏，你左有腾格里沙漠，右有毛乌素沙漠，两大沙漠的夹击怎不让人心忧？当然，何止一个宁夏，全世界都在面临大陆沙漠化的威胁。

人类啊，在突发的自然灾害面前，往往显得那么无能为力！尤其是当它蓄势已久要报复你的时候！

珍惜咱们的生存环境吧！

卷二 人物情忆

千万里，我追寻着你

——李范文西夏遗民考察记

引子

1997年，又是一个绿绽枝头的暮春时节。宁夏社会科学院研究员，在西夏研究领域享誉国内外学术界的李范文先生，望着案头那一摞摞堆积盈尺，即将付梓的书稿，长长吁了一口气。那是煌煌150万字，凝结着他一生的心血、智慧，集近百年、数个国家、几代学者研究之大成的《夏汉辞典》。

从此，那端庄、稳健，却又繁复的西夏古文字将再也不是阻碍现代人追寻那沉隐于历史大漠迷烟之中先人踪迹的沟壑，反将成为破译浩瀚西夏文献，丰富、诠释我中华民族文化遗产的又一把金钥匙。

“皓首穷经”“披肝沥胆”“含辛茹苦”“历尽艰辛”“毕其一生之心智”……此时，使用任何词语来形容范文先生对于《夏汉辞典》的付出都是不过分的。望着整齐的书稿，心智的疲劳比之于成就的欣慰、硕果的辉煌又算得了什么呢？

范文先生，该有理由歇息歇息了。

然而，对一位智者，一位立志终身于学术园地不懈追寻、耕耘的人来说，他不允许自己，或者说也已经不习惯于让自己悠闲了。听着为自己整理行装的妻子杨慎德的嗔怨，范文先生慢声说道：“等一等，等这事完了，我就在家不干了……”“你啥时有完嘛。”妻子嘀咕着。

是的，没完呵。又一个巨大的学术工程在等着他，那就是主持编写的第一部《西夏通史》。为了《西夏通史》，为了其间有关党项民族的族属变迁，为了那消逝了的西夏遗民，范文先生又要踏上万里追寻之路了。

“我是谁？从哪里来，到哪里去？……”千百年来，这无论是人类对于自身的拷问，还是对浩瀚宇宙上下千年的追寻，体现的都是那崇尚科学理想的人类智者广阔无垠的心灵和上下求索，虽百死而不悔的璀璨精神。

一、尔等唐兀特

翻开沉沉史册，远古的西部中华大地上曾生活着古老的羌族。漫漫岁月，代代繁衍，羌人的一部走向了广阔的青藏高原，他们是吐蕃藏族的先人；一部留住西海（今青海）故地，再趋蜀境、西域，便是诸多少数民族的世祖；更有一部内迁中原……

历史到达了南北朝，这古老羌族中生长出一支于此后威震中华的骁勇剽悍民族——它，就是党项！他们世居青海河曲积石山与西康松番数千里山谷之间。逐水草而生息，自由的牧猎生活，铸就了党项桀骜不驯的个性。

7世纪初，松赞干布统一青藏高原，继而东下征伐。党项8部之一的拓跋氏部落被吐蕃威势所逼内徙庆州，于今甘肃庆阳、环县，陕北志丹等地。此后又迁至银州、夏州。银、夏两州便是今陕北横山、榆林、内蒙古杭锦、乌审一带。唐末因围剿黄巢立功的党项拓跋首领拓跋思恭被封“夏国公”，并被赐姓“李”。

悠悠历史，弹指又是数百年。1038年，拓跋思恭的后代，一代雄主元昊称帝，建立大夏国。其时，大夏“东尽黄河，西界玉门，南接萧关，北控大漠，地方万里，倚贺兰山以为固”，雄踞塞上，与中原大宋、东北辽金鼎足峙立。

13世纪，狂飙突起。驭铁骑、挟长弓、挥利刃，横扫欧亚的蒙古大军一路攻城略地，直逼大夏。经五次血与火的鏖战，西夏被灭，一代天骄成吉思汗却也因中了党项人仇恨的箭镞，饮恨而亡。

惨烈的报复开始了。党项人尸横遍野，胜地成墟。他们或战死，或被杀，或含悲饮恨逃往他乡……一个民族消亡了。堂堂大夏竟只在《蒙古秘史》中匆匆一现，被称为“唐兀”。在《马可波罗游记》中被赋“唐古忒”之称。当然，这是蒙古人沿袭隋唐时突厥各族对党项的旧称“唐古特”。

“唐古（兀）特”，已成史称。往后的岁月中，谁人再叫“唐兀特”，又有几人知道“唐兀特”呢？

真没想到，五月的阳光竟也会如此暴烈如火。无遮无拦沙漠化了的草原，更给它助添了几分骄横。车厢已成了大烤炉。李范文舔舔干燥的嘴唇，抬起疲倦的眼睛……前面，陷入便道流沙之中的卡车，一遍一遍地大声吼叫着，却只是无奈地让打空旋转着的车轮，几自将黄沙尘土抛洒得满世皆是。

陪同李范文先生下来调查的是内蒙古自治区民委那楚格同志，看着李先生那饥渴疲惫的神情真是抱歉极了。今天他们二人坐长途班车一路在沙漠便道上奔波是为赶往

“长号唐兀特”人年年聚会的寺院去查访的。本来半天就可赶到的路程，没想到因为堵车，却陷在这里好几个钟头了。

那楚格心里一个劲地抱怨，好你个曹拉木，你一句话，把个60多岁的李先生撂到这荒漠上挨晒忍渴来了。也怪李先生太认真，总要讲究个实地考察。

曹拉木是鄂托克前旗的人大常委会副主任，壮壮实实的身躯。别看就这么个人，他可是鄂尔多斯草原上有名的蒙古族史和鄂尔多斯地方志的研究者呢。他的一句话：“我们鄂前旗这带蒙古族人也叫‘长号唐兀特’呢”。引得儒雅的范文先生竟激动得如同个毛头小伙子一样，迭声惊呼：“啊，唐兀特，唐兀特”！陪同采访的那楚格此后才懂，这“唐兀特”曾是历史上各少数民族对西夏党项的另一种称谓啊！难怪呢！

岁月沉沉。后人只知自己这族蒙古族人还有个别称“唐兀特”，却不知西夏党项与他们有何牵连。

再谈，又知，这族蒙古族人多简姓唐，近几十年中又有人改姓王和马。当年党项人中赫赫有名的“嵬名”“屈咩”“平尚”大姓在这里早已了无踪影。但“我是唐兀特”却镌刻在了辈辈不朽的口碑之上。

每年那个特定的时日，鄂前旗的唐兀特听从着心灵的召唤，从草原的四方汇聚到他们那座寺院前，吹起与众不同的木制长号，唱啊，跳啊，通宵达旦……

那号声可是传递着一个远古消亡了的民族不屈的回声？

车队终于开动了。

李范文先生调整了一下自己疲惫的身躯，微闭双目。哦，考察已十多天了，让思绪再轻轻梳理一遍……

这里曾是蒙古大军与西夏对垒的鄂尔多斯前沿。无垠的草原上，散布的百口古井，猛的，将一段血与火的历史推到你的眼前。寂静之中，你却分明感到连营的号角声里，战马在悲鸣。猎猎的旌旗下，拂动起股股血腥的风尘。

夕阳如血，战尘蔽天。西夏与蒙古在这里展开殊死的决战。

石圈的井门上，道道深痕，向你讲述着兵车云集，大军扎营的壮烈图景。

西夏战败。唐兀特散落在了这鄂尔多斯草原上。

铁骑之下，谁人再敢言西夏？

终于到了。荒芜的草原上，一座普通得再也不能普通的寺院兀立在那里。

李范文按动相机快门。烈日之下，他望着深深浅浅、绿黄相间的草原、沙海，一句话猛地进入心田：“也许，铁血之战，是交锋，也是交融呢。”

二、吾谓弥药

吐蕃与党项亲如手足。

先进一步的吐蕃，曾是那样深远地影响了桀骜的西夏党项民族。在没有创制自己文字的岁月，藏文字曾是党项借以拼写自己语言，记录本民族传说的工具。就连心高气傲的西夏雄主元昊，也刻意如吐蕃赞普一样着一袭紧衣白衫，戴红裹顶的毡帽，帽后垂着艳红的结绶，那潇洒无比的佩饰之中，透露出他对吐蕃的深深认同。习蕃文（西夏文）、研佛经、学蕃制更是将西夏与吐蕃王朝精神上的脉脉相承彰显得清晰无比。

相近的文化，来源于相类的习俗，相类的习俗，本自于相邻、相同的生活环境，不是吗？在西康、青海的广阔空间里，吐蕃、党项曾密切地共同生活，《宋史》有这样的记载："大约党项吐蕃，风俗相类。"

骁勇的党项人通达深情地咏唱："羌、汉、弥药同母亲，地域相隔语始异。"（西夏诗集《新集金粹掌直文》）羌指吐蕃，弥药是自称，在著名的西夏文字典《文海》中，它们写作"[illegible]"，而据《旧唐书》记载，对于党项"吐蕃谓之弥药"。

夜色依然浸润着大地，日喀则城还在睡梦之中。此时的李范文与他的同行者却又踏上了西去阿里地区的征途。

追随着700年前亡国之后党项遗民的踪迹，李先生来到了这雪域高原之上。

车，继续在猛烈的颠簸中前进。哦，真是有点老了？李范文暗暗叹息。一双肿胀的脚，怎么也穿不进鞋里去，就趿拉着吧，酸疼之感，似钻进了每条骨缝肉隙。昨日，从拉萨到日喀则，坐了整整十四个小时的汽车，凹凸不平的石子路，不，叫"搓板路"更准确点，硬是有一种不把汽车颠散了架决不罢休的劲头，连一把电动刮胡刀都给颠散不能用了，你说厉害不厉害？别说老头子，就是小伙子也够呛吧？

进藏之前，聚首金城的老同学、老同事们都惊叹无比，你还要老命吗？别忘了自个儿66岁的年龄。

然而，一旦将事业与人生理想的终极追求化为一致时，为此而作出某种牺牲、冒险就不会被视之为畏途，寻得它的完美，将是一种生命精神的寄托与需要！一向执着得有些执拗的李范文，力排众议，勇敢地踏上了这块高原。吃苦、冒险，在他人生事业的历程中也不是第一次了。

记得那是1980年，在四川康定地区考察西夏遗民问题时，搭乘的小手扶拖拉机翻车，要不是崖边一颗大树桩挡住，他这条命也许早就扔在了贡嘎山下。也正是在那次康定地区的调查中，他头次听说了西夏一部遗民曾穿越西康赴西藏阿里昂仁地区的传闻。

算起来又是十多年匆匆而去。西康回来，范文先生完成了颇有影响的《试论西夏党项族的来源与变迁》一文，此后暂将西夏遗民问题的研究搁置。这期间，一个接一个的研究课题经手不断："夏汉字典""同音研究""西北宋代方音研究"……数百万字，巨著一部接一部。

时间，只感时间短暂，生命短暂啊！这次，为了《西夏通史》，李范文决意将西夏遗民研究再次推向深入与缜密。凡于传说中、文献间、理论研究上涉及西夏遗民流向之处，他都要尽量去实地考察一番。这次如不努力跃上这片世界屋脊，也许他将终生再也没有机会。

晨曦赶走了夜色。湛蓝湛蓝的天空如水洗之后的宝石。虽说已是夏日，但这阿里地区的坡滩山岩之上，很难见到浓郁的绿色，只有稀稀疏疏，一块块、一撮撮低矮的植物在表达着生命的顽强。5000 多米的海拔，对于任何生物，都已接近生命禁区。

呼吸越来越感到急促。陪同考察的西藏社会科学院民族艺术研究所副所长次错平措说："昂仁就要到了。"

汽车冲上山顶，地界碑上一行红字，赫然标示着海拔 5925 米。俯首望去，呵，一大片湖泊静静偎依在群山怀抱之中。湖畔四周，平缓的谷地牧场上散落着悠闲的牧群。"好一个世外桃源噢!"李范文叹呼一声。

此后在昂仁的调查证实了过去所获西藏《来龙寺涅顿喇嘛传记》中所记载的昂仁地区"涅顿氏族来自内地西夏"这一说法。这里的藏民自豪地说，他们的祖先来自内地，他们是"木雅人"的后裔。

"木雅"，即 MinYag。是隋唐之际吐蕃称呼党项"弥药"的转音。当年不甘屈服于吐蕃威势的党项拓跋部落愤而南徙内地。自唐至宋，600 多年，发展强大的党项拓跋部在大河之西的平原上建立了西夏王朝。但吐蕃依然称其为"弥药"。而中原各族则将这"MinYag"，据音译为了汉文"木雅"，有时还以"木雅"代指西夏。后代史学家们，则将"弥药"特指留居松藩西康故地的党项人，"木雅"则送给了亡国之后又北迁逃回的西夏遗民。

"弥药"到"木雅"一个名称的改变，却包含了一段民族兴亡衰败的几多悲欢史！不屈的党项，当年为了不被奴役，不被杀戮，南下离开了世代居住的松潘康定。600 年后，为了一个同样的目的，他们又赶着自己的牛羊北归了。这是一次悲壮的、血与泪的长征。绕甘南，趋松潘，出阿细，班佐，循金川河谷，经丹巴乾宁至康定地区，在深山溪谷中，在祖先们曾生活过的地方重建家园。

又是六七百年过去了。李范文跟踪着"弥药""木雅"悲壮的身影，在康定，在松藩，在西藏，实地考察那"弥药城堡"遗迹，倾听"西吴（夏）王"的种种传说。

这遗迹，这传说，在透过历史的沉烟向人们昭示着一个消失了的民族顽强的身影。

哦，在河谷林地，草原山川，在藏族同胞欢乐的人群里，不经意于恍惚之中，你似乎又看到了“弥药”“木雅”浮动的笑意。

在康定，现在仍然有一支被称作是“木雅巴（人）”的藏族人，他们讲的语言，据李范文考证，有的基本词汇与西夏语相同。

三、大夏平尚立经幢

一脚踏进保定市莲池公园大门，范文先生的脚步不由地加快，这使他的腿疾略加明显。

稍稍落后于他的河北著名宋史专家漆侠教授微笑唤他：“范文，范文，别急，慢点走哇!”

能不情急吗？几近二十年了，经幢犹如详熟于心，神交已久却从未晤面的老友时时萦绕他的心田。眼下，这迟来的会面就要实现，素被友人善意笑称有文人性情的李范文，此时的激动也就很能让人理解了。

噢，看见了，从韩庄移到这里的经幢就直立在那里，他们似在恭迎老友的到来。

这“老朋友”正是自己脑海中的模样。一个高点儿，一个矮些。抬头望去，幢名“[illegible]”（胜相幢）三个端庄的横写楷书西夏文大字就镌刻在经幢的 8 面柱体的第一面顶端。哦，就是为了你这个名字的正确解释，我还曾与同仁们有过好一番论争，好一番研究呢。“胜相幢呵，胜相幢……”李范文抚拍着坚实的幢身，一段论争往事浮上心头。

弘治十四、十五年，韩庄兴善寺内的两位西夏僧人巴平那争和比丘师先后圆寂。寺院主持集合居住在保定一带的党项族人修建了这两座经幢。也许是为表彰“佛有大威德”而立此石刻“胜幡”——“胜相幢”，也许是为镌刻陀罗尼经咒，而用来超渡死者吧。

关于经幢的故事，范文先生早已了然于心，可是现在的他，却依然像审视老友的面容一样，看呵，看呵……

噢，这就是寺院主持，立幢人平尚咤失领占的姓名啦。平尚吒失领占哟，你是靠什么力量集合了如此之多的党项布施人？这是西壁三鳩……西壁富遏多仁，你们与那安息榆林石窟 29 洞中所绘的著名西夏国师西壁智海可是什么关系啊？看，罗道、梁宿、罗英，这似像汉姓的罗、梁不能小看，他们可是西夏的皇室外戚大姓呢。啊，嵬名氏吒禄在这里。嵬名是元昊皇族姓氏，吒禄是位女姓吧，一个氏字就说明了她妇人的身份。嗯，幢文书写人葛严石领你也在这里呵。石匠刻工用汉文记下了自己的姓名，他们当是汉人了。

手指慢慢滑过这经幢上的一个个姓名，好似在抚摸那些党项人亲切的脸庞。他们中有男、有女、有僧、有俗、有官、有民……他们带着笑意，带着忧伤，缓缓向你走来，走来……

明弘治十五年，西夏灭亡已270多年。你们可是在宋、辽、金、夏相继被亡的大乱之后，依附元朝胜利者的那些西夏军人“唐兀卫”的后代？“唐兀卫”曾宿守京都，保定正是西北通往京师的要冲。“唐兀卫”的后人，最终留在了这燕赵大地，与这里的汉人、蒙古族人，甚至藏族人相聚相守了。平尚的名字“吒失领占”，可就是藏语“吉祥宝”的译音呀？在众多布施者中，取蒙语、梵语译音为名的也不算少见。而经幢上“大明弘治”几个西夏文却已是直接取自汉音而为了。

相交、相融，或许也意味着某种消亡？

当月明夜深之时，那大漠、草原、贺兰、黄河，谁说不会屡屡闯入“平尚咤失领占”们的梦乡。

在历史长长的隧道之中，弘治十五年，我们听到了党项人发出的最后一声沉沉的呐喊。它凝固在了这冰冷的经幢上。经幢上的西夏文字距它的创制时间已是460多年了。

长于在寂静中同历史对话的李范文收回了他沉思的目光。一位西夏研究者，一位宋史学人，并肩在两座经幢间留下了他们的合影。

离开保定，李范文将西去四川。著名的民族学学者李绍明先生在那儿等待着同他商榷有关另一支入川西夏遗民——余阙氏的考证。

元初乾坤已定。天下人等被分四色。一等蒙古，二等色目，三等汉人，四等南人（南方汉族）。对早已平定的西夏党项，元朝极尽安抚拉拢，列为色目。投元的党项，此时远已不止扼守京师的“唐兀卫”。仕元党项贵族也亦多多。唐兀人余阙被赐进士，官至湖广行省左右司郎中，后升都元帅，好生了得。元末，红巾起义烽火中，余阙一支流入了四川。余阙后人皆已姓余。是汉，是蒙，是党项，如今众说不一，且自说不明。

在成都，李绍明将向李范文展示他收集的两部《余氏家谱》，这让范文先生很是激动不已。

四、贵为帝胄

1038年元昊建其大夏国，夏传十主。至1227年被亡，历190年。西夏的最后一位国主叫目见（xiɑn），目见降之后，仍被杀。攻夏20年方破之，且自受重伤的成吉思汗暴怒之下怎可饶睍？此时，睍之子赏哥作为武臣正镇守朔方（今陕北靖边），脱却了兴庆府被破之难。此后赏哥进入青海。

物换星移，自目见之后又传五世。在西夏皇裔的五世后人之中出现了一位显赫人物——明朝驻守青海的武官李英，被封会宁伯，《明史》有传。曾被怀气吞山河之志的元昊抛弃不用的唐赐“李姓”，至此时又被捡回。而元昊自立的西夏皇族之姓“嵬名”却已被后人所废。这可是元昊当初所始料不及的啊。

李英逝去，葬于青海民和享堂，从此，这里多了一片西夏皇裔祖坟，青海多了几份著名的《李氏家谱》，西夏遗民，皇裔研究则又多了一方探测领地。

岁月悠悠，回望历史——

西夏皇裔安在？可有大夏帝胄之人？

那还是1994年的秋天。石破天惊。一个来自西安的声音：“我是南平王（西夏末帝）第二十三世孙，有李氏家谱九册。”

闻言，李范文大喜过望。他夜乘长途班车直奔西安古城，去寻觅这个祖籍青海，保有九册李氏家谱，名李培业的先生。不顾一夜无眠，激烈交谈，直至下午4时，未进滴水的如鼓饥肠抗议阵阵，范文先生方才告辞。此后，又跟随下县讲课的李培业数日采访。

转眼已过三年。李范文决意要亲赴青海李氏祖地有关各县，拜访“西夏皇裔祖坟”，察看那儿著名的李英神道碑、《李氏家谱》、西夏官印……

由西宁到乐都再到民和，李范文六十多岁的身躯又颠簸于青藏高原之上。

没想到，在这偏远的青海民和县还有馆藏如此丰富的博物馆、档案馆，李范文连连赞叹。

一个形若半圆的铁物吸引了范文先生的注意力。“铁卷，这才是铁卷呵！”他连连跌足。“哎哟，电视剧《贺兰雪》里的铁卷是条黄绸带。”他为自己没尽好顾问的职责懊悔不已。此铁卷为明英宗赐李英之子的。上刻有受封及年俸数目。

“李老师你看。”陪同参观的民和县宣传部部长陈镁轻声提醒道：“这就是著名的李英墓地神道碑。”

“哦?!”一行行看去，呀！一道波澜滚过心池。手按碑文，李范文不由念出声音：“世长西夏”！“长”即“掌”也。这明代刻就的碑文是可信的。先人世代掌握西夏的李英确是贵为帝胄。西安的李培业顺此下续，当也有其可信之处。只是李培业已是汉族，而遍布青海湟水流域的数万李姓有许多已改为土族了。

“李老师，那我们这儿的李姓到底是啥族呢?”民和县委宣传部部长一脸惶惑。

“中、华、民、族!”李先生一字一顿。

愣怔片刻，突然醒悟了的陈镁部长与范文先生同时朗声大笑起来。

我追踪的党项呵，你走进了藏族、蒙古族、汉族、土族……走进了神州广袤的大地山川。君不见，在中华民族强壮的体魄中，有着汉族的睿智，藏族的骁勇，蒙古族的质朴，回族的机敏……甚至还搏动着党项强悍的血脉!

呵，这孕育了长江、黄河的青藏高原，天空是那样的高远湛蓝。

西洋归来的学子

——张德利的科研世界

题记

如果说 19 世纪末严复等人算作中国第一代由西方学成而归的学者，那么 20 世纪 80 年代因改革、开放的涌潮而留学国外归来的学子们就可算作是第五代，抑或是第六代了。人们这样说。

古老的华夏大地可会由于他们的飘然西去又赫然东归盛到增多了什么？时代与祖国又将为他们提供一个怎样施展抱负的天地？哦，历史将让我们看到这一切……

本文主人公就是 20 世纪 80 年代留学西方归来的学子之一。

序

10 月的德意志海滨城市基尔。由波罗的海与北海海面上送来的秋风已含阵阵凉意。

又是一个黎明，晨曦为美丽的基尔城雕出了如幻的剪影。

宽阔、宁静的基尔火车站月台上，一位消瘦、英俊的亚洲青年正在与簇拥着他的七八位男女们话别。匆匆的旅客们向他们投来惊异的目光。青年名叫张德利，是基尔大学医学院心血管系的留学研究生。他，来自中国。两年的留学生涯结束了，此时的张德利就要返回自己亲爱的祖国了。

开车的铃声响起，当护士长克丽丝佳娜将一束美丽的鲜花献给张德利时，她再也控制不住自己的感情，惜别的泪水洒在了美丽娇嫩的花瓣上。700 多个朝夕相处的日子，克丽丝佳娜曾协助这位来自中国的医学研究生进行了几百例心脏起搏器安装及心血管检查手术。700 多个朝夕相处的日子，年轻的张德利也曾帮助她进行了无数次术前的准备与术后的整理。在那对他来说属分外的洗洗涮涮的工作中，克丽丝佳娜感到了这位中国青年的善良与友谊。和谐的工作之丝，织起了亲密的友谊之网。

别了，基尔医学院心导管室的同事们与张德利一一握别。

导师帅佛教授走上来了……

导师维特副教授走上来了……

最后一个与张德利告别的是金发碧眼，身材挺拔，具有典型雅利安血统男子外貌的导师舍菲尔教授。他伸出有力的双臂与自己的学生紧紧地拥抱在一起。激动的情绪使这位联邦德国著名的心血管专家失去了以往的沉静。他太喜爱这位聪颖的中国青年了。简直不可思议，一个几个月前德语还不过关的人，怎么能仅在几个月后就顺利通过由联邦卫生部主持出题的苛刻的外国医师执照考试？然而，这位中国学生做到了。他那如痴如醉的学习精神和工作劲头令舍菲尔动容。有手术就上，他竟置超量 X 线的摄入于不顾（起搏器安装与心导管检查术全部要在 X 光线下工作）。舍菲尔记得，为此张德利曾一度因白细胞减少而卧病在床。哦，智慧与勤勉，这就是那神秘的，文明古国的人民的品格吧。舍菲尔教授向这位有着坚实医学理论与娴熟心脏导管手术技能的中国青年发出了留在基尔医学院与自己共同工作的邀请。张德利竟婉言谢绝了。为此，舍菲尔教授感到极度的遗憾……

“对不起，舍菲尔教授，原谅我的拒绝，我要回去了。”

望着迅速小去的基尔车站，张德利在心中默语。对于他来说，学业完成，按期回归，这是再自然不过的事情了。列车载着张德利向西德最大的航空港法兰克福驶去。

“……从来就不用想起，永远也不会忘记……”

葱翠碧绿的欧洲去了。由乘坐的德航班机舷窗口向外望去，缥缈的远方，朦胧中有一派雄伟的隆起，哦，喜马拉雅山脉！一阵轻轻的震颤通过张德利的全身：“祖国，我回来了。”

第一章

1929 年。阴冷、窒息的柏林。避开了外界的疯魔喧嚣，在柏林医学院一个小小的安静的实验室里，弗斯曼教授将一根输尿导管自上臂静脉送入心脏右心房，取得了混合静脉血，他由此计算出心脏的排血量。

一种新的诊断心脏疾病和研究心脏生理的重要方法将由此诞生！

现代医学科学在兴奋地发抖：从此，人类将大大提高心血管病的诊断水平，心脏内外科将会有一个新的飞跃性发展！

弗斯曼教授开其先河——心脏导管检查。

然而，专横却使历史作出令人羞愧的决断：柏林医学院竟因此而将弗斯曼教授除名。

科学不畏惧强权。弗斯曼的发现引起了全世界心脏病学专家们的关注。其后，用了二十年的时间，科学家们完善了心导管检查方法，并将其应用于临床。

由于有了心导管检查，心脏变得不再那么神秘：心脏各部位压力、血氧含量、心脏的排血量、分流量、血流阻力等精确数值被明确告知人们。甚至那迷宫似的各房、各室哪里有缺口，哪里有畸形，导管检查也可予以探明。

时至今日，可以毫不含糊地说，没有心导管系列检查术，就不具备真正意义上的心脏外科直视手术条件。而离开了心导管检查，心血管病的诊断就不能称得上科学与健全。

当历史进入20世纪80年代时，中国宁夏却仍然没有常规临床心导管检查，留给宁夏医学界的是一片令人焦虑的空白！

A　宁夏的渴望

冬日午后的阳光暖融融地抚摸着人们的脸庞。宁夏医学院院长陈树兰脚步急匆，一种兴奋与欣喜之情洋溢在她的眼中。张德利终于回来了。她要去看望他。哦，我们的心导管室可以成立了，那部花费了几十万美元买回却闲置数年的西门子导管床终于等来了它的主人。作为宁夏著名的心脏病学专家，作为宁夏最高医学学府及最重要医学科研单位的领导人的陈树兰，她知道张德利回宁的价值。她能估量出这位留学西德，专攻心导管、心脏起搏器及心血管造影术的研究生能给宁夏心脏病学领域带来些什么。建立心导管室，填补心脏病诊断检查这一空白，是她二十年来梦寐以求的。

20世纪60年代初，宁夏医学院附属医院心内科主任陈树兰曾大胆地进行过十几例右心导管检查术，并取得初步成功。她希望通过不断努力使宁夏能早日全面开展心导管检查。然而，十年动乱蹉跎了几多岁月，世界医学科学在此期间又有了飞速发展。由于没有心导管检查及心血管造影技术，致使宁夏医学院附属医院心脏体外循环手术裹足不前。同时也妨碍了对大量心血管病人的正确诊断。每当看到那些心脏病患者不得不转往外地就诊时，陈树兰院长的内心就充满了愧疚。

陈树兰与张德利面对着面，一种亲切与理解的气氛充溢在周围。

“你不会埋怨我们把你‘抢’回来吧?”陈树兰微笑中略含歉意。

为了宁夏医学事业的发展，陈树兰确实是用一个个电话与一封封电函把张德利从中国著名心外科专家、医学界泰斗——吴英恺教授的手里“抢”回来的。

新成立的北京心肺血管研究中心，院长吴英恺教授求贤若渴。当他由原北京协和大学毕业生们的口中听到张德利其名其人之后，竟于寒冬腊月，穿过大半个北京城毅然亲自登门造访并果决地向张德利发出到他的研究中心工作的邀请。哦，对于任何一位医学界后辈，这都是一个重要机遇，一种难得的礼遇和殊荣。

然而，面对着吴英恺教授的邀请，张德利犹豫了。因为他无法拒绝来自宁夏那片土地的呼唤。那是他曾工作过数载，目前还居住着他那可亲可爱的妻女的土地。他能感受得到，近日来一封接一封请他返宁工作的电函里，寄托着宁夏人民对他真诚而又炽烈的渴盼。

他回来了。

只要能将所学完整地奉献于社会，无论是在繁华的首都还是在偏远的宁夏，对于自己都是一样。面对来看望他的师长兼大姐的陈院长，张德利吐露了自己的心曲。

宁夏以自己真切的行动欢迎着归来的张德利。陈树兰院长及其同事，以其专家的事业心及领导的责任感，决心为一项新医学技术在宁夏的开展而充当后盾。他们迅速为张德利配备齐了助手，安排好了工作场所，制定出了工作计划。

对于这一切，张德利则以自己超倍的努力给予热情的回敬。

一摞摞外文资料翻译出来了，一座座仪器设备调试成功。工作人员开始了培训，动物实验立即进行，短缺的材料、设备则四处联系购置。经过短短几个月的准备，宁夏历史上第一个有创性心血管诊疗室——宁夏医学院附属医院心导管室成立了，并正式投入工作。

B 赋予你生命的灵性

上帝是如此的不公。16岁，在诗人的笔下正是如春柳抽绿绽黄，如鲜花带露开放的时节。16岁，正是满怀人生的憧憬、理想、希望的年月。

然而，刘秀香小姑娘却虚弱得似一茎失水的小草。她脸色灰白，在本应是饱满娇艳的双唇上，留下的却是乌黑的青紫。

是艾森曼格综合症?

艾森曼格综合症，一种复合的先天性心脏血管畸形，它几乎可称为心脏病学中的癌症。

阴影沉重地笼罩在人们心头。

少女刘秀香走向心导管室，她期待着张德利大夫的最后检查与诊断。

手术室是如此安静，仿佛不忍心搅碎少女那哀怨的期待。

准确、敏捷、果断，无须第二针。扎入静脉中的导管经过股静脉、骼静脉、下腔静脉，两三分钟内就被张德利送入了心房。他技术的娴熟已达到艺术境地。国外近百例，国内近千例的导管检查实践，给张德利的手术检查注入一种沉静与自信，他将生命的灵性赋予了心导管。X光的荧屏上，只见导管自如地通过了三尖瓣进入心室，又通过肺动脉瓣进入肺动脉，最终嵌入肺小动脉末梢。一根游丝般的心导管，在张德利的手中就如决战前夜将军手中握有的一支深入敌阵的特种部队，它前进、后退、游刃有余，探明记录下了一组组有用的数值。

导管检查结果：刘秀香心脏内压力与血氧含量均为正常，心导管也未畸形。

正常？再进行造影术检查。张德利向助手们下达指令。通过心导管注入碘质造影剂，让心室及肺动脉显影并通过X线取照。哦，一张清晰的样片取出，心室无间隔缺损、无增大。正常。

不正常在哪里？那似一张密网向心脏不断输送营养的冠状动脉血管是否存在问题？

再进行冠状动脉造影检查！

冠状动脉造影，这是一项十分复杂的心血管检查术，迄今为止，就连一些颇负盛名的大医院也不常做。但，张德利要做。他不允许自己的医疗检查有丝毫遗漏。他认为给病人留下任何一个检查疑点，那将是对人道主义的亵渎。严格与谨慎，早已熔铸为他的工作作风。

冠状动脉造影检查结果宣布了刘秀香心血管系统的正常。她不再是位人们说的心脏病患者。今后的“对症下药”将会为她年轻的生命带来玫瑰色的希望。

哦，又岂止是为一个年轻的生命，心导管检查的开展，全面提高了宁夏心脏内科的诊治水平。

不，不，又岂止是囿于心脏内科？它促使宁夏那曾落后于全国近二十年的心脏先天性修补术、心脏体外循环直视手术迅速赶上全国先进水平。

青春不会忘记——

生命不会忘记——

正是由于心导管检查术的确诊，使那位梳着妹妹头的可爱极了的4岁小姑娘李倩，那有着一对乌黑大眼睛的10岁小男孩陈国庆，顺利接受了动脉导管未闭手术，避免了不必要的心脏直视术。

那14岁的中学生史学玲，那圆头圆脑的6岁小嘎子马圆圆，那年轻的中学教师，那……在接受了心导管、造影术检查后，他们充满信心地进入了手术室……

宁夏心外科在大声地宣布：我们完全具有了进行室间隔缺损、房间隔缺损、三间瓣下移，畸形、主动脉窦瘤破裂、动脉导管未闭，甚至集四项心血管病于一身的法氏四联症等复杂手术的能力。因为我们有心导室为心脏外科提供最正确、最直接、最有价值的术前诊断。

五度春秋，五度寒暑。张德利主持的1000余例导管、造影检查从未误诊过。

一个完整的现代化心外科、心内科手术诊断系统已在我区建起，欣慰的微笑属于自豪的宁夏医学界。

塞上江南又一个最美的季节。北京阜外医院院长郭加强——中国最负盛名的心脏病学专家来宁讲学。一张宁夏医学院附属医学院心导管室所做的心脏导管造影X光底片卡在显示屏上。

“图像清晰，造影部位准确。可以说，于术者的造影技术十分漂亮！”

郭加强教授非常满意地将头缓缓转向听众。

第二章

王子的一个轻吻，美丽的白雪公主又睁开了她明媚的眼睛。少女复活了。死神离她而去。大森林里重又充满生机。鲜花在开，小鸟在唱……

一则德意志童话，寄托了人间几多情丝与爱憎。有多少起死回生的神话故事流传于不同国度、不同种族之间。

世世代代，人们在神话中倾注着自己对于死亡的诅咒，对于生命的渴盼。

然而直到20世纪70年代初，世界医学界发明了体内永久性心脏起搏器安装术后，“起死回生”，这个古老神话中永讲不衰的主题才变成事实。无数颗一瞬间暂停的心脏，因了神奇的起搏器的帮助又恢复了跳动。世界为此又多了些活力与生气，多了些欢乐与歌声。

A 今天的太阳真好

老人名叫关富山，是宁夏著名的果木专家。几十年的人生之旅，坎坎坷坷，但——他从不屈服，那青青的苇滩、茫茫的碱地，可以作证，在人生与自然的搏斗中，他是赢家。为了胜利，他将不返的青春、毕生的精力全扑在了那里。二十余载，悠悠岁月，过去了。那昔日鸟不拉屎的地方已变成宁夏最大的人工枸杞栽培基地。正值收获的季节，粒粒红宝晶莹诱人。

他不屈服，他向贫穷发了战书，那彭阳山区漫山遍野千万株嫁接的杏树可以作证。一株，一株，他嫁接的是富裕与幸福。

然而这一次他却挺不住了，几度昏厥，他那颗经受过无数次磨砺，隐忍过痛苦也饱含过欢乐的心太疲倦了——

心电图记录带上，抽出的是一条冰冷的直线。

死神在幽幽地狞笑。

谁胜谁负？

不屈的生命在寻求着援助。

张德利大夫走来了。他以精湛的医术托起了一个下沉的生命。

酷暑已逼近银川。没有空调设备的手术室里，张德利的额头布满了汗珠，蓝色手术罩衣下是二三十斤重的防X射线铅衣。手术在紧张地进行着。

这是一个较复杂的心内永久性心脏起搏器安装手术。患者异常的心血管走向，已给心脏起搏器的电极导管的通过设置了障碍，现在平滑的心内肌，更给导管电极头的固定带来了困难。

一个小时，两个小时……四个小时过去了，手术终于圆满完成。

又是一个清晨，透过病房的阳台望去，在那银灰色的白杨树后面，太阳正在缓缓升起；阳光，在清新、透明的空气中微微波动。

“哦，真好，今天的太阳。”由昏迷中苏醒过来的关富山微微地笑了。

太阳，将杨树叶上晶莹的露珠照射得闪闪发亮。

关富山感到了自己脉搏的有力跃动，病榻上的他又思考起未来的工作。

生活，再次向他露出了笑容。

关富山为自己庆幸，他又一次赢得了生活与生命。当然，又何止是一位关富山，上百名年老、年幼的人们都在为自己庆幸，他们庆幸张德利大夫回到了宁夏，他们庆幸现代化医学科学技术已发展到了如此神奇的境地！

大娘白光英，泪光莹莹。激动，使她不知如何向人们述说她的感情。她万万没有想到，一个不大的小盒盒，让张大夫放进身体里后，缠身的病症居然不见了。心不跳，气不短，头不晕，连身上的浮肿也退了。日子好了，娃们大啦，她要和老汉好好过上几年舒心日子呢！

乔胜功老汉每当望着自家存折上不断上涨的数字，心里就感慨不已。五年前若不是家人把自己送到附属医院，若不是张德利大夫，自己早怕是命归黄泉，哪还能成为专业户，挣这么多钱呢。也真真是个巧，宁夏第一例体内心脏起搏器安装手术咋就给自个儿做上了？张大夫他们这项手术要是晚开展半年呢……

乔胜功老汉的担心与庆幸并不是多余的。要不是张德利与心导管室同志们的加倍努力，心脏起搏器手术在 1984 年的春季是无论如何也开展不了的。仅仅一年的时间，他们除开创了心导管、心血管造影术检查等项目外，又主动开展了心脏起搏器体内安装手术。从材料的购置到技术人员的培训，一切全要从零做起。在宁夏医学界的一片空白地段，张德利及其同事以自己对事业、对科学、对人民的赤诚，建起了一座生命的丰碑。与死神赛跑，他们赢得了时间；与死神拼斗，他们赢得了人们的崇敬。

B　事业的忠贞之士

1987 年 8 月 10 日，正是暮色四起之时。附院手术室里，一名垂危的病人在接受心脏起搏器安装术。

创口打开了，起搏器上的电极导管正在固执地寻求着心脏里最佳的定点部位，轻轻地、轻轻地，柔软的心脏受不得一丝碰伤，一点失误往往将会铸下永远不可弥补的懊悔。

张德利那清澄冷静的目光紧紧地盯着 X 光荧屏上导管的显影。慎之又慎，双手在熟练地轻轻地操作。他要让张开的生命之翼，寻求到最佳的安全着陆位置。

突然，一阵剧烈的震动将沉静的夏夜摇醒。

地震！

哗啦啦，狂躁的大地将手术室窗台上的药盒全部抛甩在地上。顶灯一晃一晃。大地在抖动。顷刻，室外一片鼎沸的人声。

惊涛中，一座镇静无畏的小岛。

稳住、稳住，压住导管，固定位置，他屏住了呼吸。地震，喧嚣，何惧之有。此时此刻，张德利的眼中只有患者、创口、手术台。他那超然的镇静似无声的电波，传导给了每一位助手。

嵌牢起搏器，拿掉止血钳，缝合伤口……一切有条不紊。

呵！现代医学科技，精湛的医术与崇高的医德相结合，它将产生出的是无与伦比的生命之力。

大地又恢复了沉寂。墨蓝色的夜空上，星星在静静地闪耀着光辉。走过医院的花坛边，张德利似乎听到草丛中昆虫的嗡嗡细语。静谧中，一种无比的轻松与愉悦在他的心田弥漫开来。

哦，成功了。又一名患者垂危的生命得到拯救。

是的，成功了。它来自一个生命对于事业的忠诚与执着的追求。这种忠诚与执着，在张德利那里已经化作一种神圣的使命感。

他的妻子记得：在那艰苦的岁月里，一本厚厚的英汉医学辞典，居然被他反反复复背了三四遍。他相信，可以翻阅世界医学资料的年月，总有到来的一天。

他不能放弃事业。

他的助手沙勇记得：张大夫一丝不苟手把手地领着自己进行手术实践。

分析病例、辅导英语，心导管室的同志们觉得，张大夫不仅是科室的领导，也是大家的导师。

张德利要为宁夏心血管检查诊断事业带出一支过硬的业务骨干队伍。

护师张金莉、廖明兰更不会忘记：为了达到心脏起搏器导管定位的最佳阈值，张德利医生反反复复，不厌其烦，连续观察病人达几个小时。那时，什么上班、下班全无了界限，只有达到满意的那个时刻，才是下班的钟点。

对工作哪怕有一点疏忽，在张德利眼中都是对事业的背叛。

第三章

天体黑洞，飞碟之谜，外星电波……浩瀚的宇宙奥秘无穷。

意念搬运，未卜先知，思维传感……人体特异功能，令当今科学、哲学界惊讶莫名。是科学？是迷信？

宏观、微观、无数的斯芬克斯等待现代科学去认识，去破译。

心脏——在这个对于人体无比重要的微观世界里，是谁充当着主宰？是窦房结！是窦房结在操纵着心脏的跃动！

然而，窦房结以自己的至尊地位拒绝着人类对它彻底的认识。

人类已进入了20世纪80年代，然而，现代医学科技竟还做不出准确的窦房结心电图！

现代医学要彻底破译窦房结心电图之谜！

A 中国宁夏的进攻

1984年秋天，厦门。这里天青云白，水净沙明。飒飒的海风，更令人心旷神怡。

全国心脏电生理及起搏会议在这座美丽的城市举行。宣读研究论文，探研科技课题，交流临床经验，高密度信息在这里碰撞穿行。

善于学习的张德利在尽力张开大脑的雷达接收网，捕捉着每一个有价值的信息。

大脑的接收屏幕上闪起一个亮点：通过电极导管插管法，记录研究窦房结心电图的工作，在欧美等先进国家医学界已经开始……

记录研究窦房结心电图？呵，一项极具临床及理论价值的研究课题。对于一名心脏起搏器专家来说，他知道因不能直接取得窦房结功能及病变的正确诊断，致使多少病态窦房结综合症病人贻误了治疗，甚至因错过了安装体内永久性心脏起搏器的时机而撒手人寰。

通过电极导管插管法来研究？呵，宁夏正好具备了这方面的物质、技术条件！

一个新的科研课题呈现在张德利的前面。它刺激、兴奋着一颗勇于不断探索的心灵。

从南方归来的张德利，按捺不住创作的冲动，将心中的设想向陈树兰教授和盘托出。在向医学科研高峰的攀登过程中，他需要帮助。

无须更多的解释与烦琐的手续，一个新的科研课题以最快的速度确立了下来。

当科学工作者的睿智与领导者的无私胆魄相结合时，不乏英明的决断产生。

宁夏，赢得了一次进攻世界医学科技尖端的机会。

攻击，拉开了预备战的帷幕。

张德利一头扎进外国文献资料堆中。占有、了解当今一切有关国际医学界研究记录窦房结电图的技术与发展现状是准备进攻的必要阶段。与此同时，他又为全体心导室工作人员开设了有关心电生理技术讲座，为即将到来的实验工作，进行着理论与技术上的培训。更难得的是，陈树兰教授以她渊博的心内科专家的学识与胆魄，为未来的窦房结研究提供了自己科学的思考与建议。

一支进攻的梯队准备就绪，在中国的西北边陲，宁夏，将发起自己的攻击。

然而，进攻，却并不那么顺利！

窦房结，这个于右心房上腔静脉入口处的小东西“犹抱琵琶半遮面”，令进入心房的电极导管极难寻觅到它的真实面影。好不容易刚刚接近，一阵冲动，又使导管电极头浮起来离它而去。反反复复、复复反反，记录下的窦房结电图犹如雾中之花，朦朦胧胧。失败，还是失败。看来，这个横亘在欧美同仁面前的“飘浮”问题，真是逾越不过的峰巅。

张德利如痴、如醉。走路在想，吃饭在想，连梦中都在探求解决“飘浮”问题的方法。

智慧的思索在积蓄灵感的火花！

似一道闪电划破如磐的暗夜：

用有一定硬度和韧性的心导管为套，将柔软的电极导管穿进，留出电极头，于是一根有着“坚强躯体与灵活脑袋”的电极导管诞生了。“坚强的躯体”支撑着电极头并稳固地将其“挤压”在窦房结处，从而获得窦房结电图。

科学是富于幻想的事业！

一张优质图形的窦房结电图产生了，图像清晰稳定。

科学又是严谨的事业！

一例，两例……八例，十例……一年多的不断实验，得出了成功率达97%的结论！

美国人詹姆斯创造的46%~80%的成功率被打破了！一个记录窦房结电图的新方法——套管法在中国偏僻的西北隅宣布诞生！

“套管法”的产生，其意义远远超过一般操作手法的改进之上，其所具有的实质意义，是精确的窦房结电图的记录才具有临床诊断的实际效益。它为进一步从理论上研究窦房结的功用提供了坚实的基础。

B 国际医学界的注目礼

1986年6月，香港。

这里是“香港第一届国际医学进展大会”会议厅，不同肤色的世界医学专家们济济一堂。

应大会邀请，陈树兰将在这里宣读她与张德利合著的《病窦患者的窦房结心电图研究》一文。这是大会心血管组中唯一一篇来自中国的论文。

她，登上了讲台。灯光、目光一齐集中于这位端庄的中国女专家身上。伴着一张张幻灯片的映现，陈树兰用流利的英语进行的报告引起了各国专家极大的兴趣与重视。人们震惊了，在窦房结电图研究领域里，几年来一直处于领先地位的美国人受到了中国专家的严重挑战。“套管法”的公布，更是表明了中国在这一研究项目中已居于国际先进水平。

报告结束了，各国专家热烈的掌声表示了他们的敬佩之情。

“第一届国际医学进展大会”之后，张德利带领着他心导管室的同事们又向着新的科研项目发动了冲击，向权威发起了挑战。

美国心血管著名理论权威纳茹勒教授于 1978 年所推设的窦房传导时间说，多年来一直被世界医学界沿用。

1986 年年底，张德利与他的同事们依据自己记录的窦房结电图发现，国际心血管界多年沿用的纳茹勒假定说有误!

狄德罗说过：“除了实验之外，没有别的办法可以识别错误。”

艰苦的实验开始了。一个又一个病例，一组又一组数字，确凿的数据和严密的计算终于证实了纳茹勒假定说的错误!

张德利与陈树兰依据此次研究成果所撰写的有关论文提交给“国际心血管内外科学术会议”并收入了论文集，国际有关心血管杂志发表了他们的研究成果。世界医学界的同行又一次将惊异的目光投向中国的西北隅——宁夏。

此后，他们又开展了窦房结起搏点转移说的研究，并以自己的研究成果打破了美国人詹姆斯在此项研究上的孤立状态。有趣的是，上次张德利以自己的成功在科学的竞赛场上刷新了詹姆斯的记录，此次他却以自己的成功支援了詹姆斯。

同时，对于国内医学界部分人提出的关于电极导管记录心电图可靠性的质疑，他们应用四导同步记录法给予确凿无疑的回答，进一步证实了它的可行性和可靠性。

四年多的时间内，张德利在窦房结心电图领域内的研究获得了巨大的成绩，达到了国内外先进水平。以他为第一作者的有关研究成果的学术论文在英、美、比利时等国具有国际权威性的医学杂志上相继发表了。

国际心血管科学研究界，感到了来自中国宁夏的不断冲击力!

世界各地飞鸿向张德利飘来。它们是美国医学学会，美国心脏学会，苏联科学院以及比利时，德国，捷克，波兰，德国，匈牙利，罗马尼亚、澳大利亚等国医学科学组织及专家们向一位来自中国的卓有建树的年轻医学专家所行的注目礼!

1988 年，张德利被英国剑桥传记中心及美国传记中心分别收入《世界名人录》《国际名人辞典》《国际杰出青年名人录》之中。

后记

改革开放为我们的祖国与人民敞开了通往世界的大路，为我们的人民提供了与世界先进科学技术学习、交流的机会。一代中国科技俊杰产生了。

张德利由联邦德国归来，短短的五年多时间里，带领着他的心导管室同仁先后填补了宁夏回族自治区 15 项医学空白。这 15 项医疗技术项目，是发达国家用了四十余年时间才完成的，而张德利却将它们浓缩在了五年多的岁月中。

当改革开放的潮涌为祖国涤荡了封建与愚昧时，中国的科技事业也会以其令人瞩目的高效率发展令世人惊叹！

改革开放的时代，使张德利这样的科技专家得到了社会的理解与崇敬。他先后荣获国家级有突出贡献的中青年科技专家的称号，获得了自治区医药卫生科技成果奖、科学技术进步奖及优秀学术论文奖，并被国家科委编入《新中国科技精英谱》。

1989 年新春伊始，大年初二，时任自治区政府主席的白立忱来到张德利家中拜年。当千家万户从电视屏幕上看到这个场面时，人人感到：

这是时代对科学的崇敬！

这是人民与祖国对科学的崇敬！

中国科学技术界俊杰们的智慧之光还会不闪耀出灼人的光芒吗？

大地的女儿

——关于马玉兰土壤科研的报告

巍峨叠嶂的贺兰山，绵延不绝。

塞上平川，阡陌纵横，林网如织。

一派浑厚的黄土高原，其上，六盘山苍翠如玉，云缠雾绕。

荒漠、草原、大河。

音乐起“生我是这块土地，养我是这块土地……”殷秀梅的歌声抒情委婉，悠扬袅绕。

旁白：数千年，宁夏山川大地养育了它一代又一代各族儿女。皇天厚土，生生息息。而儿女对母亲大地的眷恋，也如同那不废的江河，不倒的山岳，永永远远……

音乐声中推出片名：《大地的女儿》。

全区第二次土壤普查工作会议会场。

土壤专家王吉智：“只有对土壤资源有了深入系统准确的科学认识，才能更好地改造利用它，使土壤环境向上升的生态方向发展。深入了解我们这片土地，搞好土壤普查工作，是不断发展的我区农业对我们土壤科技工作者提出的要求，也是我们应做的贡献！”（掌声）

台下，新分配来的大学毕业生马玉兰兴奋的面庞。

马玉兰（画外音）：参加土壤普查，这是一次“土壤学”研究实习课啊！机会难得。

两间平房。窗户上一个大大的“喜”字。室内，蜜月中的马玉兰正在收拾行装。新婚丈夫金国柱推门而进。

金国柱：“玉兰，下乡普查名单定了，你去吴忠地区，我去隆德、海原。”

马玉兰：“好呀，打起背包就出发……”

嘻嘻，哈哈……

对事业的向往，使新婚夫妇沉浸于工作投入前的兴奋之中，忘却了分离。

塞上三月。吴忠，金银滩。大风卷着黄沙。马玉兰吃力地推着自行车在沙滩上行走。车轮陷于流沙中。她扔下车。拿起铁锨，背上装有笔记本、土样标本盒及干粮的挂包，顶风向前方测试点走去。

盛夏。骄阳。荒滩上无一丝绿荫。土壤普查队员在休息。其间只有马玉兰一位女性。

队长："小马咋吃白馍？没带咸菜？哟，也没水？给！"

马玉兰："我……不了。嗯……不方便。"她瞟了一眼一望无垠的荒滩，下意识地舔舔干裂的嘴唇。队长恍然。

队长："女同志搞野外工作真不方便哟！"

黄叶片片，在秋风中旋舞，飘落。

一农舍。油灯下，马玉兰在撰写土壤普查报告。炕上，摊满了她绘制的表格、图样。她摘下眼镜，揉揉发胀的眼眶。灯火闪烁，幻化出新婚久别的丈夫金国柱的脸庞。

金国柱（画外音）：玉兰，一别半年之久，你好吗？

镜头拉回。马玉兰一激灵，摇了摇头。她又伏身桌上，投入工作中。

寒冬。雪花飞舞。野外普查归来的马玉兰，风尘仆仆，奔向自己久别的小屋。

柳枝绽黄。银川郊区。一座小院。院门上挂有："银川郊区土壤普查办公室"木牌。室内，身怀六甲的马玉兰正在给各乡农技员上课。

画面：马玉兰拖着笨重的身躯，坐在土壤取样坑边一点一点向下移去。

画面：土壤普查队伍的自行车队。马玉兰尾随其后，吃力地在田间小路上蹬行。

旁白：没有女性的柔弱，只有女性的坚韧。马玉兰在完成了野外普查工作之后，又毅然接受了组织上交付的内业全区土地面积计量工作重任。面对十年动乱造成的土壤科研人员严重缺乏的现状，她知道，不能有任何的推辞与犹豫。

南门公共汽车站。马玉兰正在等车。

一同事："哎？小马干啥去？"

马玉兰："我去郊区农技站核实一下土地计量图样与数据。"

车来了。马玉兰急匆匆地随着人群向车门挤去。

同事：哎！慢点！小心！

画面：马玉兰弯腰站在图板前，她在仔细核量土地面积。鼻尖上满是细小汗珠。她直立起，用手顶住后腰，长长吁了一口气，顷刻又弯下身。一双肿胀的脚踩在倒了帮的布鞋上。

旁白：枯燥，琐细。科学，有时似乎是那样的平凡。然而，正是这平凡之中，科学的理性之光在闪耀着灼人的光芒！

特写：一摞记满密密麻麻数据的稿纸。标题：全区土地面积计量报告。马玉兰疲惫而又欣慰的笑脸。

旁白：5.18 万平方公里。马玉兰以一位年轻科学工作者的坚韧与责任之心，第一个计量出了宁夏这一土地的实有精确数据。它对于我区农业规划，不，不仅是农业，对于总体国民经济规划的意义是不言而喻的！

似是抽象派的油画，又似褐黄色的蜡染壁挂，层层叠叠，浓浓淡淡。

镜头推近：哦，是活跃着生命主力的土壤剖面。汩汩水流顺着土壤中的毛细血管游动上升。植物嫩白的根须在褐黄色的团粒中伸展，舒动。

镜头拉开：土壤剖面取样坑中站起了马玉兰。

马玉兰：“王老师，黑垆上届性十分典型。您看。（她向上递去土壤剖面采样标本盒）可以在这取照。”

王吉智：“可以。上来吧。”（他伸出手，用力一拉，马玉兰跃出土坑。）

马玉兰：“老师，明天去哪？”

王吉智：“那。”（他回身指去。几十公里外的六盘山雄姿伟岸。峰巅之处，白云飘绕。）“六盘山顶峰上是最典型的亚高山草甸土。”

马玉兰（画外音）：我什么时候能像王老师那样，将全区土壤性质了然于心？

马玉兰微微眯起双眼，凝视着六盘山。

摄影师：“啧，可真高呀。够咱呛。”

王吉智：“制取全区土壤骨干剖面图幻灯片，是普查系统工程中的配项工程哟，马虎不得。贻误了后人，不得了哇。”

初秋。天低云暗，空气潮湿得似能捏出水。微风吹过，一丝寒意袭来。

山脚下。

向导：“王老师，咱今天不能走盘山大路，只能抄截路。要不然，赶天黑回不来可就麻瘩咧，就这一上还得二三十里呢。”

一条陡峭曲折的小路蜿蜒向上，没入无尽的树丛草棘之中。

王吉智：“走！”

王吉智身后是背着挂包，扛着铁锨，拿着摄影器材的小小出征队。

突然，马玉兰微微弯下腰，脸色刷白。用女同胞的话说，她正“倒霉”。

王吉智：“小马，怎么啦？不行……就别去了？”

马玉兰摇摇头：“能行！”

山路上。马玉兰双颊通红，她吃力地抬头向前看去，向导的背影在远处的树丛中时隐时现。

“噢——”“噢——”向导在召唤。她无力地蹲下，用手按压住腹部，费力地脱下滑雪衫。额头布满汗珠。

镜头摇曳。树丛，小路虚幻。田径场上，一双不停奔跑的腿。她，向终点冲去，冲去……却总碰不到那根细细的终点线。

一处陡坡。王吉智向下伸出手：“小马，来！”马玉兰将背包换了一个肩，拉住手用力向上攀去。

师生二人一前一后。王吉智斑白的头影，马玉兰鲜艳的滑雪衫在陡峭的山路上晃动。

王吉智画外音：“小马坚持。”“嗯，坚持。”粗重的喘息声，越来越响。

旁白：这哪里是一般的登山？这分明是两代土壤科技工作者在事业之途上不懈的追寻。

山路尽头。六盘顶峰。

马玉兰：“妈哟。”一屁股坐到地上。山风阵阵，她打一个冷战，吃力地站起，毅然拿起铁锨与向导一起开始挖土壤取样坑。

天空，流动着乌云，如针似线的雨丝潇潇洒洒飘落着。墨绿的树叶上，滚动着晶莹的水珠，一滴，一滴，落入根下的泥土。

马玉兰跳进土壤剖面坑中。王吉智拿出笔记本。

马玉兰（画外音），剖面共分六层，一至三层为腐殖质层，第四层为过渡层，第五层为锈土层，第六层为母质层，颜色分别为：黑灰、浅黑灰、棕灰、灰棕色……

特写：马玉兰一双凝神专注的眼睛，叠印于群峰大地之上。马玉兰用手轻轻抚摩，揉搓着土壤。用钢卷尺测量着土壁。她小心采取土样标本……

根据马玉兰的测定报告，王吉智迅速记录。

王吉智等一行人站立于六盘山顶。马玉兰捋了一下湿漉漉的鬓发，望着采好的土壤剖面标本，疲倦的脸上绽出笑容。

旁白：为了制取全区骨干土壤剖面图，完成土壤系列幻灯片的制作任务，马玉兰奔波于全区十多个县，上百个乡的大地田野之间。拍摄、采样、编辑、撰写，她与她的同事们制出了宁夏第一套完整的系列土壤幻灯片！

画面：宁夏农学院农学系土壤学课。教师打开幻灯机，一张张清晰的土壤剖面图映于屏幕之上。

秦沟、汉渠，波动着一腔绸缎般的金黄温柔。平原上，纵横交错的沟渠，将淙淙的河水输入碧绿的秧田。

田埂上。

王吉智：“小马，灌淤土研究及灌淤土土壤检索系统研究课题我已接受，咱们一块干，愿意吗？”

马玉兰：“太棒了！”

王古智：“跟我干，一不能升官，二不能发财，要吃苦的哟？”

马玉兰：“老师，我知道。我总还是个党员吧。”

师生二人对视而笑。

旁白：一条奔涌大河的千百年滋润，造化了我们主人公将要倾注毕生心血去研究的灌淤土。它是引黄灌区的主要耕种土壤。历史的延宕，曾使灌淤土研究裹步徘徊。20 世纪 80 年代，当中国的农业站在了高科技发展的大门之前时，宁夏土壤科技工作者就再也按捺不住自己那责任的冲动了。两代土壤科技工作者联手展开了他们的研究工作！

画面：马玉兰埋首于大堆的图书资料中。一摞摊开的稿纸上：灌淤土研究现状。

画面：车站。马玉兰将牙牙学语的孩子递给年迈的婆母，返身跳上即将开发的长途班车。

画面：马玉兰在内蒙古河套引黄灌区稻田中取土样，在河北张家口麦垄间取土样。

张家口。旅馆内。深夜，时钟指向 2 点。马玉兰在做灌淤土水分物理测定。

冬去，春来。

旁白：马玉兰的灌淤土研究工作取得重大进展。《宁夏引黄灌区中低产田类型及改良途径探讨》《灌淤土现状综述》《我国灌淤土分类研究土类亚类检索系统》等论文及研究成果，获得了土壤界专家及同行的赞誉。与此同时，她承担起了大型类书《宁夏土壤》一书中《灌淤土》一章的撰写工作。

夏夜。马玉兰将一条枕巾轻轻盖在熟睡的孩子身上。她擦把汗又俯身于书桌。

书桌角，一摞厚厚写就了的书稿。笔继续在稿纸上滑动：第六节灌淤土的利用与改良。

马玉兰办公室。桌上，一张填满了密密麻麻数据的表格。表格上方：表—28 盐化灌淤土有机质及养分含量统计特征值字样。特写：样本参数一栏显示数为：1259。

马玉兰一时操起计算器，一时翻阅厚厚的资料，思考，书写，半天往表格中填进一个数字。

画面：不停按动计算器的手指。

王古智（画外音）：“小马，我们不能只有最终数据，还要有每一个数据的求证过程。”“老师，我重新搞。”

旁白：这里没有轰轰烈烈的场面，没有壮怀激烈的举动，然而，在那悄然静谧的严谨的工作中，闪耀着的是：一代青年科技工作者对事业的执着追求，对利学忠贞献身的光彩品格！

夕阳给窗口涂抹了一层艳红。

马玉兰郑重地捧起一方书稿向编辑室走去。

清晨。马玉兰办公室门猛地被推开。

女资料员：“小马，你的书稿不见了！”

马玉兰猛地站起。眼中立时盈满泪水。

旁白：数万言论文，28张图表，上万数据……这凝结着心血，融化着智慧、汗水、欢乐与忧烦的书稿哟，丢、失、了！然而马玉兰没有哭泣的时间，她咬紧牙关又默默地投入了重新撰写的艰苦劳动之中。终于，她不仅如期完成了《宁夏土壤》一书中《灌淤土》一章，还完成了另外两章的撰写工作。短短数载，她在土壤研究工作中取得了丰硕成果！

画面：一篇又一篇署名为马玉兰的论文发表于不同学报及刊物上。与人联合署名的《土地开发利用及盐碱化防治》一书正式出版发行。

马玉兰荣获宁夏青年科技进步奖。

科研所。马玉兰用娴熟的英语向负责宁北低产田投资改造工作的联合国官员介绍宁夏土壤类型及其状况。

植树现场。马玉兰在向林业工作者介绍土壤特质。她与林业工作者共同提出绿化规划。

旁白：她取得了诸多成果，得到了礼会的认可。然而在名利二字上，她却是那样的淡泊。

王吉智办公室。老专家望着一份名单发愣。名单上马玉兰三个字被红笔圈掉了。回忆——

马玉兰（画外音）：老师别烦心，稿费分配有难处，我可以不要，工作做了就行。我是个党员嘛。

王吉智："小马，这回报成果奖名额有限，就又要委屈你了。"他喃喃自语。

旁白：淡泊名利，忠贞事业，中国知识分子优秀的人格精神在一代青年身上依旧闪光！

春柳飘拂。犁铧翻开之处，泥土波涌浪滚。

田野中。记者在采访马玉兰。

马玉兰（画外音）：……今后的目的和方向？这一生只要能将灌淤土研究透，我也就满足了。我爱土壤科学。

音乐起。马玉兰一双凝视着泥土波浪翻涌的眼睛。（定格）

生命是什么

——农科专家赵承炳生命片断录

生命是什么？是细胞的组成。

是蛋白质的存在形式，是核酸和酶的作用结果。生物学家如是说。

哲学家、文学家、社会科学家对于这个伟大、深奥的命题又都有着各自不同的表述与认识。

生命就是种子

1980 年秋。地处腾格里沙漠边缘的中卫良种繁育场。

收获后的田野，裸露着它那宽阔的胸膛。一眼望去，在那天地交汇之处，金色的沙海与湛蓝色的天空组成一幅雄奇壮美的图画。然而，中卫良繁场场长赵承炳此时无心去观赏这大自然的神奇。一向不苟言笑的他，今日的神情就更添了几分忧虑，他脚步急匆匆，向停在便道上的手扶拖拉机奔去，他要搭上这趟“专车”，赶到县城再转乘火车去银川。他要找上级机关领导陈述自己的意见：要求他们撤回取消中卫良繁场的成命!

“撤销良种繁育场!”这消息不啻为晴空一声霹雳，赵承炳的心猛地揪到了一起。近二十个春秋了，他将青春与汗水无悔地抛洒在这里。党的十一届三中全会后，科学的春天降临神州大地，1961 年毕业于四川大学农学系的赵承炳出任中卫良繁场场长。四十不惑，二十年丰富的理论与实践经验的积累，给予他出任场长的信心与勇气。

狠抓农田、肥料、种子三大建设，与昔日的落后面貌诀别，赵承炳与书记丁双奎带领全场职工展开了与自然的搏战。一场科学与自然的搏战!

一整套科学的计划在迅速制定实施：防止盐碱，让排水系统配套；停止“黄土搬家”，让秸秆、绿肥还田。昔日的“银板田”在迅速缩小并趋于消失，有机质含量丰富的优良耕地在成倍扩大增加!

科学的风帆高扬，迎来了粮食产量猛增的喜讯。此后短短几年，良繁场一举扭亏为盈，总产量由 30 余万公斤一跃而至 70 万公斤！然而，赵承炳对于这一切并不满足，他要将这块土地建成高水平的全县良种繁育基地。为此，两年之间，几十个稻麦优良品种被陆续引入；几十个良种经过对比鉴定；有希望的品种已投入区域性试验；“三圃”实验系统也已建立健全……

一切已上轨道，目标已初露端倪。可恰恰就在这时，却要取消它了，要取消这正在进行中的一切！几多欢欣与艰苦都将不复存在！

舍不下哟，这不只是感情的原因。理智在告诉赵承炳：且不要说种子是庄稼之本，优良品种是实现绿色革命的基础，就说那农作物生长的地域性特点，也决定了你必须拥有自己的良种基地。没有它，就无从掌握新品种的动态和栽培技术。没有它，更无从迅速得到大量最佳的良种。

风尘仆仆的赵承炳赶到了银川。

“多建一个良种繁育场，就要多花一份钱。”

“我不要你们掏钱，只要留下这个农场就行了！

“一言为定哟？”

“那中卫良繁场就保留吧。”

他赢得了支持。他为中卫县日后腾飞的农业争取到了一片坚实的基地。

夏日正午的太阳，将它那金色的光芒欢乐地挥洒在生机勃勃的绿色田野上。

茁壮挺拔的玉米，舒展着宽大的叶片，一片又一片浓郁的青纱帐被撑开。

噢，是玉米扬花抽穗的时节了。

“咔吧，咔吧……”制种田里，黝黑消瘦的赵承炳将一棵棵玉米植株顶端的雄穗折断取下，杂交玉米的关键程序正在进行中。为了扩大全县小麦、玉米套种指标，良繁场承担了提供优良杂交玉米种子的任务。

他低一下头，用衣袖抹去额头上不停流淌的汗水，手臂、肩胛、脖颈虽已酸楚无比，然而杂交授粉期严格的时令性使他不敢懈怠。在那玉米田外，还有几十亩稻麦良种鉴定、对比试验工作等着他呢。

噢，终于走出了这片苍翠的玉米田，直到他确信这苍翠之中再不会留下一根同种系雄穗。他相信，从此，每到那金秋时节，饱满的杂交玉米良种就会在这里堆成座座金山。赵承炳“让杂交产生优势”的理念又一次变成了现实！

告别了身后的青纱帐，赵承炳急急忙忙奔向稻麦良种实验地。

一方方、一条条、一行行，几十个深绿、浅翠的稻麦良种品系争相展示着自己的生命华彩。赵承炳痴痴地陶醉在自己的杰作之中。嗯！这株稻秧怎么比别的纤细？颜色怎么也有点别样？莫不是混进了异种杂苗？他在这里插一个标记，过些天再来观察。

只有保证良种的纯洁性，才能保持优势的持续性。赵承炳恪守良种繁育的规律。

那是一个种子脱粒的时节。一颗异种卡在了机器的缝隙之中，赵承炳爬上蹲下，最后硬是用刀尖把小小的种粒切碎才算罢休。严谨、精确的科学态度，使得在赵承炳领导下的中卫良种繁育场得到了欣慰的回报。当白叶枯病在全区瘟疫般流行时，赵承炳的这方辖地却是安全无病区，使引种良繁场良种的中卫县受益匪浅。

中卫县良种繁育场的良种纯度高达 99.77%，誉满全区！

将一个大大的标志插在有疑点的禾苗旁，赵承炳才放心走开。噢，这是“77—1313”水稻制种田。好大一片！到今年秋季，这个由 2 公斤良种繁育起来的品种就可收获 5 万余公斤，大面积替换淘汰品种的计划可提前实现了。一阵喜悦，涌上赵承炳的心头。

哦，类似这样的喜悦第一次是在什么时候产生的？对，记起来了——

1971 年，一个出差的机会来了。在天津，他跨进了天津农科院的大门，讨得了几个优良水稻品种，他不禁欣喜若狂。

对比、鉴定、实验、示范，“天津早丰”脱颖而出。几年中半公斤“天津早丰”，逐步繁育成中卫推广种植的主要水稻品种。后来呢？从“宁粳 4 号”“京引 39 号”，到今天的“77—1313”，心血与汗水换来了一代又一代优良品种的引进成功，换来了全县水稻亩产的不断增加！

望着这整齐有序、科学配套的良种繁育基地，赵承炳对自己所经历的一切艰辛，包括从天府之国来到这大漠塞北，并无丝毫后悔。

科学——生命之魂

“什么？要继续把‘忻黄单 40 号’玉米种卖给各乡？那么‘中单 10 号’呢？不同意引进推广？”当赵承炳搞清这一切的理由仅是因为县种子公司要推销掉自己去年剩余的“忻黄单 40 号”品种时，他的倔脾气发作了。“胡闹，走，咱们讲讲道理去！”赵承炳风风火火，直奔县农业局。

为了玉米“中单 10 号”而仗义执言，赵承炳心中的底气会足得很。两年了，与“中单 10 号”相伴的两年，他与他的同事摸清了它的全部底细。

两年前，当小区域实验第一次证明了“中单 10 号”玉米所显示出的优势——每亩产量高于忻黄单 100 公斤左右时，赵承炳是何等兴奋哟！他看到了一个希望，一个让全县大面积小麦玉米套种产量再上新台阶、实现亩产吨粮的希望。然而，面对一种质疑：“‘中单 10 号’植株高，秆细，会不会倒伏？”赵承炳没有即刻回答。他知道，在科学的问题上，不允许掺有丝毫感情色彩，对于“中单 10 号”，他还要进行大区域示范实验。

又是春暖花开时节。赵承炳风尘仆仆，赴银川调来了“中单 10 号”。播种的季节到了，量播种深度，测行距指数，数下种粒数，日出日落，他伴守在田间地头。嫩笋似的幼芽顶破了土层，除虫保苗，中耕培土，他的一颗心始终同那片日渐浓郁苍翠的土地依偎相随。终于，收获在望，当脱粒机停止轰鸣，过磅员兴奋地宣布亩产数字时，赵承炳才舒展了紧锁的双眉。

当年，200 亩小麦套种“中单 10 号”玉米的实验田，亩产均达 1000 公斤。中卫县农业史上第一次有了这样辉煌的记载。

他们确认了“中单 10 号”的选择。

立即推广引进，亩产增加 100 公斤的现实，鼓舞着赵承炳和他的同事们。

现在，县种子公司为了自己一个单位的利益，就要让全县的农民兄弟受损，那等于是将数百万斤的粮食付之一炬啊！一位科技工作者的良心，一位共产党员的责任感，驱使着赵承炳不允许这样的情况出现。

陈述、论理，他们终于取得了上级单位的认同与支持；说服、劝导，他们又赢得了兄弟单位——县种子公司的理解与支持，收回全部已卖掉的“忻黄单 40 号”，全面推广“中单 10 号”优良品种！

这天，又是一个金色的秋天！小麦进仓，水稻收割了。无垠的田畴上，是“中单 10 号”的玉米世界，饱满硕大的金色玉米棒，骄傲地竖立在飒飒作响的茁壮秸秆上。

中卫县连续三年农业丰产，1991 年又上新的台阶！“中单 10 号”玉米立下了汗马功劳！

1984 年，杂交稻“秀优 57 号”品种由东北引入宁夏！

全区 16 个水稻产区的县市，从科学宣传到具体实施已作出了全面的布置。

农民每购进一公斤杂交稻种，由国家补贴 8 角钱。如此优惠的政策，加之美妙的丰收前景，不禁使人们的心情激动、欢欣万分。

一场宏大的杂交水稻种植战役即将全面展开。

中卫县西园迎水村“秀优 57 号”制种田边，新上任不久的县农业技术推广站站长赵承炳在这块不大的实验田旁已观察、巡视多时了。令人不敢相信，凝聚了袁隆平无限艰辛与智慧的杂交水稻特性——单性花异花传粉性，在调入的这批“秀优 57 号”身上却少有呈现。遗憾之至，这批“秀优 57 号”不用人工科技的帮助，已有 70%的自花传粉暗含颖果。不用等到秋收季节，赵承炳就得出了正确的判断：这批“秀优 57 号”的纯种率只达 30%。

要否决一项事物，有时比确认一项事物还要付出更多的勇气，甚至代价。

他，跳上那辆破旧的自行车，向良种繁育场实验地驰去。

调查结果完全相同。繁育场与迎水村实验地共同证明了这批“秀优 57 号”纯种率为 30%的结论。大面积推广“秀优 57 号”带来的却是不堪设想的后果。

赵承炳的一颗心是那样的沉重。

他毅然执笔，起草了暂缓推广这批“秀优 57 号”种植计划的报告。农业科技工作者的良心与责任，不允许他沉默！

偌大的会议室，空气沉闷。

“推广杂交水稻是自治区领导十分重视的一项工作，对此，我们要抱有积极热情的态度啊！。”

……

“别人说行，你们咋就说不行呢？”

面对众多神情各异的目光，赵承炳再次大声陈述自己的意见。他神态沉稳，语气铿锵，一扫往日那种拙口讷言、谦恭谨慎的模样。讲杂交水稻的植物学特性，讲这批“秀优 57 号”的缺陷特征，讲遵守农技推广三步曲：实验——示范——推广的必要性，讲国家、农民将要承担的巨大损失……他侃侃讲来，那不容置疑的严密的科学性和逻辑性，那份坦诚与热情所显示出的强烈的责任感与事业心，深深打动了听众。

“杂交稻只进行了小区域实验，就急忙大面积推广，这本身就严重违背了农技推广的科学程序，更不要说这批‘秀优 57 号’在小区域实验中就已暴露出了严重不纯性。我不同意盲目大面积推广！”他以坚定的语气，结束了自己的发言。

经过赵承炳与他的同事全力挽救，这一年，中卫县“秀优 57 号”播种亩数降到了最少限度，总算避免了一次重大经济损失。

科学，才是让绿色原野永葆蓬勃生机的灵魂！

无垠的生命之绿

“欢迎您来我们中卫实验培育‘宁粳 9 号’。”赵承炳热情洋溢，紧握着区农科院研究员马骥的双手。

“那就说定了哟？我回去向院领导汇报一下，过几天就来。”

“好，等你回来，咱们就正式开展工作。”一种渴求新的成功与创造的兴奋情绪充溢在赵承炳心中。

没有犹豫，也没有更多繁琐的“研究、研究”，赵承炳迅速向马骥发出了将“宁粳 9 号”实验点放在中卫的邀请。尽管只与马骥进行了一次简短的交谈，但农业科技工作者应有的敏锐使他探察到了“宁粳 9 号”所潜伏的希望。一旦在中卫大地实验成功，谁第一个获益，将是不言而喻的。赵承炳相信，他的邀请是有价值的。而替新品种的培育实验创造条件，也早已被他视为自己的责任。

为了这份责任，为了一种新水稻品种的培育、实验、推广，赵承炳曾花费了几多的心血——

当年的“京引 39 号”替换了“77—1313”，而“77—1313”又曾淘汰了千辛万苦繁育开来的“天津早丰”。哪一次的更替迭换品种，不是交织着赵承炳及同事们的心血？哪一次的新品种推广，又不是将中卫的水稻生产推上一个新的台阶？

1985 年。中卫县农技站新任站长赵承炳心里着急啊，连续几年大面积推广种植的“京引 39 号”水稻，已暴露出了保苗率差的弱点。用更优良的品种替换掉“京引 39 号”，已成为当务之急！

赵承炳迅速作出了决断。他率领自己的一帮人马，走遍中卫的田地原野。他要为“宁粳 7 号”水稻良种选择一个合适的示范实验点。“宁粳 7 号”，赵承炳已在良繁场搞了两年的小区实验，而今，当他取得了在全县范围内直接指挥推广农业科技的权力时，他决定把点设在曹闸。曹闸是一个中低产地区，赵承炳认为，在这里摸索出来的种植经验，将会更具代表性。

当年，“宁粳 7 号”示范种植在曹闸进行。

又是稻田飘香的季节。沉甸甸的谷穗告诉人们，曹闸示范区“宁粳 7 号”种植喜获丰收。

第二年，全县大面积推广“宁粳 7 号”水稻，中卫水稻产量又上一个台阶！

夏日午后的太阳火辣辣的，烤得人口焦心燥。放眼望去，那一池池原本碧绿的秧苗，似乎也在这烈日的威严下丧失了往日的生机。一簇簇稻秧蔫头耷脑的，叶尖像是被大火燎过，干黄枯白。太可怕了，“宁粳 9 号”发生了“恶苗病”。

“老马，别急，我这就派人去购买农药。”一脸焦黑，满腿泥泞的赵承炳站在田埂上向马骥说道。

新品种实验有几次是那么顺利的？那还是在良繁场第一次做玉米杂交制种实验时，幼苗破土不久就遇上了天敌“地老虎”的进攻，望着一棵棵被咬断的苗儿，急得人恨不得把地踩个洞。“野灰菜沾六六六粉，当毒饵可药杀‘地老虎’。”书上这么说，可一时上哪儿找到那么多灰莱？承担全县制种任务的良繁场，杂交玉米亩数多达百亩。一窝一窝去挖？那可就慢了。“地老虎”可以在三五天之内将 70% 的玉米苗毫不留情地毁去。查资料，访老农，研究“地老虎”的生活习性，一个可行性方案终于找到了：用油饼、麸子与“敌百虫”拌在一起，诱杀“地老虎”！连夜动员，连续作战，一场人与虫害的搏斗，以人的大获全胜而告终。然而不等赵承炳松口气，那母本玉米植株与父本植株的发育生长又产生了差距。怎么办？照此发展下去，花期不能相遇，杂交便成为一派空谈。于是，他又把自己整日投入到那片碧绿之中，日日观察，时时记录，像母亲在悉心照料着自己的儿女，谨慎施肥，适时耕种。又像一位审慎而又及时把握战机的将军，指挥着每一次战斗的胜利进行。

终于，顶穗扬花，红缨吐艳；终于，田野金黄，脱粒机欢唱。杂交玉米制种任务取得圆满成功！

此时，望一眼满田患有“恶苗病”的“宁粳9号”，赵承炳期望它们，此次也能如当年杂交玉米制种实验样，越过障碍，取得胜利！

对比、研究，在几种农药中他们终于有了最佳的选择。

经过药剂处理的秧苗，在夜露滋润下又恢复了它们的蓬勃生机。

第二年，他们加大植株行距，增强“宁粳9号”的透光通风性，使“恶苗病”得到了预防、根治。即使再偶有“染病”，那也只需花几角钱农药便可以立即消灭病害，不会给“恶苗病”以蔓延的机会。

“宁粳9号”终于以比“宁粳7号”连续增产10%的试验、示范种植结果，又一次骄傲地宣布了现代生物科学的胜利！

冬日。没有一丝风，午后的阳光照在人们身上，暖烘烘的。今日的县农技站，格外整洁鲜亮，里里外外透着那么一股子喜庆劲儿。宽敞的会议室里，水稻“宁粳9号”种植经验总结汇报座谈会正在热烈进行中。

会议室里，农技站诸位同志轮番演说。讲“宁粳9号”的种植特性，讲“宁粳9号”的培育过程，讲“宁粳9号”的种植经验，讲它的推广前景……

“如果‘宁粳9号’得到推广，我县水稻亩产平均增加100公斤是大有希望的，中等水平稻地，亩产达到700公斤不应该有什么问题。尽快在全县全面推广‘宁粳9号’种植，在推广中能得到各级领导的支持，将是我们的希望！”精神振奋的赵承炳作了最后的汇报发言。

与会者的情绪兴奋了。一时间，提问、回答、研究、探讨……很快，一个如何推广“宁粳9号”的切实计划得到通过。

“各乡领导要亲自参加推广工作，县农业局也要拿出具体实施计划步骤！”县领导一言九鼎，赵承炳心中感到踏实多了，往日微黑的脸庞，此时泛起一片红晕。

春节。还是农技站那间会议室，坐满了全县的农技干部，这是“宁粳9号”栽培种植技术训练班正在上课。

研究员马骥被赵承炳请到了中卫，由培育者亲自给学员们上课……

黑板上，一行潇洒的大字：“宁粳9号”栽培措施……

学员们个个神情专注，赵承炳轻轻为讲台上的茶杯续进热水。黑板写不下了，他拿起黑板擦，唰唰唰，迅速又谦恭地将板面擦干净。

马骥洪亮的讲课声在会议室内回荡。望着专注的学员，赵承炳想到，类似培训班还应层层办下去，直至把村干部、技术员都轮训一遍。快下课了，下一堂该是自己的课了，要做点准备了。

夏日。

一辆破旧的绿色吉普车沿着黄河，裹挟着一路灰尘，往返于各村庄之间。吉普车里坐着赵承炳，还有他请来的马骥同志。到插秧时节了，为了让农民兄弟充分掌握“宁粳9号”的种植技术，赵承炳与马骥来往于中卫的乡间地头，一身热汗，一腿泥水，对株距、行距、施肥、放水个个环节亲自指导，全面巡视。为了中卫金色的秋天，他们决心把好这水稻种植的关键环节。

哦，又是暮色笼罩之时，劳碌了一天，赵承炳瞥见闭眼靠在后座上的马骥，心中涌出说不尽的愧意。

秋日。

鱼肥稻香，塞上最美的季节。曹闸村“宁粳9号”试验田迎来了全县水稻现场会的代表。浓绿的稻田已透出了成熟的微黄，那一片连一片似是经人工裁剪的水稻，于秋风中轻摇着沉甸甸的穗头，“宁粳9号”骄傲地将全部优势袒露给了参观者。

现场会的召开，将使来年“宁粳9号”的种植面积一跃扩大7倍！同年，中卫县迎来了它连续的第七个丰收年！

七年的丰收，七年的喜悦，是农业绿色革命者赵承炳及其同事们献给这方热土的一片忠诚。

哦，无尽的绿色，无尽的生命。

煤魂

——马忠和故事节录

“这是一个没有英雄的时代。”有人说。

不！你看——

在大地訇然裂开的胸膛里，跳跃着的是一个什么样的魂灵！

那是一个勇敢的魂灵，一个燃烧的魂灵，一个牺牲与奉献的魂灵！它不弃不离的是晶莹的乌金，深邃的矿井；它魂牵梦绕的是那博大的煤田与厚积的煤层！

▲“嘟”——尖厉的哨音划破空巷的黑暗，采煤组组长吹响了放炮前的警哨。

一颗颗游动的星聚集到了一起。磁窑堡矿采煤二队队长马忠和仔细、迅速地查点着自己的矿工兄弟们。“小李子，小马、老高……”24 年的井下工作历史，已使马忠和练就了一双在昏暗的光线中具有极强分辨力的眼睛。“齐了。”马忠和走向爆破启动器。

“预备——”

轰鸣前的刹那静寂。

“放——”大地猛地一阵剧烈抖动……震颤，过去了。突然，马忠和一个激灵。“不好！”他敏感地察觉到一种异样的声音。“刷，刷，刷”——啊，工作面冒顶了！爆破在撕裂煤层的同时，也将顶板上的金属网扯了一个 3 米长的口子。碎石正肆虐地倾泻着。

“不要慌！班组长、杨书记和我留下，其余的人撤离待命。”马忠和在大巷中发出了威严的命令。

没有怯懦，没有退缩。在数百米的地层深处，权威，基立于沉静、果敢、机智与英勇之上。

橙黄的灯柱在黑色的尘埃中颤动。真让人糟心，煤块，碎石几乎已将工作面堵死，轻轻一动，它们就又哗哗地流泻下来。

“你们两个人跟杨书记去找钻杆和钢钎。”

“你，跟我来。”

哐，一根，哐，又一根……几根长 4 米，径近 1 尺的坑木抬来了。汗水将马忠和和他的搭档的脸庞冲成了三花脸。

“斌岐，咱们先拿坑木和这些钻杆、钢钎把网口封起来，让石头掉不下来再说。”马忠和叫着自己的伙伴——党支部书记杨斌岐。

3 米长的破口封住了！

“你们给我照着亮，甭进来！”木托板顶在头上，双手抱起钢铁支柱，马忠和一人毅然走进那片黑色的浑沌之中。除了自己，他不愿有任何一个人再与他同担风险。

一只支手将木托板贴在顶板上，双腿夹紧支柱，一手使劲一拔，嘿！顶住了。支稳，支稳！呸，呸，呸，下落的石屑灌了他一嘴。“队长，小心！”“咔嚓，刷——”黑暗中不知哪里又掉下一块石头，发出瘆人的声响。

意志，在飞扬的煤尘与不时下落的碎石中挺立着。

快，快把顶支撑起来。马忠和抱起支柱，一根、两根，一组、两组、三组……每组六根支柱，每根支柱 120 斤重。他一次次返回安全的彼岸，又一次次抱起支柱走向危险的黑暗。

一个小时，两个小时，三个小时，四个小时……

汗，浸湿了厚厚的工作服，受了风寒的双腿控制不住地开始颤抖。“马忠和，你咋这么怂？”他咬牙骂着自己。

黑沉沉的工作面上，默默挺立的钢铁支柱在一组一组不断增加。终于，他们将整个下垮的顶板支撑了起来！

马忠和抹一把汗水，又拿起铁锨，他想要快点把碎石清除掉呢，今天耽误的时间太久了，任务完不成咋办？“斌岐，你给咱上井弄些馍馍来，我就不回去吃了。”他扭头喊了一声。

这是 1989 年 10 月，一个晴朗的秋日向我们讲述的马和忠，对他来说，这是一个平常又平常的故事。

那迷宫似的矿井深处，类似的故事太多了。你听——

訇然一声，像雪崩，像狂风，像海啸。当顶板骤然间垮下时，翻滚的黑暗瞬间湮没了 3133 号 88 米长的工作面，湮没了 300 个金属铰接顶梁，400 根金属支柱和长龙般的刮板运输机。它们，在黑暗中呻吟……

马忠和充任回收清理突击队队长！临危受命！

他，第一个钻进了那片黑暗的危险……

血肉之躯，被压迫在仅 1.2 米高的区间。

獠牙利齿的岩石要与不屈的他们作一场较量、决斗。

“咔啦，咔啦……”半跪的身影挥动着镢头与铁锨。“咔啦，咔啦，”碎石凄厉地咆哮，充塞了无际的黑暗……

较量，这是肉体与岩石，意志与黑暗、与危险、与恐惧的较量！

一滴、一滴，一片、一片，殷红的血迹涂染了乌黑的碎石，似乎在闪烁着奇异、绚丽的光彩。

一个个敦实的临时木支柱换下了濒于崩溃的钢铁支柱与顶梁。一节又一节，由乱石中扒出了刮板运输机长龙似的骨架。

整整四天。

结束了——

马忠和摇摇晃晃地站了起来，黑红的双膝与双手惨不忍睹。

“我不咋。王生季的手指甲掉了，十指连心呢。”

他，无视自己的英勇。

不，你无权无视你的英勇。英勇，它是整个人类，人类文明仰视的品格。因为——

“英勇是一种力量，但不是腿部和臂部的力量，而是心灵和灵魂的力量……”

哦，一个英勇的灵魂！

▲平日里总是慈眉笑脸的马忠和队长，今日里的脸布满阴霾。

母亲双目失明了，要动手术，让他立即回家！

马忠和的心揪在一起！

我不是个好儿子啊！他仿佛看见鬓发霜白的母亲正依门在等待着自己。等待着这个一年 365 天只知下井挖煤却顾不得回家探母的长子。他的心在自责中颤抖、流泪。

他恨不得立刻赶到掉入黑暗中的母亲身旁，握紧母亲那辛劳一生的粗糙、枯瘦的双手，给她以心灵的慰藉。

然而，然而……采区要搬家了。几百米长的刮板运输机要拆、要装；支柱、顶梁要回收；上巷、下巷要清理，坑木要搬运……千头万绪，不能有任何差池。走不开，走不开呀，马忠和头上渗出一层细汗，心乱如麻。

“回你的家吧！”年轻的党支部书记杨斌岐发急了，“有我和两个副队长呢。放心不下？就你心重！”谁说不是？深深的矿井拽着马忠和的那颗心呢，能不重？矿井知道哟——

马忠和的心，似乎永远都在那长长的巷道中逡巡。

工人们都说，日怪得很，只要井下运输机一出毛病，马队长保准站在现场。难道是他的心灵与矿井有着某种感应？

杨斌岐记得——

井上正是暮色四起之时，井下刮板运输机出了故障。马忠和与杨斌岐带领几名工人将 130 米长的刮板运输机一节一节从煤堆中扒出来，又一节一节地拆开，再一节一节地安装铺设。坚韧与耐心陪伴着运输机不断延伸。十几个小时如流水般逝去，又到了清晨。班前会的时间到了，杨斌岐离开了掌子面。

班前会结束后，困盹将熬了一夜的杨斌岐结结实实地撂倒了。一觉醒来，已是太阳西斜。马队长呢？上井的工人说，刮板运输机修好了，可顶板上又出现了“掉包”，队长正在处理。天哪，他还在井下。

那一次啊，马忠和又连干一个班，他放心不下……

清晨，汽车向着初升的太阳驶去。跳上公共汽车的马忠和回转身大声说道：“我安排好就回来!”

“甭急，把老母亲病治好！甭急!”

汽车开远了，杨斌岐看见一个身影从窗口伸出头来向他喊着什么，他知道，那准是他那个“放心不下”的马队长，那个时时牵挂矿井的马队长。

当天下午，忙碌的巷道里。

杨斌岐擦了把汗，一回头，咦？扛着个支柱往上顺槽爬的是谁？腿一歪一歪的咋那么像马队长？不能吧？他上午才去吴忠送老妈进医院，下午就能回来下井？低下头避开对面晃眼的矿灯再看看，不是他是谁？杨斌岐心头一热，赶上去。

“嘿嘿，不是我放心不下，我是怕新来的 40 多个工人不熟悉井下情况。多一个队干部照看总好点。”马忠和解释着。

就这样，他，为母亲办好住院手续，将妻子留下，就急匆匆地赶回来了，一个共产党员的责任心促使他赶了回来!

马忠和，深感自己对于矿井，对于煤层，对于党所交付自己的采煤队，有着一种深深的责任。在担负这样的责任中，他，实现了一个燃烧灵魂的价值，一个共产党员的价值!

▲他不愿放弃这笔财产！这是一笔价值 600 元的财产。

20 余年前，对于一个生长于黄河边的农村少年来说，他明白 600 元相当于一个中国农民辛劳两年的全部劳动所得。然而，当中国跨入 20 世纪 90 年代，当马忠和再也不是那个赤着脚板戳牛屁股的农村少年，而是一个有 24 年工龄，率领着 208 名工人的有经验的采煤队长时；当他早已了解国家为自己矿所在的灵武煤田一期工程就投资 26 亿元人民币，磁窑堡矿一年产值就达数百万元时，他还是不愿放弃这笔既不属于他个人，他也压根不想去占有的财产。无论这笔财产对于 20 多年前的他是笔天文数字，还是对于今日的磁窑堡矿只不过是九牛一毛，但他都不愿放弃！也许是一个中国农民的儿子早就形成了的节俭思想所致，也许是那早已将自己融入祖国煤炭事业的一个高尚灵魂的自觉行动反应！

当亲临一线指挥生产的副矿长宣布采煤工作面收尾放顶工作结束，放弃6根被埋在老空层中价值仅600元人民币的金属支柱时，马忠和那倔强的声音响起了："这6根金属支柱还能看见顶帽帽呢，咋能就算了？刨！"他的顽强近于执拗。

用手，用锹，用镢，不，用意志，用勇敢。又是三个小时之后，6根金属支柱被完整地回收了。放顶收尾工作没有留下丁点遗憾。副矿长望着马忠和那张心满意足的脸庞，感动极了。

细流入海，一个灵魂将自己永远地归依于永恒与博大，不分彼此。它视大海的利益如同自己的利益！

树是山的精灵；鸟是林的精灵；鱼儿是大海的精灵；清泉是大地的精灵。他，是煤田矿井不可或缺的精灵！

▲"就你的事多！上回爷们打支柱你就横挑鼻子竖挑眼。啥不能先打密集了，要先打点柱，安全，安全，哼，爷们的安全爷们不操心要你操个啥心?!"大个子把个金属支柱气哼哼地往煤上使劲墩着，冲着煤壁大声嚷嚷。

打支柱不先打点柱，光图痛快先打密柱，那悬空顶板万一塌下来后果不可想象！生命不允许去做无为的冒险！安全组长马忠和不管大个子一百个不愿意，死活盯着他把点柱打了才算完事。今天，马忠和又检查出了大个子打的那几个不符合安全标准、角度倾斜的支柱，他铁面无私地要求重支。

"咳，你是队长的儿子，你还是队长的孙子？队长不管你管个屃！"大个子猛地回转身，冲着那头站着的马忠和骂开了。

像石头砸在了棉花堆上，没有任何反响。

"今儿个爷们就是不重打，看你有个屁办法。"大个子脖子一拧，用支柱把煤块砸得咔咔啦啦一片响。

掌子面沉默了，只听得干活发出的呼哧呼哧的喘息声。

掌子面上，支柱终于全部打满，工作结束了。大个子在经过刚才马忠和要他重新打的几根支柱前瞥去恨恨的一眼。突然，他愣了，支柱已重新打过，柱帽顶上还衬了托护木板。他，稍一停步，低下头闷闷向主巷道走去。

哦，矿井，矿井在黑暗中轻轻地笑了。它为有马忠和这样的工人而欣慰。

欣慰的不仅是矿井，还有那与他休戚与共的矿工兄弟们，他们因有马忠和而多了一份踏实和安全。

3123工作面第一次放顶工作在进行着。

一支矿灯的光柱扫视着掌子面的顶板。呀，一条险恶的裂缝！细细的煤末正顺着煤壁沙沙地急剧下落。不好！顶板压力大，要垮落！马忠和往下看去，季玉贵和新工人毛华正背向着他在回收剩下的五六根支柱。“季玉贵快撤！”他大声喊道。季玉贵头也不抬，“慌慌啥，还有五六排支柱撑着呢！咋也不咋。”“妈个×，快撤！”马忠和声音都变了。顶板“咔咔”地发出声响，他一下跳到毛华身边猛地拉起他向大巷道跑去。说时迟那时快，“轰”的一声，一股黑色的涌浪，顶板垮落了！

马忠和为了矿山及工人兄弟们的安全，练就了一身绝活：观察顶板裂纹的宽窄，听听敲击金属支柱产生的声响，看看木托板的受压情况，他就能判断出顶板压力的大和小。与他在一起，弟兄们心里踏实、安全！

十七年了，在他当年任安全组长，如今又是队长的采煤二队，没有出现过一起恶性伤亡事故！

兢兢业业、严密周到的工作作风促成了生产的文明与安全。

矿工感谢你！

▲像齐白石之于绘画，陈景润之于数学，李宁之于体操一样，马忠和对于采煤有着一种特别的灵性。

当采煤工，一把铁锨被他使得呼呼生风。攉煤进度让别人无论如何都赶不上。

当支柱工，他腿快，手快，眼快。别人不敢回收的支柱都交给他去干。二十多年不但没扔过支柱，还没受过伤，你说绝不绝。金属支柱替换木支柱作业法，他第一个在全矿试验成功。

当掘进工，别的工人由师傅带半年还不敢单独作业，他却一个半月就可以单独打掘进头。无论是开钻打眼，还是装药放炮都干得又快又好。

马忠和成了闻名全矿区，技术最全面、智勇兼备的采煤队长之一。

1989年，就是这个闻名全矿区的采煤队长，却老瞅着工作面的煤壁发愣，块煤是末煤价格的两倍。如果提高块煤率，生产利润准会大大增加！问题是显而易见的，却找不到解决它的途径。

一次，当他将一节炮泥往炮眼中填塞进去时，突然，灵感似一道闪电划开了马忠和的思维空间：现在是上帮炮眼密，下帮炮眼稀，呈倒三角形。这势必造成一则煤块不易下垮，二则爆破力过大导致煤块大量粉碎。如果将上帮炮眼改疏，在中间再加一个炮眼，由下往上爆破，那么不但爆破力均衡，而且造成煤块容易垮落之势，这样煤率不就会增加了嘛？

哈哈！

几番研究，几番实验，马忠和的设想终于实现了！“三花炮眼”爆破法试验成功！

利润产量在创造中上升。

当今的磁窑堡煤矿一派勃勃生机！

▲40 多岁的查学仁慌慌忙忙地跑来找马忠和。“队长，你为啥不要我了？我不离开二队。”他一脸的委屈。老查年纪大了，趁这次矿上调整人员，马忠和设法将他调往井上别的单位，本是照顾，却没想到惹恼了他，做队长的马忠和顿时忐忑不安。不是老查不愿在井上工作，是他实在舍不得马队长领导的这个让人舒心温暖的集体。这个不善言辞的人，突然变得滔滔不绝起来，一下说出那么多温馨的记忆：队长啥时都没下重言语，尊重咱工人，评奖金、派工作公正合理……何止是一个查学仁啊，在采煤二队许多工人心中，不都浮着一片温暖的记忆？

铁金林记得——

那次他患重感冒浑身无力，马队长接过他手中的铁锹帮他攉煤让他休息。

小嘎子杨华记得——

他头年来矿上当采煤工时身体单薄，马队长特意将他从掌子面采煤组换下来叫他去开刮板运输机。“小伙子身子单，等长上一年再去采煤。”兄长般关心的话语，让这个初来乍到的年轻人一下子感到黑暗与阴湿仿佛顿时从井下消失。

合同工小李子记得——

媳妇从乡下突然来到矿上没处住，马队长拖着他那风寒腿，火急火燎地在镇上四处帮他找房子。

临时工小王记得——

未婚妻一听说他不是个正式工人，死活要和他吹。亏得队长左劝右开导，人家才又和他花好月圆了。

老工人记得——

他们离队时队长为他们主持的欢送会。

新工人记得——

晚上队长到宿舍替他们盖被子。怕后半夜上班的小伙们起不来，亲自挨个叫醒他们，又陪他们一同下井，但凡明儿个你缺了钱，只要碰上队长，他准笑嘻嘻一掏荷包子——咳，给！

就连那个老打架，动不动就要和人见高低的蛮小伙，即使挨了马队长的罚，可还是一挑大拇指：没说的，批评为咱好，罚的公道，服。

不用一一列举了，208 名工友们——无论是正式工、合同工、临时工都记得马队长给他们的那份尊重、那份爱护、那份公正。

尊重人的价值，关心人的情感，共产党员马忠和凭着他那纯洁的党性，凭着他那一颗普通善良而又高尚的心将这一切做的是那样的完美！高尚，在这里闪耀着的是，如同珍珠一样自然、亲切、润泽的光辉！

马忠和像一个强大的磁场将矿工兄弟凝聚在了一起！

凭借于此，马忠和无论到哪里，哪里的工作局面就焕然一新！

当年的采煤一队是个有名的老大难单位。一年中，事故接连吞噬了三位工友的生命。恍惚、不安的情绪像一片不散的乌云笼罩了大家的心灵。人心涣散，无人上班，耍钱聚赌成了工人排遣自己心中那不安郁结心情的唯一方式。

马忠和来到了采煤一队，与劳模老黄分别担任了党支部书记和队长。

走东家串西家，两颗温暖的心灵在尝试着与众多寒冷的心灵坦诚碰撞。

与此同时，面对困难——

他，身先士卒，废除一切空谈！似战争年代我党最优秀的指挥员冲锋在第一线！

井下。你打钻眼，我给你填塞炮泥；你打支柱，我给你穿接顶梁；你攉煤，我也拿起铁锨。队长和书记轮班与工人比着干。

连续的拼战，妻子落泪了：“你就是个铁人也要磨下去一截嘛。”揉揉疼痛的双腿，马忠和对妻子强扮一个笑脸。

马忠和与黄队长那卓有成效的指挥，那老到周密的生产安全检查工作，那冲锋在前的模范带头身影，似无形的春风吹散了一队工人心头长年郁积的那片阴云。消极、涣散、惊恐、不安迅速消失！

原煤产量由原先的日产500吨直线上升至700吨。与此共同上升的还有工人的工资与奖金！笑容，绽开在了工友们那长期惆怅的面庞。

健全井下作业、安全制度；制定民主评审奖罚规定；确立班组长工作条例；调动工作积极性，改善人际关系……有效的工作似大功率的发动机，推动着采煤一队这台机车呼啸着冲出了窘困的谷底。

马忠和，敦厚和善貌不惊人的马忠和，成为灵武煤矿区内知名度很高的人物。上至矿务局局长，下至普通工人，提起他有口皆碑：好样的！

一系列的称谓：自治区“五一”劳动奖章获得者、全区优秀共产党员、矿务局先进工作者、矿劳动模范，向马忠和表示着党和人民对他的尊敬与热爱！

在这令人激动的荣誉面前，马忠和却忐忑不安：我实在是太平凡了！

是的，你平凡，你没有灼人刺目的光芒，正如那百米深处巷道中沉默屹立着的无尽煤层。但无论是什么人，在它面前，却都不能不为它的博大厚积而震颤！

是诗人，更是战士

——记宁夏作协名誉主席朱红兵

准备接他来文联开会的黑色伏尔加还未驶出，他却已笑眯眯地走进了机关大院。随口说一句“安步当车，身体健康”，鲁音浓浓的。

会场上，静静地听取汇报，安详地发表意见。颐指气使与文艺界时髦的超度“自我感觉良好”，都绝对与他无缘。

哦，外表是那样的普通，即使在他所领导的文联机关内，你也很难将他与一般工作人员相区别。

然而，我知道——不，许多人都知道，这位普通的长者——朱红兵，却有着并不普通——眩目而又令后辈敬仰的人生。

他出生于齐鲁大地一位普通农人的家中。脸朝黄土背朝天，辛苦劳作了一辈子的父母，苦挣苦扒，积蓄起一点钱，好不容易供他进了一所简易乡村师范读书。

当一位普通的乡村小学教书先生，这，可能将是生活送给他的最好前程。

卢沟桥的炮声，打破了少年朱红兵贫穷而又平静的生活。中原之大，已容不下一张安静的书桌。侵略者血腥的铁蹄，追逐着韩复榘溃散的败兵与逃难的乡民。

流亡。流亡。少年朱红兵随学校颠沛流离于河南、湖北、四川等地。

中华大地在痛苦地燃烧！疮痍的国土，挣扎的人民……

一颗稚嫩的心，浸泡在苦难之中，又于苦难中寻觅，觉醒！

《七月》《大众哲学》《八月的乡村》……一大批进步书籍浸润、鼓舞了寻找民族解放之路的心灵。尤其是《七月》上那一组组民族精神昂扬，歌唱抗战，歌颂战火洗礼中人民的诗篇，更是激励了年轻的朱红兵。确切地说，就是从这时起，他，深深地爱上了诗歌，无论是在以后戎马倥偬的战争年月，还是在和平建设的日子里。

那年，年轻的朱红兵与一批知识青年辗转来到了抗日圣地延安。

抗日民主根据地进步的、战斗的生活，工农兵群众艰苦奋斗，英勇抗日的事迹，教育、鼓舞着年轻的朱红兵。在延安大砭沟青年干部学校学习的他，以明亮、欢快的笔调，写出了《晚会上的伙夫》等反映边区火热的大生产运动的诗歌。这些诗作被《大众习作》等刊物发表。从此，诗情如涨满的春水，涌动不停。

边区的诗坛上又走来了一位青年诗人！

1941年，朱红兵以自己的才情与优良的成绩考取了延安鲁迅艺术学院，就读于文学系。

坐落于桥儿沟的鲁艺啊，荟萃了一代革命文艺精英。戈壁舟、李纳……与他同窗共读为友。周扬、何其芳、周立波、陈荒煤……任文学系的教师。在这里，有良师益友一同切磋技艺，有名著经典哺育滋润他年轻的生命。

血管中涌动着蓬勃青春的朱红兵，将一支手中的笔，磨砺得更加锐利。《我是农民的儿子》《劳动歌唱》《我是一块制成的砖》等诗歌作品在《草叶》《解放日报》上相继刊出。鲁迅艺术学院的校刊、墙报上更是有他洋溢着才智与热情的诗作登载。

是柔情万种、才情勃发的诗人，也是英勇无畏、果敢刚毅的战士。这是革命战争对于朱红兵这样的青年知识分子的要求。

抗战最艰苦的1943年，朱红兵由鲁艺毕业了。一个落日的黄昏，即将到《边区群众报》任职的朱红兵在延河边散步。闲谈中，鲁艺干部处处长告诉他，斗争激烈、残酷的三边，缺乏干部，少有人愿去。

“那，我去吧。”诗人朱红兵没有失去战士的英勇！

他离开了后方，离开了党中央所在地，奔赴三边——盐池县。这里是与马鸿逵统治区交界的地方。放弃所心爱的编辑岗位，将手中的一支笔换成了乌黑瓦亮的驳壳枪。他，担任了盐池三区宣传科科长。

敌我交错，拉锯战频繁不歇。时有我方同志被顽军抓去残害。然而，斗争的严酷，丝毫没有影响他对文学的热情。利用斗争间隙，他搜集整理了大量的民歌（后大部在战斗中丢散），并且采访边区战斗英雄、劳动模范，组织起民间艺人，将他们的事迹编写传唱。新中国成立后，由何其芳编选，人民出版社出版的《陕北民歌选》中就收录了这一时期朱红兵组织编写的民歌、唱词。

战士兼诗人的朱红兵，以他特殊的干部素质，开创了自己的宣传工作。

抗战的硝烟还未散尽，内战的阴云又已布满天空。地处与马鸿逵交战的前沿——盐池，斗争更为复杂、激烈。朱红兵率领地方武装，开展游击战。斗争中不幸被叛徒出卖，被捕入狱。摧枯拉朽的解放大军，将未及被敌人处决的朱红兵由虎口中解救出来。他，来不及擦抚身上的血迹与伤痕，就又接受了新的使命。

牵一对骆驼，驮两架子书，朱红兵裹一身风尘，大踏步来到了塞上古城银川，接收马鸿逵书局。凭着两架子由定边根据地运来的书籍，他创办了宁夏新华书店。从此，战士朱红兵转战于党的文化战线。

新中国诞生，使曾经为之而奉献出青春与热血的朱红兵欣喜若狂。他将一腔的欢欣化作了奔放的诗情。《二次来宁夏》《春工一日》等歌唱人民战争，抒发人民胜利情怀的诗歌、散文作品，先后在《宁夏日报》副刊《宁夏川》上发表。

诗人朱红兵终于将因战争而珍藏多时的一支文艺彩笔取出而尽兴涂画。

20 世纪 50 年代，朱红兵历任宁夏省文化局副局长、甘肃省文联副主席，并在此期间创办了《宁夏群众文艺》。这一时期是我们年轻的国家最宁静而又最快乐的岁月。社会主义建设高潮兴起，每一位中国公民的心中都怀有美好的憧憬。

朱红兵一颗诗人敏感的心，也与全国人民一样，因为兴奋而在欢乐不停地歌唱。这一时期是他创作的高峰期。

一组组诗作，先后在《甘肃日报》《陇花》《延河》上发表刊出。他的作品中既有风格秀美、清新的《河边的黄昏》《凌霜》《红叶》《北塔》，也有以明快、炽热、昂扬的笔调记录时代脉搏、讴歌普通劳动者风采的《劳动的歌》《谁说这是夜间》《兰州散歌》等作品。其时，还与三边时的老战友、著名诗人李季共同创作了反映农村新生活的长诗《银川曲》，并由北京通俗文艺出版社出版。

1958 年，宁夏回族自治区成立。朱红兵再次返回银川，就任宁夏文联筹委会副主任，着手创建宁夏文联。

工作新开创，事务纷繁，人员缺少。朱红兵既是驻会领导，兼任《群众文艺》（《朔方》前身）主编，又是具体工作人员。从校对稿件到终审付印，从调配人员、日常工作安排，到远景规划设计的方案，他均要一一过目，亲自动手。

宁夏地处偏远，文学艺术人才缺乏。为了繁荣宁夏的文学艺术事业，朱红兵将培养、扶植作者当作文联工作的首要任务来抓。

朱红兵亲自请来农民业余作者，为他们开设文学创作理论课，并送他们到各地参观学习，以开阔视野，提高文学素养。在他的领导下，当时的《群众文艺》发现、培养了张武、翟辰恩、王有、井笑泉……一大批作者，为宁夏的文学队伍建设作出了贡献。这期间，宁夏唯一的文学刊物《群众文艺》也由八开四版半月发行的小报，发展成了正式的文学月刊杂志。

有心血的倾注，就有硕果的收摘。二十多年后，宁夏著名画家丁钧在他的个人画展开幕式上，深情地对朱红兵说："是您，将图板交到了我的手里。"

时光流逝，记忆不会减退！对于曾为人民作出了贡献，为祖国的进步流下汗水的人，历史是会作出公允的评价的！

冗繁的事务，并未使朱红兵辍于笔耕。他利用业余时间写了大量的诗歌、散文作品，在《人民文学》《群众文艺》《甘肃文艺》《宁夏日报》上发表。

1959 年春节，鞭炮与笑声被关在了窗外，埋首于写字桌前的朱红兵，沉浸在长篇叙事诗《沙原牧歌》的创作之中。他以自己所熟悉的三边老根据地人民的斗争生活为素材，通过青年农民王夫与秀兰悲欢离合的动人爱情故事，勾画出一幅中国共产党领导下的贫苦农民争取解放的历史画卷。长达两千多行的《沙原牧歌》在 1960 年的《群众文艺》上分四期连载后，以其动人的情节，充沛的感情，鲜明的形象，浓郁的地方特色以及通俗流畅而又清新优美的语言，获得了广大读者的喜爱。1983 年，该诗由宁夏人民出版社出版。同时，为飨读者，《朔方》文学月刊选载了其中部分章节。

1982 年，朱红兵开始主持自治区文联常务工作。建立文学基金，举行全区文学评奖，动议举办文学讲习所，规划文联新办公楼建设……为宁夏文学事业，他呕心沥血，尽着一位老战士最后的职责。对于他，党和人民给予了极大的信任：中国作家协会第三次全体会员大会推举他为理事；自 1980 年以来，朱红兵历任宁夏文联副主席、主席、名誉主席，中国作家协会宁夏分会主席、名誉主席。

1986 年，朱红兵以一位战士应有的胸怀，退居二线，举贤让能于更年轻的同志。

“我这辈子没啥显赫的成绩，我不过是一块普通的供人民使用的砖吧！”

我是一块制好的砖，／等待工匠们拿去，／勿论放在高楼的尖顶，／或是茅屋的根基，／我本身就是为了建筑的。

20 世纪 40 年代所写下的诗篇，如今的人们，能够理解吗？

文坛铺路人

——记老作家、老编辑路福增

他随手几笔，几只惟妙惟肖的小动物，就活泼泼地跑了出来。臭狐狸一手叉腰指着天空，闭起一只眼斜睨着两只张大了的三瓣嘴，傻呵呵的小白兔，讲着什么谎话。大恶狼高举前爪，仰天狞笑，露出一嘴尖利的牙齿，还有那机警的梅花小鹿，傲视一切的大公鸡……无不各具神态，充满稚趣，细看，真有些韩美林动物画的神韵呢，“妈妈快看呀。”坐在一边看他画画的小朋友乐得直喊。“送给你。”他把这张画拍在了小家伙的手里。这下把个小鬼头高兴得连蹦带跳地叫着跑了。在座的人都禁不住笑起来：“路公啊，路公，看来小动物和小朋友可真跟你有缘分，这缘分斩不断啦！”

是斩不断啦。三十八年前的《人民文学》编辑部青年美术编辑路福增同志，利用业余时间写出的反映儿童纯洁友谊的短篇小说《两个孩子》，发表在《文汇报》副刊上，从此便一发而不可收，沿着儿童文学创作的道路一直走下来，不管途中是寂寞还是喧闹。如今，他已成为著名儿童文学作家。身任《朔方》文学月刊主编、作协宁夏分会副主席。文学界的朋友们尊称他路公。

20世纪50年代初期的路福增，好快活，好忙哟！

庆祝北平解放的腰鼓声，使他这个早就向往“西山是个好地方”的青年学子，从大学一年级的课堂里跑出来，投身到了轰轰烈烈的革命队伍中去。那是一个崇尚革命浪漫主义情怀并且奋不顾身投身现实革命斗争的年代。年轻的路福增，放弃了经济系的学习，考进了华北大学三部美术系。当时的华北大学是一所培养革命干部的新型学校。自幼就爱好美术、文学的路福增，可找到了发展个人才能的广阔天地。他用一支多彩的笔，跟随华大文工团二团美术组，下厂深入生活，搞宣传，不久又调往刚刚创刊的《人民文学》任美术编辑，真是如鱼得水。

他既任美术编辑，又兼出版工作，初步建起《人民文学》档案制度。编辑之暇，他除搞文学创作，还不忘学习，常到中央美院去听“蹭”课。各类文学书籍更成了路福增须臾不离的心爱之物。他如饥似渴地读书，因为他懂得，要想出色地工作，必须不断地从知识的海洋中去汲取。他努力虚心地向老一辈请教，直到几十年后，他仍然不忘当年曾严格要求，谆谆教诲自己的张天翼、严文井、肖殷、杨思仲、秦兆阳、李清泉、玛金等老一辈同志，他认为自己之所以有一定的工作能力，是与这些同志的教诲分不开的。

青年时代的他，为自己一生的事业奠定了坚实的知识基础。

浑身充满活力的青年路福增，写诗，写评论，写小说，多方涉足，四面出击，收获颇丰。在文学的广阔原野上，他正在寻找一条适于自己行走的路。除此原因而外，当然这也与他在《人民文学》的工作有关。在做美术编辑之后，他做过小说、评论、诗歌编辑，他的写作目的明确：创作是为了更有助于工作，做什么编辑，就写那一类文章。然而短篇小说《两个孩子》及《白脖鸽子》的创作，更充分显露了他在儿童文学创作上的才情。独具慧眼的《少年报》，一下抓住这位儿童文学作者就不再放松，此时他自己也对儿童文学有了更浓厚的兴趣。短短几年中，《早晨》《一颗红色的圆石子》《应该给谁》《找书包》《小金毛》等一篇篇小说、童话接连由他手中飞出，以笔名路展等相继发表在《少年报》《中国少年报》及其他一些文学刊物上。1955年，他以创作的儿童短篇小说《白脖鸽子》为题名的儿童文学短篇小说集，也由上海少年儿童出版社出版。

他塑造起一个又一个真诚、善良、美好的形象，奉献给小读者。用优美动人的故事陶冶着孩子们的情操。他知道自己所负责任的重大：幼小的心田，渴望甘甜雨露的浇洒。美好的心灵之苗，是在孩童时期胚胎、发芽。他不曾忘记意大利作家亚米契斯所写的《爱的教育》中，那些纯真感人的故事在自己幼年心灵里曾引起过的震颤。

无数的小朋友们通过作品认识了路展，而路展也从自己的作品中认识了自己。他将自己的才华，专注于这片天地——儿童文学创作。

1956年，路福增以一位颇有名气的青年儿童文学作家的身份，参加了全国首届青年文学创作会议。

呵，欢乐的“白脖鸽子”在蓝天中自由地翱翔。

然而，晴空中也会飘来乌云。逆境中的路福增，并没有放弃对生活的执着追求和对孩子们的满腔热情。希望之火没有熄灭，他奋发努力，不辍笔耕。童话《小铁脑壳遇险记》《小鹿银点点》《小苹果树找医生》……一批更臻成熟的作品问世。在武汉、北京、杭州、沈阳……的舞台上，根据他的童话《小铁脑壳遇险记》改编的同名童话剧上演了。这个愣头愣脑，又勇敢、又聪明，勇于认错改正的小黑蚂蚁——小铁脑壳，受到无数小同学的欢迎。二十年后，当年的小观众之一，宁夏作家杨仁山，仍常常兴奋地谈起昔日看剧的快乐，津津有味！

不光是小铁脑壳享有殊荣，那棵“小苹果树”，在神州迎来第二个春天的时候，也荣获了全国第二次少年儿童文艺创作奖，这是我区作家第一次在全国性评奖中获得荣誉。还有那《红色医生李贡》由《人民文学》刊载后，在数百万青少年中引起强烈反响，为他们心中树立了一座崇高灵魂的丰碑。此篇文章被选入全国中专语文教科书。

年华似水，“作家路展”“编辑路福增”，在人生的征途上并肩赛跑。思想解放的浪潮席卷神州，一股蓬勃的生气充溢于儿童文学作家路展的胸间。孩子们，孩子们，我来了，我要为你们写作。他迫不及待地拿起了手中的笔，他有那么多的话要对可爱的孩子们讲。十年啦，他曾在痛苦中煎熬、学习、反思，他要把自己成熟的思想化作最有趣、最生动、最美丽的故事告诉给他的小朋友们：生活中不光有美丽的鲜花，明媚的阳光，生活里也有黑暗的角落，阴险的毒蛇。大千世界丰富而又复杂，这就要求孩子们不仅英勇，有公德还要有智慧，有思想。像天使安琪儿一样的孩子不能生活在凡间。

他拿起笔，创作的热情像火山一样喷发。《百灵歌》《皮褂子和皮领子的故事》《雁翅下的星光》《绿色的歌》《幸福泉》《动物园里的故事》《猫咪和他的姑姑》……作品像汩汩的泉水不断地涌流出来，人们欣喜地注视着这位盛年作家的丰硕成果。在全国儿童文学评奖中载誉归来的仙、苹果树请医生》，几年内再版达百万册。《雁翅下的星光》《小青蛙的话》分别获得自治区第二、第四次文学评奖中一等奖及儿童文学作品奖。《猫咪和他的姑姑》是广播剧，荣获 1985 年全国儿童广播剧“金猴奖”中的好节目奖。天津新蕾出版社还出版了以《小鹿银点点》为题名的童话集。

路福增向社会奉献出的是自己心灵的结晶，得到了社会的承认。著名作家张贤亮说：“路公不写则已，一写就出手不凡。”出手不凡，就是公论。但路展自己并不这样认为。他总说：“写时满意，但过后又总不满意。”哦，是的，一个不断追求的人，是永不会自我满足的。他要求自己的作品从儿童的情趣出发，发掘出幽默感，将教育融到笑声中去，达到返璞归真的境界。这是多么苛刻的自我要求呀！

“嗨，让孩子们给提提意见。”

“路公，孩子们给您提意见了，说这本杂志上要都是路伯伯写的故事就好了。”

噢，小读者别着急，你们的路伯伯还要为你们写好多好多故事呢。《动物园里的故事》（续集）、《猫的故事》《乡下的故事》……他的肚子里装的多着呢！路伯伯不会让你们失望！因为他把满足你们的要求，看成是自己应尽的责任！

向我们可爱的世界尽一份职责，对于一般人来说，他已算圆满地交了一张人生的答卷。路福增却不允许自己只尽一种责任，他总是严肃地说：“我首先是位编辑。”是的，他不仅是儿童文学作家路展，他首先是编辑路福增同志。这是组织、工作对他的要求，也是他对自己的要求。

几十年的工作历程表明，他无负于宁夏文学界所授予他的“耕耘奖”荣誉。

1961 年，奉组织之命，路福增的档案里带着他自己也不知道的一份材料被调离了《人民文学》编辑部，离开了北京。十多年啦，他将自己黄金般的年华留在了那里。先当美术编辑再是小说编辑，又做评论编辑，最后是诗歌编辑。十八般武艺样样入魔似的操练过，且日渐习之益精。现在要让他离开了。这里有他培养、联系的作者，有他熟悉的工作。当他任诗歌组副组长时（无正组长），主持搜集整理的毛主席《词六首》已呈函主席请求订正准予发表，而今还没回信……这一切都令他眷恋。因为他把自己生命焕发出的热情投入在了这一时期的编辑工作之中。

离开首都来到塞上，富有编辑经验的路福增看到，1961 年的宁夏诗坛作品比较弱，他担任《宁夏文艺》诗歌编辑后，立即从培养、扶植作者人手，对这种状况给以扭转。此后，他又组织了诗人朱红兵、丁文庆、郑正、万里鹏、董炳新五位同志的一批诗作，将它们推荐给《人民文学》发表，首次通过全国性刊物将宁夏作家的作品介绍给更广大的读者。

发现、培养、扶植一个又一个作者，路福增同志将这看作是一位编辑责无旁贷的职责。

1979 年，《宁夏文艺》小说编辑杨仁山给他拿来一篇名为《四封信》的小说稿，稿件署名张贤亮。看到这个名字，老路立刻觉得一股亲切而又激动的感情流过全身。十七年前，他曾刊发过这位作者的诗作，而后作者去向何方就不得而知了。不曾想今天他还活着！路福增迅速看完稿件，以其敏锐的文学感受力判断："作者在小说稿中已表现出其超出一般深刻的思想，只是囿于某种艺术表现手法上的拘谨。"此后几个月中，路福增、杨仁山和其他同志，多次请张贤亮到编辑部来，针对他的稿件提出修改意见，与他共同商谈作品的修改方案。与此同时，一个明确的具有战略眼光的思想在路福增的头脑中形成：防线的突破，必须要有尖刀班的插入，唯其如此，后续部队方可跟上撕破裂口，扩大战果。作为编辑，在作家的培养问题上也应这样认识。即抓住重点，培养一个，达到带动一批，推动全局的目的。要想打破宁夏没有在全国产生影响的作家之局面，那么首先就必须按照十一届三中全会精神，实事求是地分析现状，消除极左思潮影响，批判最没知识最光荣的论调，从现在起就要敢于重点培养、重点扶植、重点宣传最具有潜力的宁夏自己的作家。他提出，要让读者认识张贤亮、熟悉张贤亮、理解张贤亮。在他的影响下《宁夏文艺》连续几个月用头条推出这位作家的作品，引起文学界的注意。《灵与肉》在全国获奖，事实上打破了全国水平高不可攀的神秘感，起到鼓舞斗志、振奋军心的作用，推动宁夏文学创作进入一个新的阶段。

从 1979 年底起，路福增同志排除障碍，先后多次将张贤亮的作品介绍给著名的文学理论家、评论家李兴华、李枫、谢永旺、唐因等同志，请他们著文评介。并请《当代》主编秦兆阳同志注意张贤亮的作品，为张贤亮冲向全国，为当代中国文坛上一颗新星的升起，他尽了一位老编辑的职责。

几十年来，一批又一批的作家在路福增的引导、扶持、培养下成长起来了。对这绚丽而又艰难的事业——文学，他捧出的是一颗赤诚的心！而党和人民也给了他很高的荣誉，1982 年他参加了宁夏建设社会主义精神文明积极分子大会，1984 年又获得了自治区知识分子科技贡献奖三等奖。面对荣誉，他感到自己做得还很不够，他希望为文学事业献出所有的力量。

绿得悠悠　美得悠悠

——访散文家、诗人吴淮生

吴淮生喜爱绿色，喜爱自然的美。正当我在他宽敞的客厅和他谈《宁夏创作通讯》的稿件时，窗外下起了细雨，飘飘洒洒的雨，雨中舒叶吐绿的杨柳，勾起了诗人的乡思。“我的家乡一年四季都这么青翠。”他缓缓说道。

是的，生于皖南泾县的吴淮生，对绿有一种特殊情感。要不，他新近付梓交排的散文集怎会叫《梦里青山》呢？或许是江南的苍翠陶冶了他，赋予他文人的气质、诗人的灵性吧。17岁的吴淮生已在安徽的报纸上连连发表诗作了。岁月悠悠，当年的学子而今已成为著名的散文家和诗人了。迄今为止他的作品刊发于海内外众多报刊。他还出版了数本诗歌、散文集。他的游记在全国征文中获奖，他的作品多次荣获自治区优秀文学作品奖。

我忽然想到这样一个问题，“你为什么只写诗与散文呢?”他答道：“你可以叫我是‘唯美派’，我崇尚山河之美、人情之美，诗和散文最适宜抒发这种对美的向往之情。当然，对语言美的追求，也使我更愿意去运用这两种文学体裁。”我明白了，为什么在阅读吴淮生的作品时，总会被他作品中那美的意境所感染，那美是一种柔和、宁静、悠远的美，是吴淮生几十年追求而凝聚的神韵。“一片绿色的云／护持着千年的诗心／绿云下的幽径／徘徊着美丽的神魂”哦，绿得悠悠，美得悠悠。

吴淮生是忙碌的。茶几上摆着还没编完的诗集，《塞上文谈》稿件又急待他编审了。当然，编审刊物远不是吴淮生的全部工作。作为宁夏文联文艺理论研究室主任、宁夏作协副主席和宁夏少数民族文学讲习所常务副所长，大量的工作在等他去做。

对待工作，吴淮生常这样说：“造化给人一次生命不容易，还是让我把生命的能量发挥到最大限度吧。”

窗外，雨还在下着，如丝如缕……

十年前应《银川晚报》之邀，写的这篇小文章又被我翻了出来。我决定把它收入我的《创造平等》这本集子中。

十年后，吴淮生先生已退休在家，然而年近七旬的他依然是笔力颇健，新作品不断问世。每每见到他，总能听到诸如：他又在《扬子晚报》或是《银川晚报》或是别的什么报刊上开专栏，或是正在为大型文学、文化类史书撰稿的消息，等等。在宁夏作协’98迎新春联欢会上，他被同志们列在过去一年中创作收获颇丰者之中。1997年，平均每个星期，吴先生的作品都有在海内外各大报刊上发表的，甚至不止一篇。

五十余年了，吴先生在文坛的耕耘没有停歇，大家都说，不知咱们中能有多少人最终能如吴先生一样？据说，诺贝尔文学奖从来都是愿意颁发给那些终身笔耕不辍而成就卓著者的。呕心沥血，以写作为自己一生存在价值和生活方式的人，还不值得我们尊敬吗？

岁月如梭，又过了二十年，2019年，吴老师已经90岁高龄了，仍然笔耕不辍。他又写了10万字的自传。在微信上，一位宁夏文联年轻的女士对我说：“吴老师的自传写得太好了，好几天晚上我都在看。”

墨痕

——书法家柴建方人生断记

千淘万漉虽辛苦，吹尽狂沙始到金。

——唐·刘禹锡

艰难跬步

A1

1990年盛夏，郑州市繁华的陇海西路路口。一条数十丈的红色条幅自华美的铁路工人文化宫大厦五楼顶端悬垂而下，“欢迎宁夏著名书法家柴建方作品回乡展览”，一行白色美术大字醒目夺人。与此相呼应，“柴建方书法篆刻摄影展”巨型广告牌于文化宫大门之侧赫然矗立。

中州大地，以其宽阔的怀抱，炽热的情感欢迎塞外游子——书法家柴建方的归来。

7月4日，一个明艳的夏日。应河南书法家协会、河南省书画院等单位的邀请，柴建方书法篆刻摄影展览隆重开幕了。

迎面大厅正中，风、虎、云、龙四个五尺整幅草书大字似骤雨旋风扑入眼帘。巡视左右，更有六尺八条屏篆书毛泽东词《沁园春·雪》，六尺四条屏简体书孙过庭《书谱》选句，行草书八条屏宁夏前八景和后八景以及五尺条屏汉简书毛泽东词《浪淘沙·北戴河》等鸿篇巨制，柴建方书法以其金戈铁马的阳刚艺术之美夺人魂魄、撼人心弦。挟西北塞上大漠雄风之豪气，蕴黄土高原长河高山之神韵，百余幅书法作品集真、草、篆、隶、行诸书体，条幅、立轴、中堂、对联、扇面等多种表现形式于一堂。柴建方，酣墨淋漓，将至健至美，神采雄浑，气势恢宏的书法艺术作品奉献给了他的父老乡亲。

称雄中华的中州书界被震动了！河南书法家协会全体出动，热情观赏之余，又服务于展览前后。河南省文联的同志们来了，文化厅的同志们来了，铁路局的同志们来了，河南省副省长宋照肃同志来了，广大书法篆刻爱好者一批又一批的也来了……

《河南日报》《郑州晚报》、河南电视台等媒体单位对展览给予详细热情的报道。河南，为他归来子弟的成就感到无比的自豪！

哦，来自大西北的柴建方，如今成功而又潇洒的中年书法家！回首望去，逝者如斯，三十余年了，岁月的沉烟里，还可寻觅到当年豫东平原乡野里那位羸弱少年的身影吗？

B1

炊烟与渐渐升起的暮色融合，笼罩了乡村四野与农屋房舍。村头巷尾，零星的鞭炮声给这豫东平原上的村庄增添了几分喜色。哦，要过年了。手脚麻利的人家已将红红的春联贴上了大门。

夜色中，一个瘦小的身影低头垂脑敲响了村里小学教师的门扉。初小三年级学生柴建方，此时的心情坏极了，他刚刚挨了父亲一顿臭骂。过年就是图个吉利喜庆。再穷，别的能省，可对联定是要贴的。当父亲将那红纸展开在小建方面前要他写春联时，他却傻了眼，一管在手却不知怎么下笔。

先生毕竟是先生，灯光里三下五除二，几副对联便写就了。小建方心里那个钦佩哟，只这对子可有学问了，要讲个字数相同，平仄对仗。除此，大门对子写啥，灶房、棚圈写啥，正房又写啥，都有个讲究呢。初小生柴建方瞪大眼，心想：原来有这样多学问呢。

“对子内容要好，这毛笔书法更要好。好字可不是一天两天写得出来的，大书法家王羲之临池学书的故事你可知道？……”就这样，昏暗的油灯下，一位乡村教师向未来的书法家进行了中国书艺知识的第一课传授。

中州大地，以它丰厚的中国传统文化的积淀，催发了柴建方心中那棵艺术之芽。

从此，习楷描红，研墨练字，为小建方的学童生活增添了几多情趣。谁知这一练，一发而不可收，他迷上了书法。一支毛笔，一方砚台竟陪伴他奋斗的人生几十年。

又是一个岁末。小学生柴建方为父亲早早写就了家里要用的春联。当一幅“五谷丰登辞旧岁，六畜兴旺迎新年”，横批“勤俭人家”的对子贴上了自家门扇时，望着那稚嫩的笔法，爹却笑眯了眼，用他劳作粗大的手掌抚摸着柴建方那一头乌黑微曲的厚发：“小子书没白念。”

A2

1989 年 10 月。古城银川沉浸在庆祝中华人民共和国成立 40 周年的喜庆气氛之中。柴建方书法篆刻摄影展览在这一片欢愉的时日里开幕了。观赏者络绎不绝；剪彩、致辞、贺信、祝诗，塞上人民向柴建方表达着自己对于一位成功书法家及其艺术由衷的敬慕之情。此时，这位生于中州，现时语言中仍带着浓浓豫音的中年书法家唯一能做的事，就是向宁夏人民深深鞠一躬——塞上呵，塞上，你以你的粗犷、雄浑、博大，养育培植了我——远方漂泊而来的中州之子。

B2

“四个第一”“活学活用”，20世纪60年代的大学校园里充满着一股浓浓的火药味。“卫星上天，红旗落地”是人们不厌其烦重复不休的话题。

宁夏大学汉语言文学系的学生们野营军训于贺兰山下。整日的操练、爬山。每当休息的哨音响起，疲劳立时将年轻气盛的学子们歪七扭八地打翻在地。

同学们休息去了。阳光照射的笔架峰下，唯有柴建方独自一人还在寻寻觅觅。他在警告自己，不能失去这样一个难得的机会——采集贺兰石。听说贺兰石不仅是制砚的绝好材料，也可用于篆刻呢。

书法与篆刻，一对孪生姊妹艺术。前辈大师邓石如、吴昌硕、齐白石……无不是精于书法又长于治印的。是好的书法家，哪能不懂篆刻呢？痴迷于翰墨的柴建方，磨石操刀，又寄情于金石方寸之间，当然是再应该不过的事了。

然而，书法与篆刻的习练却是要依托于材料的。对于完全依靠助学金生活的柴建方来说，为得以挥毫而坚持购买五分钱一包的墨水精，已掏尽了羞涩荷包里的最后一枚硬币，哪里还能有多余的钱去购买石料？不要说什么“田黄”“鸡血”，就是那极普通的一角钱一方的“青田石”，他也买不起啊。只有那随手可得的橡皮、肥皂才是他练笔的材料。

唱着进行曲《打靶归来》，“战士们”返校了。柴建方除背包外，还比同学们多了一书包的宝贝——贺兰石。几十里的急行军，书包中的贺兰石让他真切地感受着艺术的分量！虽满头大汗，气喘吁吁，心中却充溢着一种从未有过的满足。

是的，能与所喜爱的书法金石艺术相伴，还有什么不满足呢？况且青年的中文系大学生毕竟已将最困窘的少年生活时期留在了过去——

当饥馑的魔影逼迫着他的家庭由迁居地宁夏青铜峡又返回故土河南郸城时，少年柴建方，像是一粒从炸裂的果荚壳中迸出的籽种，脱离母体，留在了这异乡的塞外黄土高原。为了继续他的中学学业，为了那一次难忘的国庆十周年书法展览，他勇敢而又倔强地告别了父母。三年前，初中生的他所写的一幅作品被选入了县上举办的书法展览。这是他人生的第一次辉煌。艰辛苦涩的现实生活，毕竟透出了理想生活的美好光芒。为了实现未来的理想，农家少年柴建方离开了父母的荫庇。为此，他过早地体味了生活的艰辛——

为了学业，为了吃饭，为了维持最低的生活水准，也为了那心爱的书法。学习之余，他曾——

为农贸公司装卸货物；为园林场薅草间苗；到建筑工地搬砖和泥；在校园里拉煤运炭、刻写蜡版……

整个高中期间，他没有向家里要过一分钱！

生活是艰辛的，而正是这种艰辛锻造了他坚毅的品格。二十年后，在成熟的作品中，在他独特的书风和印风里，你不难读出这感人的坚毅！

师范大学生的待遇，使柴建方摆脱了冻饿之虞。他如饥似渴地投入了学习。图书馆里，一本《说文解字》令他如醉如痴。甲骨、金文、籀文、小篆、隶书、草书、楷书、行书，他游弋于中华千年文字演变的长河之中。练字习篆，《说文解字》当为第一教本。遗憾的是，工具书不能朝夕在手，于是，他一字一字，一笔一画地将《说文解字》中的篆字完整地抄摹了下来。

大学数年，柴建方于知识的海洋里贪婪地吮吸着，且刻苦而又扎实。二十年后，著名书法家胡公石老先生感慨评之："建方生于中州，长于宁夏。由一农家孩子成长为艺术家，所恃者何？只能是学习的勤奋和磨炼的艰苦。"

"根之茂者其实遂，膏之沃者其光晔。"生活与知识为我们铸就了一位丰满的书法家！

墨海泛舟

A3

古城西安。厚重巍峨的青灰色城墙上，高耸的南门角楼在夕阳的辉映下更其伟岸雄浑。

明日，柴建方的书法篆刻摄影展览将应陕西书协、终南印社、西安中国书法艺术博物馆的邀请在这里展出。

落日楼头，凭栏望去，不远处，飞檐、亭台、朱门、红墙，浓绿之中掩映着一派雍容、神秘。那便是集中国汉唐以来碑石精粹的碑林。虽然已是太阳西沉之时，但参观碑林的人们依然是熙攘不绝。哦，二十余年前，那个孤独冷清的碑林呢？当年那曾在孤独冷清之中往返流连寻求探索的青年人，如今的书法家——柴建方，感慨系之……

B3

冬日惨白无力的太阳斜挂在西天。寒风打着旋儿，将破败的大字报、污脏的传单卷起抛下，又驱赶到阴暗的墙根院角。冷寂的甬道庭院，散落着碎石垃圾枯枝败叶……昔日神圣的碑林，现在一派凋零。

嗖嗖的过堂风掠走了人身上最后一丝暖气。展室内光线越来越暗。此时，冰冷黝黑的碑石上紧贴着两个瘦长的身影——柴建方与他的同窗好友丁生俊。年轻的大学生全神贯注地做拓片——把一方方白纸蒙在碑石上，用铅笔轻轻地描摹着古代大师们的字迹。一方，又一方……意犹未尽，又以手代笔，沿着那迷人的线条摹写揣度，他们完全沉浸于书法艺术的美妙世界，忘却了外界的疯狂与喧嚣。

一日，随着汹涌的人潮，休假的大学生柴建方直奔西安。他对西安情有独钟，那里有他，这位痴迷于书法的穷学生朝夕向往的圣地——碑林！

他，去拜见先辈大师们来了——哦，是博大，是浩瀚，是绚丽，是璀璨！或黑，或灰，或高，或低。寒冷中一方方矗立着的碑石，似在宣讲中华民族堪称自豪的文化。

这是怎样的一座文化宝库啊！

咫尺之间，那传誉千年，举世闻名的稀世珍品——端庄伟岸、雄浑丰满的多宝塔感应碑；遒劲、秀丽谨严的玄秘塔碑，竟比肩而立。一如大唐书圣，颜鲁公，柳少师在对坐研谈。

数步之内，创一代草书新风，张艺术个性之极的颠张醉素的《自叙帖》《古诗四帖》如烟如幻，莫可穷测，并排展示，供你品味、欣赏。

千方碑石，集华夏书艺之精粹，汇历代书家之神韵！颜、柳、欧、赵、苏、黄、米、蔡，将那如诗如画的真、隶、篆、行、草，或雄浑或婉丽，或雍容方正，或狂放恣肆地展示于你。

读碑、看字，柴建方如醉如痴。日复一日，他倘徉于碑石之间，流连往返。尽管每日只能以冷馒头充饥，尽管凛冽的寒风刺人肌骨。但碑林无穷的魅力足可以让他忘掉一切！

他抛开了狂乱，他躲进了自己那个宁静的书法世界，每日练书习字。一张纸淡墨写了，再浓墨写，正面写了，再反面写。反反复复，其乐无穷！

年轻的柴建方开始了他人生奋斗的又一个阶梯的有效攀登。

A4

1984 年，北京满城烟柳之时，宁夏美术书法摄影作品展览在京举行。塞上书画摄影作品以它独具的魅力，吸引了京城上下诸多文化界的领导、名人。

素有儒将之称的张爱萍将军也来了。他兴致颇高，边看边议。当参观到柴建方以草篆抄录的董必武诗句“银川信是米粮川”的中堂前他立住了，点头凝视许久。将军拉着柴建方的手，说：“写篆字的人不少，但写得好的人不多。一般人写得比较死板，没笔力。你写的篆书苍劲有力，又生动活泼，怎么回事?”

“怎么回事?”张将军在问。

“怎么回事?”书界同仁也在问。是什么造就了那草篆中迷人的风韵?

B4

大雪纷纷扬扬，将天地搅出一派迷蒙的诗意。隔窗望去，那房、那树、那塔、那远方巍峨的贺兰山脉，全都隐入了飘飞的素洁之中。

好一派北国的飞雪！一颗艺术的心灵，被那飘落的天籁，撞叩出一片轰鸣！

柴建方感到有一股创作的冲动从心底喷涌而出。

他摊开了六尺宣纸，笔走龙蛇："北国风光，千里冰封，万里雪飘……"狂放、恣肆、奇宕、飘逸的草篆瞬间跃然纸上。这幅被书界同仁称作：大气磅礴，极具个性，富有创新的草篆八条屏于挥洒之间一气呵成了！它熔行草的飘逸、狂放、率真于篆书。以《天发神谶碑》的峭拔奇绝为底蕴，兼收大篆之浑厚、小篆之圆劲风格于一体，变婉转为方折，使婉而畅的篆书陡生一种狂野、豪迈之气。它又借国画的淡墨技法，使整幅作品产生一种朦胧变化的风致，令读者犹如置身于诗人所描绘的苍莽、朦胧、神奇的北国境地。

数十年的不舍探求、博采众长，书家柴建方终于成就了他草篆的鲜明个性！

那年，痴迷于书法的柴建方，却苦于无从找到更多名家字帖来临写。一个偶然的机会，他结识了一位老人，一位家藏诸多名帖的看门老人赖庭桢先生。赖先生向真诚讨教的柴建方敞开了自己的珍藏——哦，这里有：一代书圣王羲之的《兰亭序》，其子王献之的《洛神赋》、颜真卿的《麻姑仙坛记》、柳公权的《神策军》、欧阳询的《九成宫》、赵孟頫的《急就章》，以及宋元明清的多种字帖……寒来暑往，柴建方几乎遍临赖先生珍藏的所有字帖。终于，在众多的字帖中，他结识了《天发神谶碑》，并被它那雄奇峻峭，锋棱威严的气势所折服了。细细临摹那"如折古刀，如断金钗"，独具魅力的字迹时，一种强烈的感觉告诉他：这才是属于我的篆书风格！习篆数年的柴建方忽然间找到了自己。

"短长肥瘦各有态，玉环飞燕谁敢憎。"生于中州，长于塞外的柴建方似不爱吟"杨柳岸，晓风残月"，却好唱"大江东去，浪淘尽，千古风流……"

柴建方是雄奇豪放，柴建方不是那纤秀婉约。

柴建方捕捉到了自己的风格与气质。

这气质、这风格也许早在多年前，他牵牛放牧于大河之滨，胸挂相机，望羊皮筏子泛舟于黄河浪涛之上时便注定的。也许是夕阳下悲壮的明长城遗骸，暮霭中神秘的西夏王陵所赋予他的。噢，也许并不尽然，抑或是那位正遭磨难的儒雅老者——宁夏文化界原领导人李微冬先生的教诲深深影响了青年柴建方的美学观念。"你看那故宫午门，以及山海关匾额上的颜体大字，多么敦厚雄浑。大气者，必浑厚！"一方沃土，一域风情，造就了书家柴建方。在这方厚土上，柴建方奋发磨砺！为开创一代篆书新风，他在大篆、小篆诸多碑帖习练之后，又集中临摹了篆书大观；在体味《天发神谶碑》的险峻峭拔同时，又兼及了《散氏盘》的大度浑厚、邓石如小篆的飘逸、汉简的率意、行草书的生动活泼。他还将宁夏图书馆的藏帖借遍临尽，可谓费尽心机。

临池不辍，他，终成大器。

柴建方的书法作品受到国内外人士的欣赏与好评，被中南海、毛主席纪念堂、周恩来纪念馆、西安碑林、泰山博物馆、黄果树大瀑布等几十家陈列、刻碑和收藏。他的书法篆刻作品被收进《中国现代书法选》《中国当代书法大观》《中国楹联墨迹荟萃》《中国书法百家墨迹精华》《当代书法名家作品选》等三十多种书法篆刻集。他的传略被收进了《中国当代书法家辞典》《当代篆刻家大辞典》和《中国摄影家大辞典》之中。他曾多次担任全国性书法篆刻大赛评委，还被新加坡中华书学协会荣聘为评议员哩！

魂系书苑

A5

由日航班机弦窗口俯瞰，丽日下的太平洋晃动着耀眼的湛蓝，轻拥着美丽的神栖町。再见了日本！再见了神栖町！

日本的访问结束了，柴建方却忘不了大和民族对于中华书法的那片热情与崇敬——

神栖町沼田省二町长代表政府为柴建方召开了盛大的欢迎酒会，发表了热情洋溢的讲话。他亲自向柴建方赠送了感谢状，对柴建方的访问、赠送书法作品，促进了他们地区文化艺术的振兴，表示深深的谢意。沼田省二町长打开了留有墨香的折扇，细细观赏着那四个苍劲饱满的大字“气宇壮大”。“谢谢！谢谢！”他向柴建方深深一鞠。能得到中国书法家的墨宝，该是一件多么令人高兴的事啊！他将折扇端正地捧于胸前。

友好、愉快、祥和的气氛中，沼田省二町长的部下们一一恭敬地拿出自己早已备好的宣纸……

一幅大篆书法“和平”条幅高高挂于铃木节子女士家中最显眼的地方。这是中国书法家柴建方的手迹，铃木将孙子、孙女、儿子、儿媳召唤一齐，长跪于字幅前，一帧合影，留下了他们虔诚的面影，也留下了一个普通日本家庭对于中国人民及中国文化浓浓的情谊。

一幅幅、一条条，柴建方将数十幅墨迹留在了一衣带水的东瀛邻国，留在了神栖町政府的大厅里，留在了东京、广岛、京都、水户，留在了佐伯、大桥、菊池、岩井等友人的家中，留在了日本许许多多书法爱好者的心里……

海水浩渺，白云悠悠。机翼下的樱花岛国渐渐小去了……

B5

1972年，日本国首相田中角荣正式访问中国。在中南海毛泽东宽敞的书房里，田中角荣欣喜地接受了毛泽东的赠品《怀素自序帖》。当《人民日报》头版以显要的位置刊出此条消息时，年轻的柴建方第一个反应是：中国书法艺术有希望了！

1973年初春，还是乍暖还寒时。《人民中国》第一期日文版在“中国书道”栏目中首次刊登了书法篆刻作品，并报道了苏州群众的书法篆刻活动情况。柴建方得此刊物如获至宝，喜冲冲直奔宁夏回族自治区文化局局长李微冬家中，他大胆提出了在宁夏举办书法篆刻作品展的建议。亦是书家的李微冬望着年轻气盛充满朝气的青年柴建方欣然点头：“我看完全可以搞。”

此时的宁夏书苑，犹如秋风狂扫过的园林，寂寞荒凉。搞书展、征作品谈何容易！

一日午后，柴建方敲开了宁夏图书馆一间阴暗窄小的办公室。这里有他心中的偶像——一代书法大师于右任的嫡传弟子，中国标准草书的继承者、推广者，著名书法家胡公石先生。大学期间，柴建方即用蜡纸刻印了他们的标准草书字帖，今日终于有缘相见了。

“胡老，我们向您征集书法作品来了。”一腔热情的浓浓豫音。

胡公石先生激动万分。中国著名的书法家在卖酱油的柜台，借阅图书的窗口一站多年后，没想到居然还有人来向自己征集书法作品！

环顾左右，柴建方感到悲哀。不，应该是替中国感到悲哀！著名书法家胡公石竟连宣纸毛笔都没有。

为筹集书法篆刻作品，为组织书法篆刻作家队伍，柴建方奔波于银川的东西南北。罗雪樵、安卓山、李芳春、刘正谦……一位位书法家、篆刻家相继被他请出，一幅幅作品经他之手收集起来。1973年5月23日，宁夏书法篆刻作品首次展出成功。继此之后，柴建方又参加组织了1974年、1975年、1976年、1977年、1978年等历年书法篆刻作品展，且一年规模大似一年。

一方荒芜的园地，逐渐花红叶绿！

中山公园、玉皇阁楼，柴建方以书会友，团结结识了宁夏大批的书法篆刻作者。银川地区书法篆刻业余小组成立，他为发轫组织者。他也是银川书法家学会、宁夏书法家协会的开拓者、奠基人之一。

为普及书法知识，柴建方深入山区、工矿、部队、机关、街道和学校举行义务讲座。

年假日，他伫立街头，为群众义务书写楹联对子；为残疾人募捐，他不顾天寒地冻，挥毫义卖；为了赈济灾区和支持亚运会，他一次次捐赠书法佳作……为了书法事业，他付出了，也赢得了宁夏书界的拥戴与信任。他现任宁夏书画院副院长、宁夏书协副主席、贺兰印社社长。同时，还是中国书协第二届理事、宁夏硬笔书协名誉会长、宁夏人民对外友协理事等，还兼任区内外多家书法组织顾问。

采访断断续续，他忙。我也忙。

一本装帧漂亮的《柴建方书法篆刻集》放在桌头。我随手翻开："老柴，这可是你多年心血的结晶，也是你人生和艺术生涯的里程碑啊！我感到一集在手，你的风格，你的创新已臻……"他笑着挥一挥手打断了我的话："初学分布，务求平正，既知平正，务追险绝，既能险绝，复归平正。"他随口吟出唐人孙过庭的《书谱》名句。在他爽朗的笑声中，我明白了，他又向自己提出了要求。要求自己的艺术达到一种更高的境地！我明白了，他没有允许自己停留，因为他懂得"艺术之树常青"的真谛。

他不停留。他仍在执着地探索、奉献和追求。我明白，在书苑的这方热土上，他不会停止耕耘，因为这是他的魂之所系！

长城的子孙

叮铃铃……

电话铃又响了。咳！越忙越来事！这几天为了举办“文学创作系列讲座”，我们几个人恨不得来个分身术。

“喂，你是谁？什么？徒步考察长城?！想见见张贤亮同志？这样吧，星期一你再来个电话好吗?”

忙了一天，腿都沉重得迈不开了。他，考察长城，还徒步？

“前几天，《新民晚报》上好像有篇关于这个人的报道。”管资料的小魏说。

1

暮色渐渐地降临在万里长城的西端，飘荡在终年积雪的祁连山峰上的最后几片晚霞，也慢慢地融进了它的苍茫之中。一切都朦胧了。

矗立于茫茫戈壁上的天下第一关——嘉峪关，显得更加雄浑巍峨。横亘在戈壁滩上的长城，蜿蜒着，盘旋着，像一条巨龙游入远处的群山。曾是金戈铁马的古战场，在暮霭的笼罩下显得那样安谧，壮阔。

这时，大道上一位风尘仆仆的中年人，急匆匆地，向傲立于茫茫瀚海中的嘉峪关城楼走来。他猛扑到关城下，张开双臂，用两只颤抖不已的手细细地抚摸着那土筑城墙上的一个个坚实的夯印。他缓缓地抬起头，用尽平生的气力高声喊道：“有——人——吗?”霎时，高大的城楼，伟岸的长城，空旷的田野，似乎就连那紧连着苍穹的祁连山都响起了亲切而又沉重的回音。“有——人——吗?”他被这巨大的声响震撼了。那是回音？还是长城向它的崇拜者的问候？他仿佛听到风暴中马蹄喧嚣，战鼓雷鸣，黔首们的呼喊，以及那雄浑、苍凉的歌声……他抚摸着亘古永存的长城，喃喃地说：“长城，我来了。”

他，是新疆铁路局老战士协会的干部刘雨田。

这天气冷得可真够劲！我从皮手套中抽出冻得发僵的手，推开作协办公室的门。一股热气扑来，眼镜片被蒙上了一层水汽。

椅子上坐着一位陌生人，是刘雨田吧？面庞微黑，个子不高，体格显得宽厚结实。他只穿了件绒衣，外套一件劳动布工作服，脚蹬旅游鞋。

一副征人的模样。

他正在和张贤亮交谈，在座的还有作家老马。

“谢谢，不会抽。”刘雨田摆了摆手，谢绝了老马递过的烟。“我出来两个多月了，想在银川休息几天，然后到宁夏南部西吉、固原等地，看看那里的秦长城遗迹。返回后，再到贺兰山麓考察一下那一带的长城。”

“你离家时间可不短了呀！你妻子在家里不操心吗？”我插了一句（女人总是最关心女人的），刘雨田脸上露出一丝微笑。

“我那位是个婆婆嘴，我出来前可没和我少闹。不过，现在还是挺支持我的。”

是谁说的？在每一个成功的男人背后，总是站着一位女人！

2

“长城，长城怎么不见了呢？”刘雨田迷惘了。

在距离嘉峪关五十公里左右的地面，长城就像会上天入地的龙一样，倏地一下就不见了。掏出指南针看看，哎呀！不知不觉，自己走的方向与地图上长城的走向南辕北辙了。漫漫戈壁上一个人影也没有，几蓬可怜巴巴的骆驼刺，斜拖在地面上的身影，孤零零地陪伴着他。看来只有按原路打道回府了。这一来，白白地多走了二三十里地。

真懊恼！原来，刚才走的这段长城，当地人叫作“假长城”，是在主体长城外面多修出去的一道边墙，而主体长城早已荡然无存。这一切在刘雨田那张普通地图上，一点也反映不出来。地图上长城的“凸”形标志，在这里是紧紧地连在一起的，像一条漂亮的项链，完整无缺。因为多走了这几十里路，夜幕落下时，疲惫不堪的刘雨田没能赶到预定的投宿地点，只好傍依着长城，在腾格里沙漠上挖穴而卧了。

晴朗的夜晚，深邃的夜空上镶缀着一颗颗闪亮的星星，四野万籁俱寂，没有虫鸣，没有鸟叫，更没有人声。就连那戈壁滩上的骆驼刺，似乎也屏住呼吸。一切仿佛都在这宁静之中慢慢地消失了。他觉得自己与大地、天空和身旁的长城，融为了一体。仰望星空，白蒙蒙的银河边，几颗小星星怎么那样明亮，一眨一眨，多像女儿的眼睛！丝丝怀念，像一张感情的蛛网，不知不觉中织进了他的心田。

“爸爸，你别走，我不让你走了！……”女儿的话竟打湿了刘雨田的眼眶。妻子小宋终于让女儿写信来阻止他的行动。她知道雨田最爱小女儿。自从刘雨田向家人宣布了自己考察长城的计划后，一向融洽的家庭，响起了不和谐的声响。平素温柔、贤惠的妻子，一反常态，向他又哭又闹，甚至连班也不上了，寸步不离地守着他，生怕他悄悄走掉。七十多岁的老母亲饭也吃不下，不住地抹鼻子擦眼泪。怎么办，算了吗？

不，决不！刘雨田这个坚强的汉子，开始使出浑身解数，去做家人的工作。他的父亲—— 一位退休的老医生，首先表示了对他的支持，并转而去劝慰自己的老伴。妻子在哭闹无果后，使出了最凶的杀手锏——闹离婚！

刘雨田耐心地解释着："咱们国家还没有一个人徒步考察过长城全程，这在我们国家旅游史上是个空白。我能力有限，别的大事干不了，趁现在身体还强壮，你就支持我把这件事做了吧。"他恳求地望着妻子。

是啊，人不能白来地球一遭。恩格斯说过，有所作为，是人的最高境界。

妻子渐渐理解自己的丈夫了。她虽然仍在时不时地落泪，但已在为他悄悄地收拾行装。的确，徒步只身考察长城，前途莫测，怎不叫亲人担心？

更令人压抑的是，外边不时向他吹来冷风。什么刘雨田"标新立异""想出风头"，等等。面对这些，怎样去解释？又如何能解释得清呢？随大流，不出格，不知被多少人奉为人生的准则；贪图安逸，追求享乐亦不知有多少人乐此不疲。但刘雨田不管人们的闲言碎语，毅然向党委递交了徒步考察长城的申请报告，果敢地向平庸发出了挑战。

"人到中年万事休"吗？不！四十二岁的刘雨田硬是给自己确立了一个新的行动目标，他要用自己的行动去回答世俗的偏见，奉献自己对祖国的一颗赤子之心。鲁迅说："生活不是拼凑，而是创造。"刘雨田决心在自己生命的盛年时期，去创造，去奋斗，去展示人生的意义。

终于，他冲破重重阻力，来到长城脚下。自己的考察将增强人们对于长城的进一步了解。想到这，即使露宿戈壁，刘雨田也感到欣慰。静谧的夜幕上，星星在闪烁，他躺在大地的胸脯上，酣然入睡了……

"又吃挂面呀！"

"吃挂面怎么啦！人家还吃发了霉的馒头呢！"我白了我那位一眼。

"他那不是没办法嘛！"

"但是从人体的需要来说意义是一样的。好了，你就委屈一顿，吃挂面节省时间，吃完我还要去采访刘雨田呢！听说他从贺兰山三关口那边回来了。"

我不再和他斗嘴，一边往嘴里扒拉着面条，一边随意翻动着一本罗哲文所著的《长城史话》。

"你吃完了再看好不好，长城也把你迷住了？"

"中华民族的象征嘛！英文把长城叫'The Great Wall'，伟大的墙……"

3

刘雨田艰难地爬上一个沙包，只觉得口干，发晕。昨天到今天一直没有遇到人家。早晨，只吃了两个装在塑料袋里发了霉的馒头，此时，眼前一阵阵地冒金星。忽然，他眼前一亮，不远处出现了一片葱茏苍郁的树林，其间还波动着一湾清水。他精神顿时一爽，决定喘口气，就直奔那诱人的地方去，想好好歇歇。噫？刘雨田摇了摇头，怎么池水、树林渐渐隐去了？是头晕造成的错觉吗？他又摇了摇头。他猛地明白了，这是沙漠中的海市蜃楼。就在“仙境”飘去的时刻，他被另一番更加壮丽的景象震慑了：长城在这里有的地段已经坍塌了，然而，那一座座高达十米的烽火台却巍然耸立于蓝天白云之下，一座，两座，三座……与远处的群山，互相衬托，显得异常雄伟。

啊！昔日令侵略者望而却步的烽火台，经受了千百年的风雨洗礼，至今仍屹立于华夏大地的烽火台。你，就是万里长城不倒的脊骨，就是中华民族不屈不挠的伟大魂灵的象征！此时，刘雨田心中腾起一股冲动，一种异样的感情控制了他的全身。

四五年前，刘雨田曾看过我国长城专家罗哲文的一篇有关介绍长城的文章。作者写道：早在三十年前他就立下了要步越长城的志愿。可是由于此行艰巨，始终未能如愿。作者还说，至今尚没有人走完全程，今后是否有人将长城走完，“尚有待于来者”。步越长城？当时的刘雨田认为，要完成这项任务太艰难了，不是常人可以做到的。这件事像夜空的流星一样，只在他的脑海一闪而过，没有使他动心。

然而，1983 年一个偶然的机会，却使他定下步行考察长城的志向——

那是个夏日的午后，刘雨田的朋友给他还来一本书，因怕把他的书搞坏，就用废报纸把书皮包了。就在这张报纸上，刘雨田看到了一则叫作《徒步遨游世界的作家》的报道。报道中记载了一位名叫雅克·郎兹曼的法国人，此人已徒步游历了法国、欧洲和世界其他许多地方。但是他说，他“最大的梦想是来到中国，从长城的这一端走到另一端。”看到这里，刘雨田怦然心动，久久难以平静。他想，一个外国人对中国的长城尚且如此敬佩仰慕，作为中华儿女怎么能无动于衷?！于是一个念头在刘雨田的心中产生了：徒步考察长城！

从此，他积极收集有关长城的资料，拜访研究长城的学者，并每日坚持长跑，进行体力上的准备。这年年底，一位叫史葛达的美国老人先后给我驻美大使馆写了二百多封信，要求步行长城全程。消息传来，更在刘雨田的心中掀起了巨大的波澜。强烈的民族自尊心和爱国激情在他胸中激荡。“如果外国人的要求一旦获准，并真的取得了成功，作为中国人的我们该作何感想？又怎么对得起历尽千辛万苦修建长城的先辈们，爱国难道只是一个抽象的词藻吗?”刘雨田一遍又一遍地自责着。

“位卑未敢忘忧国”。一种沉重的历史责任感压在了他的肩头。“不能再迟疑了。”

刘雨田为自己过多的考虑困难，因做准备而推迟行期感到焦虑不安。长城以它那伟大的体魄、忠贞的魂灵，吸引着刘雨田，时时萦绕于他的心际。他感到一个伟大的声音——那是祖国母亲的声音在召唤他。一个人一旦把自己的行动与祖国的需要联系在一起，这种行动的决心是任何力量也难以动摇的。

昨天，来银川洽谈贸易的一位美国商人，听说刘雨田的事迹后，蓝色的眼睛里闪动着激动的光彩，他一个劲儿地对老刘说："你是个非凡的人，非凡的人！"还说："见到你，使我想起了当年我国开拓西部的牛仔精神，这是世界人民所共同崇尚的。"

刘雨田还告诉我，徒步长城，也可以说是为了他的一位朋友。这位朋友很有才华，但在事业上，总是缺点拼搏精神。刘雨田曾深情地说："我的长城之行，就是为了激励他。"

老刘这人真有意思，怪不得张贤亮让我们给他写篇报告文学呢。

4

长城沿着巴丹吉林沙漠的边缘延伸着，进入甘肃小盐池地区。这一带的长城是用沙土、石砾夹着杂草夯筑成的。在千百年风雨的剥蚀下，原先坚固高大的边墙，仅剩下一米多高了。刘雨田掏出地图核实了一下眼前自己所处的位置：已经进入了裕固族人民生活的地区。盛夏的戈壁真热啊！抬眼望去，漫漫荒漠上除了长城，再也没有任何高大的物体。没有山，没有树，只有黄沙和石砾。远处裕固族人居住的帐篷与房屋隐约可见。刘雨田看了看表，时针已经指向四点，沙滩上的热浪依旧袭人。烈日将炽热的光焰肆无忌惮地抛撒下来，烤得人口干舌燥。周围没有一点风，空气似乎凝固了，脚下的沙蒿干得沾火就能燃烧。两个仅能盛五百毫升水的塑料瓶里早已没有一滴水。刘雨田向四野望去，他希望能在某个沙包里找到一汪泉水，尽管这种水是苦涩的。可是，他失望了。蓦地，感到头顶的太阳被什么给遮住了，身后有一丝凉风吹来，啊，好快活。他下意识地转过身，只见远处天边有七八股黑色的烟柱拔地而起，直冲天际。一会儿，烟柱的下部慢慢地散开了，转眼间变成一团团翻腾着的蘑菇状烟云。刘雨田迅速掏出照相机，刚想把这奇景摄入镜头，突然间，铺天盖地的狂风夹着沙石呼啸着迎面扑来。霎时间四周一片昏黑，他已处于咆哮着的沙暴之中。出于本能，刘雨田一下子跪倒在地，拿条大毛巾包住了自己的头，仓促中一手抓住脚边的一束沙蒿，一手紧紧抱住行李。狂风撕扯着、吼叫着，驱赶、摔打着沙石。他嘴里、鼻腔中灌满了沙子，连呼吸都感到困难。不一会儿，噼里啪啦的雨点又裹着沙石砸下来……

狂风扫荡过的戈壁死一般沉寂。昏黄的天空，昏黄的大地，一片混沌、苍凉，像个泥猴一样的刘雨田慢慢地站了起来。

“君不见走马川行雪海边，平沙莽莽黄入天。轮台九月风夜吼，一川碎石大如斗，随风满地石乱走。”唐朝边塞诗人岑参以浓重的色调描绘的西北边疆飞沙走石的奇异景象，刘雨田亲身经历了。在沙暴中，他对自己的出行曾产生过一丝后悔之情，但随着狂风的平息，这念头似乎也被沙暴卷走了，心中仅存留下一股庆幸、自豪之感。“沙暴不过如此！走！”他像怀着“不破楼兰终不还”的古代出征将士一般，又踏上了征程。

长城，世界建筑史上的七大奇迹之一。阿波罗号宇航员在太空中回望地球时，小小寰球一片迷蒙，唯有长城像一条闪光的带子熠熠夺目，它成了在太空中回顾地球时，见到的唯一的人工建筑痕迹。每当人们想起它时，总是把它与壮丽、雄伟的八达岭联系在一起，却往往忽视了它与西北的荒漠古道，与千古流传的悲凉诗句也联系在一起，“缭乱边愁听不尽，高高秋月照长城。”

徒步考察长城，不同于徜徉在西子湖畔，泛舟于昆明湖上。用两条腿去丈量万里长城，这是强者的事业！

刘雨田还是个文学爱好者，翻开他的旅行日记，里面有他自己写的不少诗。明天是我们主办的创作系列讲座第四讲，主讲人是张贤亮，我想给他送一张票，他一定会很高兴吧！

走进宁夏博物馆，穿过前殿，来到一个幽静的小院。听说刘雨田住在这里。一间办公室亮着灯，我走上前去，轻轻叩门，老刘迎了出来。

“请进，请进！”他热情地招呼。

6平方米左右的房内，摆着一张行军床，靠墙放一张办公桌。

“看！《宁夏境内长城初探》《漫谈秦长城》《长城史话》这几本书都是博物馆的许成送我的，哦，宁夏人民出版社的同志们也送给我不少资料。”老刘边说边从桌头的小书架上取下几本书递给我。

“我这一路可遇到了不少好人哪！”

刘雨田这个坚强的汉子有些动情了。他在桌上摊开一张地图，手指向标有长城标志的红线……

5

进入深秋，天气越来越凉。住宿成了刘雨田旅程中的一个难题。在塞北的荒原上，有时走两三天也遇不到一户人家。偶或在那遥远的天地交汇处，发现放牧的羊群。

从甘肃河西堡出发的当天傍晚，刘雨田于暮色中欣喜地发现长城边有一处由低矮的石块砌起的窝棚，紧靠窝棚还有个露天羊圈。“今晚不必露宿荒野了。”刘雨田三步并作两步地走到窝棚边。洞开的房门没有门扇。他探头向里望去，黑乎乎的棚内有一盘炕，炕洞里闪动着微弱的暗红色火光。一股混有羊膻味、粪土味的热气扑鼻而来，他却感到有一种说不出的亲切感。刘雨田正要向里举步，忽然看见炕上有个黑影动了一下，接着一个苍老的声音响起："啥人？"

"我，过路的，想在您这儿歇一夜。"刘雨田小心翼翼地说。

"去，羊圈里睡去！"

"我……"不等刘雨田再说什么，那苍老的声音又响起。

"羊圈里有草，去！"口气不容分辨。炕上的黑影又动了一下，沉默了。

无奈，刘雨田只好向羊圈走去。他留恋地向那闪动着暗红色火光的炕洞投去一瞥。

一停下，刚才赶路时汗湿了的衬衣变得冰凉、冰凉，紧贴着身体。

他依偎着温顺的绵羊过了一夜。

天色微明，一位又黑又瘦的老人走出了窝棚，迎着他疑虑的目光，刘雨田走上去。

"你是个干啥的？"

"我……"刘雨田赶紧递上了自己的工作证。

"干部？来这干啥？"

"考察长城，我要沿着长城走下去。"刘雨田简要地向老人讲述了自己的目的。疑虑在老人那被皱纹包围着的眼睛里顿时消逝了，他轻轻摇了摇头。慢慢地说："娃呀！走长城可难呢。"随即老人爽朗地说："来，咱做饭，吃了好赶路。"看着老人的生活条件那样简陋，刘雨田不好意思打扰，急忙谢绝了他的好意。看到刘雨田执意不从，老人从一个看不出是什么颜色的皱巴巴的布口袋里掏出了一些红枣，硬塞给他，"路上吃。"虽说挨了一夜冻，此时，刘雨田却觉得心中热乎乎的。多好的老人啊！

沿途，像这样主人不敢贸然收留一位陌生人过夜的情况，刘雨田不止一次碰到。于是烽火台下用来储藏燃物的小窑窝，古道旁久已废弃不用的羊圈，农人秋收后的麦场边，以及那无遮无拦的戈壁沙滩，都成了他歇息的场所。每到凌晨三四点，阵阵寒意袭来，往往把他从睡梦中冻醒。睡不成，干脆站起来舒展舒展冻僵了的双腿，继续前进。没有高热量的食物，权且含两块水果糖，作为热量的补充。没有水果，没有保暖的睡袋，没有……条件是艰苦的，每天的旅程对他都是一次意志的考验。

进入景泰县，道路更加艰难。这里是黄土高原的山区，沟壑纵横，重峦叠嶂。长城随着连绵起伏的山势，奔腾着，跳跃着，昂首奋身直达黄河岸边，而后跃过黄河向东延伸，经靖远县过黑山峡进入宁夏。刘雨田随着长城的足迹翻上爬下，艰难地跋涉着。早晨从景泰出发时，为了少打扰房东，他没带吃食就上了路。原想几十里路程咬咬牙就到了，不料道路崎岖，直到天色昏黑，刘雨田才赶到黄河岸边。可是渡口又在哪儿呢？两岸不见一人。

这里不是渡口。

一阵冷风挟着岸边溅起的水花扑来，刘雨田不觉打了个冷战，他浑身上下没有一丝力气。困倦、饥饿控制了他的全身。他奋力喊去，希望能在河两岸发现人，但失望了。除了黄河，只有身后群山之上的长城与他在一起。黄河在眼前奔腾着，翻卷着。湍急的河水不时掀起一层浪花。黑幽幽的峡谷中震荡着雷鸣般的涛声。涛声撞击着刘雨田的心扉。

啊，母亲河哟！刘雨田激动的泪水簌簌地流下。他慢慢擦去泪水，一咬牙又返身爬上了身后的山峰，在漆黑的山路上跌跌绊绊地走去。夜里十一点，他终于抵达一个叫作车木峡的村庄。这一天，他连续走了十六七个小时。

我急速蹬着自行车，向西塔方向奔去。迎面的寒风吹得人额头发麻，像有无数细小的钢针扎刺着皮肤。天冷得有点邪门，室外温度已降到零下二十度了，大街上的行人都裹紧了羽绒服、皮大衣，匆匆行走着。这样的鬼天气，谁愿意在露天地里多停留一会儿呢？

刘雨田今早又要启程了，关心他的朋友们都想送送他，如有可能，大家还想再次劝说他留在银川过冬。

我走进那幽静的小院，又去叩那间办公室的门。嗯？门上锁了。透过玻璃窗，我看见那张行军床已叠了起来。

他走了。他终于谢绝了大家挽留他在银川过冬的好意，毅然北上，去继续寻觅长城的遗迹。他说过："时间就是生命。"真是个倔强的人！

不久，我收到了他自定边寄来的信：

"……那天，过了黄河天色已晚，为了赶往横城，我连夜赶路。沿河滩走时，不小心双脚陷进了一个冰窟窿里，裤子都湿透了，冷风一吹硬邦邦的，到了横城，因为太晚我只好睡在老乡门口的麦草堆中，这一夜又冻又饿，最后冻得都不会打战了……但我还是要走下去的。"

春去秋来，我再也没有得到刘雨田的什么消息。是征途上遇了险，还是半途而废了？

今年早春的一天，我随手翻看着一张《北京晚报》，突然一个熟悉的身影映入眼帘，是他，刘雨田！照片旁边还配有一篇他的专访。从文章中得知，老作家姚雪垠为其精神所感，手书"大漠精神，长城风格"相赠。

啊，刘雨田，长城的子孙，他终于徒步考察完了长城的全程。

青年角斗士

1985 年 10 月，中州古城洛阳又迎来了一个温柔的黄昏。

华灯初上，霏霏细雨从空中潇潇洒洒飘落下来，十几天来的燥热顿时消除殆尽。烟雨裹着兴奋的人们向洛阳体育馆的方向涌去。高大的洛阳体育馆被五彩灯饰环绕着，显得华贵、美丽。蒙蒙细雨在彩灯周围腾起一圈圈眩人眼目的光晕，更增添了一种节日的气氛。

全国青年运动会在洛阳拉开帷幕十几天了。十多天中，一股热烈而又欢快的气氛包围着这座历史名城。今晚，国际古典式摔跤的最后一块金牌将在这里胜出。

比赛尚未开始，可坐两千多人的偌大体育馆已是座无虚席。赛场中央平日里比赛用的四块胶垫已撤得只剩下一块，一股庄严的决赛气氛蔓延开来。

七时，一声哨响，决赛开始了！大厅里滚过一阵轻微的躁动，顿时又陷入奇静之中。几千双目光射向大厅中央。决赛双方——黑龙江队的栾公波与宁夏队的康小伟像两头角斗的雄狮，弓起那坚强的背脊，以稳健而又略显不安的步伐，顺着胶垫中那圈红色的漆线以环状线向对方靠拢，靠拢……他们互相以犀利的目光谨慎地窥视着，寻找着对手的弱点……

突然，栾公波以迅雷不及掩耳之势，挥起右臂狠狠向康小伟的左肩抡去，闪电般的贴近，猛力一崴，一个漂亮的“挟颈背”，只听“咚”的一声，在人们还没反应过来是怎么回事时，康小伟已被重重摔倒在地上！随着栾公波一个猛压，康小伟的左肩可怕地触到了胶垫上。啊！决胜已在一瞬之间。只要两肩触垫，按规定，那就是绝对失败。然而，只见康小伟顺势向后一仰，以头顶与双脚为支点，一拱“起桥”。栾公波把全身的重量向这座“桥”压下去，压下去……

“顶住！顶住！”场外指导的刘铁钢教练拼尽全力向康小伟喊着。他满头大汗，紧张地闭住了双眼。正面“压桥”最大的可能性是被压者的失败！

一秒，二秒，三秒……十秒……二十秒……

沸腾了，整个体育馆沸腾了！

这是力量的较量！这是毅力的较量！不！这更需要智慧的较量！

在栾公波把力量用到顶峰时，康小伟轻轻一闪，一个翻滚，栾公波双肩着地，康小伟反败为胜！场内轰然一声叫好。随着裁判在胶垫上的一掌猛击，康小伟腾地跃身而起，胜利了！刘教练一步冲进比赛场，大喊一声，“你吓死我了！”紧紧与康小伟拥抱在一起。

黑龙江队、北京队、青海队、甘肃队……的教练、领队们向宁夏代表团的同志们涌去，送去阵阵热烈的祝贺。

宁夏摔跤队自1958年建队以来，第一次在全国性比赛中取得金牌。

1985年岁末，康小伟在全国青运会上获得金牌的消息被列为宁夏当年十大新闻之一，1986年他又相继在全国冠军赛中获得成年组120公斤级第二名，并被选送进国家队。1987年新春伊始，康小伟当选为宁夏十佳运动员。

一颗体育新星正在冉冉升起。塞上江南的人们注视着，寻觅着它升起的轨迹……

●希望，播种在童年

炎夏。正午，炽热的阳光炙烤着大地。青铜峡造纸厂宿舍区一片宁静，人们躲避着烈日正在房内午休。此时，却见会计老康满头大汗焦急地在厂区内外寻找着他那老疙瘩儿子康小伟。

突然，他一个激灵，拔腿向一公里外的黄河跑去：“这小子，准是又瞒着父母偷偷到黄河里游泳去了。一个七八岁的孩子，胆儿也太大了，能不让大人操心吗？”

一阵孩子们的嬉笑声传来，呼哧气喘的老康停住了脚步。主河道旁的大干渠渠湃上，几个幼小的身影追逐、嬉戏着。不是，不是……也不是，哦，看见了，小伟那小小的身躯正仰凫在那金黄、柔顺的渠水之中，他微抬着小脑袋瓜凝视着天空，顺着水流缓缓漂动，多么悠闲自在呀，雪白的小肚皮在水波中一隐一现。看着儿子那副舒畅的小模样，老康的满腔燥火，似乎顺着那一渠流水漂走了。作为父亲，他理解那体内勃动着无限活力的小人儿对运动的渴求。这理解，除了来源于父爱，还因为青年时代的老康也曾是位不错的篮球中锋。

说起来，康小伟的家庭可称作体育爱好者之家。妈妈年轻时是位业余排球运动员，哥哥是银南地区中学生篮球队队长，姐姐更棒，还曾代表宁夏参加过全国中学生篮球赛呢！耳濡目染，家庭中热爱体育运动的浓烈氛围，催发了小伟幼小心田里那棵运动之芽。

哥哥带着他们的篮球队到青铜峡赛球来了。小伟兴奋地跟前跑后，比赛还没开始，他早早就搬个小板凳坐在最前排。

看，哥哥带球过人，一个漂亮的三步上篮，好！投入篮筐，又是个二分！哗——掌声向哥哥涌去。哥哥潇洒地把头一甩，将那像小白杨一样挺拔修长的身躯转了过来，冲着小伟，冲着全场的观众自豪地笑了。

看呐，太阳将它辉煌的光彩洒在哥哥那张挂满汗珠的年轻的脸庞上，流光溢彩，生机勃勃。小伟涨红了脸蛋，冲着哥哥把巴掌拍的噼啪响。啊！哥哥真棒！长大了我也要当个篮球运动员。记忆的屏幕上永远留下了哥哥那自豪的一笑。

冠军之路也许应从这时算起！

●果敢的抉择

春天降临了。神州大地摆脱了严寒，小伟的哥哥告别了篮球场，与千百万有志青年一样成为高考赛场上的佼佼者，跨入了令人羡慕的高等学府。

球场上显得冷清多了，昔日的伙伴们放下篮球，离开游泳池，捧起书本，奋力追回那逝去的年华。

伴着琅琅的读书声，小伟转眼成了个十四岁的“大”小伙，身高一米八，虎背熊腰。

小伟该上初中啦。这时传来了青铜峡体校要招生的消息。可是与前两年相比，报名学体育的人远不是那么踊跃了。

但康小伟说：“我要走自己的路。”康小伟在家庭的支持下，作出了报考体校的选择。

牡丹妖艳雍容，却没有兰花的清丽、典雅；苍松挺拔伟岸，却没有垂柳的妩媚多姿。大自然需要纷呈的色彩，我们的社会主义祖国也需要各种各样的人才，作出最佳选择的关键在于你是否认识了自己，是否发挥了自身的优势，充满信心地去面对社会的需要。

十四岁的康小伟成为青铜峡体校的一名学员，开始了系统的体育训练。

他，踏上了夺取桂冠的起跑线。

一年后，康小伟以其良好的体育素质被自治区体委的教练看中，破格选入自治区体育运动学校。

成为专业运动员，这可是小伟自幼的理想啊，他梦中都为此笑醒过。

不过，生活也并不是总会对你微笑。

“康小伟，把这几个单词读一读。”英语老师叫起了坐在最后一排正在发楞的康小伟。他慌里慌张地站了起来，却不知老师叫自己读什么。

“看你白长了个大块，学习上却不操心，坐下吧。”

满眶的泪水差点决堤而出。“大块”怎么啦？就是个高、块大才打篮球的嘛。不也是因为块大，又让我转学投掷的吗？现在倒好，“大块”成了窝囊废的代名词，没人要了？

不怨康小伟上文化课发愣，他憋了一肚子委屈。

上体校后，小伟由攻篮球专业改成了学投掷。可投掷还没练出个眉目，教练又因某种原因调到了别的单位。近一两个月，小伟就跟个没娘的孩子似的，今天跟着篮球班跑跑篮，明天又跟足球班射射门，后天再跟排球班去练封网，眼见得一起进校的同学们在专业上都有了长足的进步，唯有自己还在这儿晃悠，能不心急吗？

前几天体工大队的冯教练又动员小伟去改行学摔跤。这一下，恰如在本就不平静的水面上又投入一块大石头，激起层层波澜。

"摔跤那是什么专业，多野蛮，出成绩也太难。"

"你练过篮球，身体灵活、敏捷，判断力强，速度、耐力也不错，目前宁夏缺大级别的摔跤运动员，就全国看这方面力量也不强，你看？……"

何去何从？何去何从！

截然不同的忠告、意见要康小伟去判断、抉择。

"我去摔跤队。"

"小伟你可要考虑好！去体工大队当运动员就要失掉体校学籍，眼看稳稳到手的中专学历就又没有了，划得来吗？"

"我决定了，没有中专学历就没有吧！"

好一个"没有就没有吧"，真是掷地有声！

对事业的执着追求，使康小伟冲破了"学历热"的世俗之见。

人生在最要紧的地方，往往就是那么几步。机遇与希望并不只青睐那些伟大人物和天才。平凡的人们只要积蓄力量，并善于抓住它，那平凡的人就会变得不平凡。机遇、希望，往往会与你擦肩而过。

康小伟是果敢的，他没有让希望从身边跑掉，而是将生命之舟勇敢地驶向另一片更加广阔的海域。

决定了就行动，康小伟用一天的时间办完了全部手续。第二天傍晚，他跳上了西去的列车。

飞驰的列车追逐着满天的星斗，将他带往一个新的战斗集体——宁夏古典式摔跤运动队。新伙伴们正在青海省西宁市集训呢！

●撬动成功之石的支点

"咚"的一声，刘铁钢教练"吃"了康小伟一个"挟颈背"，被扎扎实实地摔在了胶垫上。

啊，终于将教练摔倒了！

"对，就照这样摔！"刘教练满脸含笑冲着又兴奋又有点歉意的康小伟高兴地大喊一声。

“来，再来！”他迅速从胶垫上翻身站起，又拉开了架势。“咚！咚！”汗珠伴着沉重的摔绊声悄悄洒在胶垫上，留下一片一片印记……

进摔跤队半年之后，康小伟以良好的身体素质显示了他在摔跤运动上的无限潜力。他已先后在全国几次大型比赛中崭露头角。但，距离摘取桂冠还有很长一段距离。在此期间，能否得到正确的指导与帮助这将是关键！

呵，命运之神总是向着奋斗者微笑的！刘铁钢教练从国家队来到了水平正处于面临突破阶段的康小伟及其伙伴们的身边。未解鞍马劳顿的刘教练，立即投入到紧张的训练工作之中。他以其丰富的经验迅速作出了判断：没有相应级别的运动员与康小伟进行对抗性练习，是导致他不能继续突破的关键。

从此，体重七十多公斤的刘教练让自己成为体重达一百公斤以上的康小伟的假想敌。

加大训练密度，从难从严要求。刘教练像一只经验丰富的头雁，率领着他这支年轻的雁群向更高、更远的目标奋飞。

训练场上，一番高强度的训练过后，小伟的脚步不那么敏捷，手臂也不那样有力了。“咚！”一个“后倒背”，刘教练将他狠狠摔在了垫上。

“来，继续摔！”教练发出严厉的命令。又是一番龙腾虎跃，几个回合过后，“叭！”一个“挟颈背”，教练将康小伟更狠地惯在了垫上。他不给稍有怠懈的康小伟留一点情面。他要让小伟明白：“懈怠嘛？那等待你的就只有失败。金牌决不会自动挂上你的胸前！”

一天的训练结束了，康小伟望着刘教练那疲惫不堪慢慢离去的背影，只觉一股热浪涌上心头：“教练，你太累，太辛苦了。您的腰曾受过伤啊！好教练，放心吧，为了您，我也要好好干，一定要将金牌拿到手。”

“夺取冠军！”这个念头已像不可遏制的烈火，跃动在康小伟的心头。

“国家体委把摔跤定为短时间突破项目，小伙子，好好干，冲出亚洲，走向世界不光是别人的事。”教练那双跳跃着灼人火花的双眼，传递着殷切的期望。“你与亚运会上取得名次的我国运动员之间没有不可逾越的距离……”中肯的分析，热情的话语，点燃了小伟胸中熊熊燃烧的火焰。

日子在大运动量的训练中流走。刘教练那曾使康小伟大吃其亏的“后倒背”“挟颈背”，慢慢变成了康小伟化险为夷的“绝招”，为日后夺取冠军奠定了坚实的基石。

小伟永远不会忘记，他赖以撬动成功之石的支点，是教练那宽阔的肩膀！

●成功的秘密

“咚——咚——”康小伟觉得整座大厅里只充塞着这一种单调的声响。“过背摔”——沉重的身躯从空中划了360度被重重地摔在胶垫上。

哦，太累了，真想睡在这黑胶垫上不再起来……然而，不容有一秒钟的停留，他又像通体触电一样，“腾”地跳了起来。

20次这样的“过背摔”必须在一分钟内完成，一连是3至5组。此后还有那拼尽全力的对抗赛，以及高强度的腹肌训练，而这一切又都是在13公里的长跑，30米，60米，100米，400米若干组快速跑之后来完成的。13公里的长跑对于一般田径运动员来说可能不算什么，然而对于体重达100公斤以上的摔跤手康小伟来说完成它就需要点毅力了。当刘教练第一次看到康小伟在规定时间内跑完了13公里全程时，也感到意外，因为在全国范围内，像他这样级别的运动员，能完成这样训练项目的也不多，这需要顽强的坚持精神。

对，坚持，咬着牙坚持！为了达到最终目标，为了夺得青运会上的金牌，为了1987年的全运会。

——教练技术高超，手法狠，下绊重，谁跟他摔谁发怵。一听教练要跟队员摔，小伙子们都远远跑开了，只有康小伟像个初生的牛犊子，眯缝着他那双有点近视的眼睛迎了上来。

——100公斤重的布人是假想对手，一个“钳入过胸”，猛地抱起，一使劲，“啪!”布人倒把小伟给压了个仰面朝天。什么道理？琢磨琢磨，噢，原来是挺腕不够。再来，“嗨!”100公斤重的“对手”被摔过去了。“用脑子摔倒对手。”这是康小伟的口头禅。

——小伟的胸肋已疼痛三个多月了！来队探望小伟的妈妈，不由分说，拉起他直奔医院的放射科。

三个月前，在一次对抗性训练中，他受过伤，当时疼得他直掉眼泪。但为了两个月后的一场比赛，眷恋于胶垫的他，竟无暇去趟医院。

片子出来了，大夫吃惊地瞪大了双眼：“小伙子，十一、十二肋骨骨折过？奇怪的是竟快愈合了!”

肋骨骨折?! 三个月中不但从没有中断过紧张训练，竟还参加过一次全国锦标赛。

哦，不可思议，好一个倔强的小伙!

倔强的小伙深深懂得：“要想成功，那就不能在夕阳西下的时候去幻想，而要在旭日初升的时候去拼搏!”

正值青春年华的小伟，面对的是无限美好的未来，拼搏与奋进将使他拥有整个世界。

努力吧，小伙!

黄鹤杳杳　斯人已去

——永别贤亮主席

秋天的 9 月，贤亮主席去了，跟大家永别了。

他驾鹤西去，溘然长逝，令人倍感心痛。

30 号上午，很多很多的人参加了他的遗体告别仪式，向在中国文坛和中国社会产生过巨大影响的尊敬的贤亮主席鞠躬。

一

我和贤亮主席第一次见面是三十年前的一个秋天，1984 年。宁夏文联及宁夏作协刚换届时间不长，我从中学教员调入宁夏作协当干事。那时，宁夏文联没有楼房，临时租借了工厂的小楼。突然，工厂的楼不借给文联了，于是各个协会匆匆忙忙收拾办公室的东西，准备去一个小旅馆——在一个平房的小院里，在那里办公，这是第二次借租。大家开玩笑说，我们要去“骡马大店”住宿了。

下午，我正在办公室内打包准备搬迁时，贤亮主席和另一个男同事到了作协办公室。贤亮主席一进房间，坐在室内的一个小钢丝床边上说：“我是张贤亮，他是作协副秘书长，专业作家王洲贵，老革命。你是小余？国尧已把你的情况向我说了。”刘国尧是宁夏作协秘书长，我调入作协第二天，他去外省开会了。去之前，他简短地向我介绍了作协的人事情况：张贤亮是现任宁夏文联副主席、宁夏作协主席，全国政协委员。

当时，张贤亮已是全国著名作家，获得全国优秀小说奖的作品有：《灵与肉》《肖尔布拉克》《绿化树》，他获奖的中、短篇小说，我都阅读了。以他的《灵与肉》为蓝本改编的电影《牧马人》发行后，在全国产生了很大反响，很多观众都争看、热议，当然我也是其中之一。

初见知名作家，又是我的领导，我不知道说啥，有点尴尬。但贤亮主席根本没什么领导架子，他随便笑着说：“小余来了，我们欢迎你，今后大家都在作家协会工作，有事多合作。小余是年轻人，有事多干点。”

贤亮主席第二天来到单位，他见了我说：“你把宁夏作家代表团在开幕式上的发言辞写一下，要快点。”我一听，有点发懵，什么会议？内容是啥？开幕式哪天？我刚到作协工作，情况一点都不知道。贤亮主席一看我的样子，等了几秒，说："哦，发言辞我来写吧。"我这个准备"多干点事"的年轻人，却把工作抛给了主席，他没批评我，却把布置给我的工作自己揽了起来。

一年后，《宁夏广播电视大学中文系毕业生优秀作品集》即将出版，校领导希望这个集的序能请著名作家张贤亮写一下。校内同志与贤亮主席联系不多，他们商量之后，说："这事就委托余光慧请一下张贤亮主席吧。"因为我是毕业生之一，自己的作品也收在集内，工作单位又在作协，校领导让我联系这个事，当然推托不得，也是正常的。

回到单位，一见贤亮主席，我心里却忐忑不安，让他写序的事怎么说呢？我是个干事，让主席写文章，是否不妥？但已经接受了校领导的嘱托，就再不能拖了。我勉力把情况向主席说了，没想到，他一听，马上说："行，啥时交给你？"噢，我悬着的心一下放松了。三五天后，我把贤亮主席写的序交给了宁夏广播电视大学。待书出版后，学校也没给主席稿费，只是让我送给他一本影集。

那时，贤亮主席让我写讲话稿，我没写。我让老张写序，他却很快写了。这事，始终让我记在心里。文联的人当时和他见面，称呼多样：张主席、贤亮主席，有的直呼贤亮、老张。我就叫他老张。因为第一次见面时，他自己让我称呼他老张。

二

1984 年年底，中国作协换届，贤亮主席成为中国作协主席团委员。1986 年，宁夏文联主席朱红兵离休，贤亮主席接任了朱红兵的文联主席职位。

在 1992 年前的七八年，贤亮主席的短篇、中篇、长篇小说不停地发表。《男人的一半是女人》《习惯死亡》《早安，朋友》等，他的作品继续在全国产生很大影响。

1992 年，又是秋天。下午，我去鼓楼旁边的牙科医院看牙。出了医院，我骑自行车向西边回家。突然，后边一人喊我名字，往后一看，噢，是贤亮主席，他也骑着自行车（当时自治区文联主席正厅级也没专车）。他笑着说："我在学习邓小平'南方讲话'精神，正在准备创办股份有限公司。"我一听，心想创办公司，文人可以吗？却见贤亮主席从没这么高兴过。

12 月，中国作协在厦门召开各省作协工作会议，贤亮主席和我都参加了这次会议。下午，各省作协负责人发言，我们来得稍晚了一点。张贤亮一进会议室，参加会议的代表们都笑了，向他鼓掌。他创办公司的事，大家也知道点，对此，也都有兴趣。

他一坐下，首先发言的就是他，如何学习"南方谈话"、如何创办宁夏华夏西部影视城有限公司、如何当董事长、如何筹办资金……他的讲话高潮不断。

1993 年秋天，宁夏作协主办全国回族作家笔会，会议在银川召开。这次会议中，张贤亮邀请会议代表们到镇北堡西部影视城参观。去参观的有中国作协党组书记马烽、中国作协创研部评论家雷达、《民族文学》副主编白崇人、《文艺报》副总编吴泰昌及中央民族大学教授等。参观人数近 200 人。导游，就是张贤亮。当时影视城还刚刚开业，各方面都还很粗陋，但参观结束时，马烽书记很认真地说："创办这个西部影视城，计划不错。将来会发展。祝贺你。"

如今镇北堡西部影视城已迅速发展成为中国西部最著名的文化景点，是宁夏集观光、娱乐、休闲、餐饮、购物体验于一体的国家五 A 级旅游景区，也成为西部题材电影、电视剧极好的拍摄基地。

二十多年内，贤亮主席建设发展西部影视城的同时，也继续他的文学创作，如长篇小说《一亿六》、长篇政论随笔《小说中国》等都是这期间创作出版的。

三

"逝者如斯夫"，2002 年，我已在宁夏作协工作十八年了。8 月份，又是夏末初秋，中国作协将在银川召开各省创联部座谈会。为配合中国作协创联部工作，宁夏作协将在会议召开前，把勤务工作做好。会议中，安排了采风活动。其中，将到影视城参观。我已是宁夏作协驻会副主席，主持工作。为此活动，我通电话向贤亮主席汇报沟通，准备参观影视城的事，他都同意。

为接待好各位代表，前一天的工作时间很长，由于加班回得很晚，我竟遭遇歹徒敲头抢劫，重度颅脑损伤，倒地昏迷。中国作协和宁夏文联领导得知后，到医院看望昏迷中的我，并帮助联系了宁夏和上海的专家治疗我的病。

当时贤亮主席知道后，马上让影视城助理及财务同志拿上钱到医院看望我。不久，贤亮主席在浙江省出席文学界会议，会议上，他把我受伤的情况告诉了很多作家。张抗抗主席听了后，马上把电话打到我家，慰问我的病情。

后来，我苏醒后，家属把情况告诉了我。我内心深深感谢他们。

一个月后，我从医院回到家中疗养，贤亮主席与宁夏文联的杨继国、林稚阳、肖川等领导带着花篮到家中看我。临走，我送他们到门口，已走到院里的贤亮主席转身对着我，大声说："身体好一点了，到院里晒一晒太阳。"

时间又过了一年，2003 年，贤亮主席退休了，文联的楼他就很少去了。但他仍然全力谋划、主持影视城的发展和经营。

2013 年年初，中华文学基金会秘书长李小慧到银川出席西吉文学研讨会。会议后，她希望去看看贤亮主席。我马上给主席打了电话。一接电话，他说："余光慧，有事？你说。"情况一说，他说我安排一下。很快就有影视城的工作人员联系我们。第二天 9 点，一到镇北堡门前，一个女工作人员已在那里等着我们。她带我们参观了镇北堡新建的老银川街道等景点。10点，我们去贤亮老师住的四合院见面。一见，他很精神，穿着蓝色羽绒坎肩，像个中年人一样。一个小时的聊天，我们谈中华文学基金会情况，问及中华文学基金会原理事长张锲同志的身体，又谈镇北堡影视城将来的规划……突然原中国作协书记处书记、作家邓友梅给小慧打来电话。邓友梅是贤亮老师的好朋友，得知小慧在贤亮老师的家里，两个老朋友在电话中又说又笑，真正欢乐在一起。他们说话时，小慧给我说，贤亮主席曾给中华文学基金会捐助十万元给基层中小学买书送书。

走时，贤亮主席送我们到四合院门口，大家笑着挥手道别。

贤亮主席去世后，好多外省的作家朋友给我打电话、发短信，请我在遗体告别仪式上代他们向贤亮鞠躬，有的写了唁电、挽联发给我，代他们送给治丧委员会。甘肃作协副主席、《飞天》原主编陈德宏给贤亮的挽联是：

上联：牧马人绿化树男人一半是女人精品皆入文学史
下联：路坎坷命多舛舞文经商两不误影城终成名人堂
横批：苦难风流

是的，贤亮主席将永远活在读者和友人的心中。

永远的诗人，永远的老师

——回忆老诗人雷抒雁、李震杰

“雷抒雁老师你好！我是宁夏作协的余光慧。”“噢，你就是宁夏作协秘书长余光慧？李震杰老师去世，是你在电话上告诉了我，谢谢你代表我和乔良及时送献悼念花圈，太谢谢了！他给宁夏文学界做了那么多的贡献，怎么能忘了他？”一句话让我感受到两位诗人之间的情真意切。

这是1996年夏天，中国作协第五次全国代表大会筹备会议在北京举行。我作为宁夏工作人员，雷抒雁老师作为鲁迅文学院负责人同时参加了筹备会。晚餐后，在院内散步时，我们见了面。虽然是第一次见雷老师，但他的相貌，一见就给人留下了很深的印象。雷抒雁是全国著名的诗人，整个文学界人都是知道的。文革结束时，雷抒雁首先发表了优秀诗篇《小草在歌唱》，在全国产生了很大的影响。作品在当时，不仅推动了现代诗歌的转折与发展，也对极左路线进行了尖锐批判。

见面时，雷老师问我李震杰老师的病情及去世时的情况。他说：“震杰老师是个好诗人，也是个优秀的文学编辑，更是好老师。在20世纪60年代末、70年代初，我作为大学毕业生，曾在宁夏接受再教育，在青铜峡插队时写了一些诗歌投稿给《宁夏日报》，给予刊登发表或提出修改意见都是李震杰老师亲自做的。他更培养了多位宁夏的年轻作者、诗人。”雷老师在这里说的那些宁夏20世纪70年代初崭露头角的青年诗人、作家有：肖川、刘国尧、何克俭、胡大雷、杨继国……李震杰老师对年轻诗人的培养是那么认真投入，他让来银川修改作品的石嘴山工人刘国尧晚上住宿在他家里改诗。当何克俭、杨继国要到复旦大学上学时，李震杰老师亲自到火车站送行，鼓励青年诗人进一步学习上进。尤其是与雷抒雁老师一起为李震杰题献悼念花圈的乔良，更是李老师当年非常喜欢并且热情培养的军队年轻诗人。乔良现在已是少将及全国著名军旅作家。谈话时，雷抒雁对宁夏青年作家给予关注，也表达了对李震杰等老一辈文学编辑的怀念之情。他在宁夏工作了好几年，曾与多位宁夏文学编辑、作家建立了友谊，与宁夏建立了感情。当时，他一直说：“宁夏就是我的第二故乡。”

2002年，雷抒雁时任鲁迅文学院常务副院长。7月中旬，中国作协举行第六届主席团委员及各省作协负责人会议，会议在新装修的鲁院大厦举行。会议上宣布，首届鲁院重点中青年作家文学研讨班即将举办，请各省推荐中青年作者一人。在会议休息中，我找到雷老师，提出能否多给宁夏一个名额，这个要求当时让抒雁副院长为难了。但他停了5秒钟，马上说："同意。我再去协调一下。"后来，我们推荐陈继明、金瓯参加了这次高研班。宁夏有两位年轻作者参加了这届鲁迅文学班，在其他各省是没有的。雷抒雁对我们宁夏这个小省区真是偏爱、支持的。

李震杰老师逝世十周年时，宁夏文联决定给他出版诗集，纪念这位老一辈诗人。当时，我给雷抒雁老师打了电话，请他给李老师写点怀念文章一起集合在诗集里。我也知道，当时雷老师身体不是很好，事先也有些犹豫。但雷老师一接我的电话，就立刻同意。不久，他将写好的文章寄给我。雷老师这篇文章由于是专门预约的，其他报刊中都没有发表过。在雷抒雁老师逝世后的今天，我重读了雷老师的文章，也让我再次缅怀这位文学大家，感谢他对宁夏的感情和支持，同时，我也再次读了李老师的诗集，我们将永远怀念两位老诗人，雷老师、李老师！

忆雷达先生三次到银川

一

那一年，是我第一次与雷达老师见面。

1993 年 9 月，全国回族作家笔会在银川召开。为了开好这次会议，宁夏作家协会特地邀请了几位国内著名的专家、学者到会做专题发言。其中就有著名文学评论家雷达先生。当时文学界的人，谁人不识雷达？他要是对某个作品点评一下，这作品马上就会在全国文学界及读者中产生不小影响。比如张贤亮的短篇小说《灵与肉》，当时只是发表在《朔方》上，没想到被老文学评论家阎纲和雷达看到，马上对这个作品给予充分肯定，并专门进了评论推荐。一下子不仅在宁夏，更多的是在全国各省引起了读者们的目睹围观，最终《灵与肉》被成功改编为电影剧本，电影《牧马人》在全国上映并引起轰动。那次笔会上，我是工作人员，每位专家发言前我都会找到他们先沟通一下，记得我找到雷达老师问他的发言题目，他爽快地回答："简议长篇小说《废都》。"这真是个人人关注的热点，因为自《废都》出版以来，舆论争议很大，能在我们这个会议上面对面听到雷达对这个作品的看法真是太好了。

这天下午雷达发言，他说："《废都》是一部作者大胆披露自己灵魂的书，私人的经验性和个人性很强，但悲凉的世纪末情调过于浓重。这个问题是值得研究探讨的。有些作家同行认为我是《废都》的支持者，其实我对《废都》的很多方面是批判的。在大的社会转型期，贾平凹将知识分子自身的主体失落感表现得很真实。庄之蝶经常为找不到自己而郁闷，实际上是写了一个人的异化，是我又非我。《废都》也写了一些客观现实，物欲、情欲、金钱欲正在吞噬文化人的灵魂，这是物质对精神的一种高度挤压。《废都》写了四个文化名人，而这四个人最终都变为废人，具有心灵的真实性。但《废都》也有严重的缺陷，我最不满意的是书里面有一种成熟的士大夫情调。贾平凹写的都是些带着传统烙印和负担的人物，他们在现实面前一筹莫展。特别是对于女性的态度是我所不能同意的，这是一种对女性赏玩的态度。对于性的描写，我也有些看法。《废都》吸收了《金瓶梅》的写法。特别是后面加上框框，此处删去多少字等等毫无新意，能否换一种更中国化、东方化的方式来表现？作者带着一种痛苦的心情，说《废都》是他的安魂曲。在艺术上，《废都》有一定的价值，它将中国古典小说的技法糅合得不错，在小说语言上应该说有一定的长处。《废都》是一部广泛流布的作品，我认为《废都》可能会作为一个长久的话题在文学界争论下去。”

雷达发言时，大家听得聚精会神，发言结束后，又都意犹未尽。会后，不止一位参会代表对我说，给雷达老师安排的时间太少了，哪怕再延长点儿时间结束也好，听他的评论对我们每个人都是一次难得的学习。

二

1998年，为迎接中华人民共和国成立50周年、宁夏回族自治区成立40周年，8月份，宁夏文学创作工作会议在银川召开。这次会议是为贯彻中宣部、中国作协关于抓好精品力作，进一步充分调动作家的积极性，努力创作出优秀作品而召开的。这次会议，宁夏作协邀请了茅盾文学奖得主、陕西省作家协会主席、《白鹿原》的作者陈忠实先生到会，同时也再次邀请了著名文学评论家雷达先生来银给大家办讲座。自治区领导同样非常重视，时任自治区党委常委、宣传部部长的王正伟同志出席会议并讲话。宁夏文联主席、作协主席张贤亮和自治区各市县宣传部、文联、作协、文学刊物负责人、全区创作能力强的作家都参加了会议。这次创作会议开得很隆重。中国作家协会还专门为宁夏这次会议发来了热情洋溢的贺电。

1998年这次，是我们作协第二次邀请雷达先生来银川为全体参会的作家们做讲座了。之前我与雷达老师在工作上已经连续沟通联系了五年，很熟悉。每年在北京中国作协全委会或在全国的文学会议上都能见到雷达老师，看他那么平易近人，总会和他一起聊聊，或就工作上的事与他沟通，或听他谈谈全国文学界的信息，他也给我们提点儿意见建议。

这次一见面，我马上向他沟通汇报：“明天上午先请陈忠实做专题报告，下午全由你来讲。”我开玩笑说：“上次都嫌你讲得短了，这次呢？”他马上笑着说：“三个小时行了吧？题目是《九十年代的中国文学和小说创作》，可以吗？”我说：“太可以了，太好了！”

那天下午，在沙湖宾馆大会议厅，雷达先生做了专题讲座。他说：“我们面对的是一个多元并存、众声喧哗的文坛，在某些情况下，艺术品已成为商品，商品意识已无孔不入。传统的道德和情怀已失去原有的地盘。我们是在这种状态下进入20世纪90年代的，这个年代一个非常突出的特点是文学功能的全方位化，它不再仅仅具有教化功能和认识功能，也具有了审美功能，甚至娱乐功能和宣泄的功能。在市场经济条件下，人对文化的需求已经是多样化的。而近年来作家的人文立场也出现分化。有所谓‘激进主义作家群’，如张承志要维护一种‘清洁的精神’，张炜则更多强调回归自然；有被称为‘文化保守主义作家群’，如陈忠实、贾平凹和西部的一些作家，至今仍强调对传统美学的张扬；还有更庞大的队伍被称为‘现实主义作家群’，如王蒙、李国文等。他们更高度认同现实，既强调终极关怀，又强调世俗关怀。我认为应该允许作家保持自己的人文立场。作家的人文立场应该比政治家、社会学家、法律专家更加多样化。现在文坛出现了一股怀旧风，如王蒙的《恋爱的季节》等，余秋雨的文化散文很受读者的欢迎，他专拣历史中具有传奇色彩的事件，加上自己的文化感悟写成散文，语言也比较好，很好地发挥了他自己的优势。读他的散文没有阅读史学的枯燥感。张贤亮也知道读者需要什么。近年还出现了大量家族文化视角的作品，《白鹿原》是其中之一。”

雷达老师在讲座最后，还就长篇小说问题发声。他说：“关于文体，我们现在对文体规律并不是很重视。长篇小说太多了，今年已出现滞销现象。大家对长篇文体和对长篇的要求理解得还很不够。创作出好的长篇小说，有时是一个作家一生的积累、感悟、库存、哲学思想和人生观的喷发。”

三个小时的专题讲座结束了，讲座内容之丰富，信息量之大，见解之精粹让与会的宁夏文学界同仁们兴奋异常。我也在一个小本上尽力地记下了雷达老师的讲话，同时感受颇多。这回大家听得过瘾了，而雷达老师真是累坏了，他当时就跟我说，后来他的眼前一直黑蚊不断，差点坚持不下来了。

刚一讲完，雷达马上要飞返北京。去机场前，他还特地到宁夏回族自治区成立 40 周年大庆庆典工程——银川光明广场去看了看。看后，他笑着说：“不错，不错！”同时和大家一一握手道别，还说这次宁夏作协安排他看了贺兰山岩画，看了这些远古的岩画，真是让人感慨无尽啊！后来他特地把这次在贺兰山岩画前拍的照片放在了他出版的散文集里。这一年他写了散文《走宁夏》，文章中他对宁夏的所见所闻侃侃而谈，充满感情。

三

2008 年 7 月，《金骆驼丛书》第五辑首发式在银川举行。为鼓励宁夏本土作家长篇小说的创作，自 1998 年开始，在自治区党委宣传部的支持下，宁夏文联、宁夏作协建立了宁夏长篇小说的创作机制，对《金骆驼丛书》的创作出版给予扶持，到 2008 年，这项工作已经进行了十年，这套丛书已经先后有五辑 16 部长篇小说出版。为了进一步总结长篇小说创作经验，借着此次首发式的举行，我们第三次向雷达老师发出了邀请，请他为宁夏作家、部分高校教师和文学报刊的编辑们，就我国现阶段长篇小说创作状况和宁夏作家创作中需要借鉴的问题进行专题讲座。

开会的头一天又去找他沟通，一见面雷达老师就告诉我：“讲座题目是《我们面对什么》，这次不用你问，我直接告诉你了。”两人为此都笑了。我说：“明天首发式先由作者发个言，然后有两个小时都交给您讲，您看行吗?”雷达老师马上提出自己的意见，说：“我讲上一个半小时，然后留上半个小时让大家谈谈想法，大家互动一下且不更好?”我说：“好，就按您的想法来!”

第二天上午十点整讲座开始。大题目是《我们面对什么》，四个小题目分别是目前文学所面临的状况、互联网的发展、长篇小说的发展情况、西部作家长篇小说的创作特点。因雷达老师当时所讲，给我印象更深更有感受的是第四个小题，所以尽可能地记了下来。

记得雷达老师当时说：“为了更贴近宁夏作家，我想谈这么几位西部作家，也就是陕西的这几位，路遥、陈忠实、贾平凹。他们的创作为什么能取得那么大的成功?他们又遇到哪些问题?他们又存在哪些危机?”

“这三个人都不是写东南沿海经济发达地区，路遥写陕北，陈忠实写关中平原的农耕文化，贾平凹写陕南山区。这三个人在中国当代文学史上都算得上是奇迹，在一个省集中出现这么三个人是不简单的。他们三个人的主要作品：《平凡的世界》《白鹿原》《废都》的发行量都超过百万册，都具有全国影响甚至世界影响。《平凡的世界》出来后，在中央人民广播电台播出，投票率是最高的。我在《求是》杂志上发表了一篇题为《诗与史的恢弘画卷——论〈平凡的世界〉》的文章。为什么《平凡的世界》那么受欢迎?到今天还有人在读，大学生还很爱看?这本书叙事很传统，他受影响最大的是柳青，路遥自述他看《创业史》就看了七八遍。《平凡的世界》里最前面的话就是引自柳青的。但他的作品叙事还是属于平面层次，一直没有进入文化层次。如果说陈忠实比路遥高，就高在陈忠实进入了文化层次。但路遥的书受欢迎极了。我认为路遥作品的主要价值就是励志。

再说说陈忠实，《白鹿原》出来后，许多人说陈忠实变得让人不认识了。因为陈忠实过去写的作品都不能与《白鹿原》相比，《白鹿原》上了一个很高的台阶。我总感觉对《白鹿原》的认可包含着两个层次，一个是《白鹿原》确实存在着一个宏大叙事的骨架，另一个是人们将期望值加了进去，我们希望有与世界对话的作品，我们希望有具有国际盛誉的作品，而大家把这种希望投注给了《白鹿原》。我觉得《白鹿原》是经得起阅读的，有许多作品经不起第二次、第三次阅读。什么叫文学经典?文学经典就是每次读它的时候，你总有一种初读时候的新鲜感，并且能唤起许多美好的东西。所以说《白鹿原》让陈忠实上了一个很高的台阶，他是我们西部作家的自豪。

“贾平凹大家可能更熟悉，也更感兴趣。我最早编辑过贾平凹的文集，我在总序里说，看起来这个身材绵薄，头颅也不硕大的人创造力是惊人的。一旦打开他的脑袋，便等于掘出一个取之不尽的矿藏让人惊叹。一个人的创造力能有这么多吗?他现在已经创作了千万字的作品，而且他的跨度之大实属罕见。他是在多面领域取得成功的作家。贾平凹的长篇小说、中短篇小说、诗歌、散文，特别是散文都写得非常好。长篇散文《商州初录》可谓是十分经典的作品。所以贾平凹现在怎么走，还能不能突破自己，是一个很大的问题。”

雷达讲了一个半小时之后果然及时收住，他热情邀请在座的作家、高校教师、文学编辑向他提问题或谈自己的看法，一下子整个会议大厅活跃了，勇跃举手者很多，最终，一个文学讲座变成了热闹的文学座谈会。如果不是工作人员催促已经到了用餐时间，雷达老师和大家的对话简直就收不住了。

中午，宁夏文联领导与雷达一起用餐时，雷达笑着说：“这次会议开得好，不光是我一个人讲，而是大家对话。宁夏作家们发言热情，各人发表各人的意见，有对话有沟通，气氛热烈愉快，太好了。光慧同志会议组织得很好。”没想到雷达老师猛地在领导面前表扬我，当时真让我不好意思了。我知道雷达老师很善良，他一直对各省作协驻会工作人员很体谅，总是抓个机会就表扬鼓励大家一下，关心维护他们，争取领导对大家工作的理解和支持。记得 2001 年，我在北京参加中国作协全委会，中间，北京晚报社请西北几省作协负责人吃饭，我也是被邀请者之一，旁边一桌是著名的老作家、老评论家，忽然我又听到雷达老师的声音，他正对著名老作家李国文介绍我的情况，说我是宁夏作协驻会副主席，也是报告文学作家等等，我赶紧低下头，内心非常感谢雷达老师对我的关心和支持。我的报告文学集出版后，他马上翻看，并给我提了很好的意见。

雷达一直关心关注在作协基层工作的同志们，每逢开会他都会给认识的各省参会同志打个问候电话，或者直接到房间看看大家。那年参会报到后，贵州的杨胜利说雷达刚才来看看我，我说雷达老师刚也给我打了电话问我好。2002 年我病重住院，雷达知道后，专门从中国作协研究部跑到创联部，把我的情况告诉了谢真子主任，两人一起马上来电询问我的身体情况，让正在治疗中的我感到十分温暖。

雷达老师三次来银川，相信每一位有幸聆听过他文学讲座的朋友都受益匪浅，这会成为每个热爱文学的创作者内心永远保藏的珍贵记忆，成为让他们终生受益的学养的积淀。

人才难得，而又天妒英才。3 月 31 日突然传来雷达先生去世的噩耗，真让人痛惜不已。请先生一路走好，您永远是我们宁夏文学界的良师益友。

他在天空看着大家

——回忆作家李进祥

一

2019年6月15日，10点02分，李进祥忽然在微信朋友圈发出信息：“我将回归清水河”，同时配发了三幅太空星云图片——星星在闪烁。

清水河是进祥的家乡河，是流动着他作品的故事的河。他将回归家乡？他将飞上天空俯瞰整个世界、俯瞰他心心念念的家乡和家乡的亲友同事？

他的这个信息当时就让我的心咯噔了一下：“进祥，难道你将与大家离别？”

进祥有病不去上班已经三个多月了。最近文学界领导、同事、作家去医院或他家看望他的人很多，而我直到5月21日才知道他有病的事儿。

那天，是文联五支部（退休老党员支部）同志到单位学习的日子。大家在参观宁夏文联刚搬迁的新楼时，聊天中谈到李进祥有病胃出血的事儿。噢？元旦前宁夏文联文学艺术基金会召开理事会，我是基金会理事长，李进祥是副理事长，当时我们还在一起开会照相呀……记得他告诉我，他参加中国作协代表团到南海采风才回来。看他当时人有点瘦但精神还不错。后来春节前，宁夏文联、作协领导到我家慰问，而他没来。我还猜想可能进祥工作忙有事冲突了，但实际是他当时已经吐血在家病休。

那天回到家，我给进祥打了电话，他接了。我说想去他家看看他，他说他刚从医院回到家，让我过几天再来一起聊聊。当时他说话声音还好。5月28日，我去了进祥家，一看见他我简直就惊呆了，他躺在床上，又黑又瘦，说话声音很弱，与几天前接电话时的声音完全不一样了。他妻子告诉我，昨天他一直发烧。一听，我摸了摸他的额头。他妻子说他吃了药现在不热了。问及病情，进祥告诉我是肝癌。我的心紧缩了！这可不是普通的病，看样子可能是治得晚了，我在心里想。他又说：“过几天身体好一点我准备去北京大医院看看。”我赶紧鼓励他：“应该去。”我们说了他的病又说起他的创作，这其实也是在转移话题安慰他。我问他新写的长篇小说完稿了吗？他说：“写好了。”我又说：“宁夏回族自治区第九届文学艺术评奖，你的长篇小说《拯救者》获一等奖。”他说：“我知道了，颁奖我去不了了。”他弱弱地又补了后面一句。他妻子拿毛巾来擦他额头上渗出的汗。

不能再说话了，我站起来说：“进祥，你好好休息，过几天我会再来看你。”过端午节时，我又给进祥打电话想问候他，没人接电话。我又在短信上发了祝贺过节的话并问他病的情况，但一直没有回应。后来知道，上次我从他家走后，第二天他就又发烧。一直关注着他的病情的宁夏回族自治区文联崔晓华书记知道后，就直接给自治区医科大附属医院院长金群华打电话说："有急事相求，宁夏作家协会副主席、全国著名作家李进祥同志肝病危重，发烧，现在在急诊室，请您务必帮助转入肝胆病房。"在金院长的安排下，感染科主任丁向春亲自把进祥接入病房进行了救治，经过几天治疗，进祥的病情有所回转，可以进食了。但医院经会诊告知单位领导："诊断结论为肝硬化、晚期肝癌，伴有感染，目前在肝衰竭状态，愈后极差。"文联领导多次去看望病重的进祥并和医生商讨救治方案，崔书记向院方表态："请用最好的药物，如可以换肝，我们单位同意，愿尽全力抢救他，努力争取最好的结果。"

6月15日，进祥不能进食了，病情急剧恶化。传染科丁主任告诉崔书记："病人决定放弃治疗回家，看样子很难说服了。"金院长也很惋惜。6月16日，李进祥从医院回到家里。几次住院，金院长和消化内科主任阮继刚、急救科医护人员均给予及时抢救治疗。

6月18日清晨，我刚打开手机，就看到我的儿子发来的信息："妈，听说李进祥去世了。"我儿子是李进祥的读者，一直很喜欢他的作品。在听说李进祥刚从同心调入银川还没有住房的时候，曾热心邀请进祥到他所在大学的教师单间宿舍暂住，后来进祥在他那间宿舍住了将近一年，直到进祥把家搬到银川。没想到进祥走了的信息竟然最早是从我儿子那里得到的。

进祥真的这么快就走了？这个消息再次让人心痛。过了一会儿，这个噩耗最终得到了证实，文联负责老干部工作的副处长贝理贞给我打来电话："余老师，今天凌晨1点40分，进祥去世，刚刚文联崔晓华书记、雷忠副主席，作协副主席兼秘书长闫宏伟等领导，已坐车赶往同心去了。好多作家们也开车去同心送进祥了。按回民习俗，进祥家里已连夜送进祥回到清水河畔家乡安葬。"

进祥去世的信息很快在电话、短信、微信、网页上传播。

《小说选刊》副主编李晓东早晨也给我打来电话问询进祥去世的情况，他说："进祥是知名的作家，影响很大。小说选刊多次发表他的作品，他还曾获得小说选刊奖。前段时间我还和他一起去南海采风，还没几个月他怎么就走了，太悲痛!"

刚结束通话，手机又响了。噢，是自治区文联上届党组书记、主席、书法家郑歌平打来的，他刚在微信上知道这事。他说："这么好的作家，创作了那么多的作品，还是一个品格高尚的人，怎么就走了啊？在追悼会上，我要向他鞠躬。"当知道崔晓华书记正赶往同心送别进祥，他马上说："我要请晓华代我给进祥送行并鞠躬。"

原文联党组书记、主席、作家杨继国在微信上得知进祥去世的消息后，也悲痛地说：

“太突然了，我一直不知道他有病。这真是宁夏文学界的重大损失，可惜呀，可惜！”

90 岁老作家吴淮生做诗给中年人李进祥送行：

清水河畔一书生，/唱出回乡无限情，/徒叹遗文成绝响，/悲歌一曲送君行。

18 日那天，多少领导、同事、老中青作家作者们为著名作家、我们的好同志李进祥，在他的家乡清水河畔，在我们大家的心中为他送行啊！

二

在宁夏回族自治区文联发布的讣告上，详尽地展示了李进祥的文学创作成就：计有长篇小说《孤独成双》《拯救者》《亚尔玛尼》，小说集《换水》《女人的河》《换骨》《生生不息》，法文版小说集《穷人的忧伤》《女人的河》等。其中小说集《换水》获第十届全国少数民族文学创作骏马奖；短篇小说《四个穆萨》获第六届鲁迅文学奖提名；中短篇小说、散文分别获得了《小说选刊》奖、《广州文艺》奖、《飞天》十年文学奖、《朔方》文学奖、《回族文学》奖、《黄河文学》奖等。一位了解他创作情况的人——原中国作协创联部副主任尹汉胤说：“进祥去世太意外了，可惜呀！”十年前，尹汉胤读了宁夏作协送给他的李进祥小说集《换水》，记得他读后，激动地对我说：“这小说集太好了，作者是一位为灵魂而写作的作家。读他的小说，让我感受到了他对农民的热爱，挖掘出了农民灵魂深处的东西。”在同心的土地上产生了李进祥这样的作家，是宁夏的骄傲。

我没有忘记，2009 年 10 月，宁夏文联、宁夏作协和中共同心县委、同心县政府联合举办了李进祥小说作品研讨会，年轻的李进祥，十年文学创作成绩斐然，召开他的作品研讨会，是对刚刚 41 岁的少数民族作家李进祥小说创作的肯定与激励。

当时，进祥已发表的十多部中、短篇小说入选《新华文摘》《小说月报》《小说选刊》等刊物。其中六篇连续五年入选小说精选本，两篇分别被列入 2007 年和 2008 年中国小说排行榜。短篇小说《狗村长》获《小说选刊》最受读者喜爱小说奖。

研讨会上，大家认为李进祥的小说构思精妙，叙述细腻，娓娓道来，语言朴实而老练，人物故事鲜活而奇特。进祥抒发的对故乡清水河人物命运、世事变迁的情感浓郁而真挚，作品蕴涵着深刻的思想意蕴，达到了思想、生活、艺术、心灵等较好的统一。他把一种储存在民间、民族中的正在消失的美好事物和情感用文字保存下来，并且表达得非常富有诗意。我还记得评论家郎伟在发言时说：“李进祥的小说天地远比我们想象的要开阔和丰富得多，他的作品思索的力量超出了一般同类小说。”

年轻作家李进祥产出作品的速度那么快，上榜的作品那么多、那么好，使得文学界的人们猛地抬起头来，更多地关注他。

后来的十年，进祥创作的情况更像轨道上的列车跑得快、跑得好，始终没有停下。他创作的长篇小说愈益成熟，《拯救者》获宁夏第九届文学艺术奖长篇小说类一等奖。而且他的小说和散文创作同时发展，尤以小说在各种刊物刊发和获奖更多，散文获《黄河文学》全国散文征文一等奖。进祥的作品在全国的影响更大了，许多评论家对他作品的研讨也就更多了。

三

进祥去世后，一段时间单位里和朋友之间聊的都是他，为他惋惜，为他过早的离去而难受。一个朋友对我说，你们文联给进祥的讣告写得好，那不只是对著名作家的简介，也是一个单位对优秀工作人员的褒扬。

宁夏文联党组书记崔晓华动情地说："进祥是一位忘我工作、勤奋创作，热心服务基层文艺工作者的好同志，是真正的德艺双馨艺术家。他太累了……"去年宁夏回族自治区成立60周年时，宁夏文联、宁夏作协组织了系列活动，特别是宁夏党委宣传部和中国作家协会联合在北京召开"中国文学的宁夏现象"研讨会，并举行《文学宁夏》丛书（20卷）首发式。为此，进祥作为工作人员全身心地投入，准备会议文件，准备二十位优秀作家作品集的出版工作，并把这些书籍打捆送京，直到最后将它们分发到每个参会的评论家和领导手中。研讨会圆满成功，是60年来，特别是改革开放40年来，宁夏文学成就的集中展示。进祥的付出功不可没。进祥这个同志工作认真主动，为人热情实在。去年宁夏作协一位贺兰籍会员保剑君去世，进祥说这是一位老会员，多年创作了很多散文、诗歌作品。为了尊重老会员，帮助他的贫困家庭，进祥建议文联为保剑君出版诗文集，后来这本诗集也是进祥张罗出版的。

多年前，银川市文联原党组书记、主席、作家高耀山，曾与我谈及李进祥的人品，他说："进祥为人低调，不张扬不浮躁，不争名逐利。"谈到那年宁夏第七届文学艺术评奖时，高书记说："进祥上报的小说《屠户》未能获奖，我老高表示很遗憾，因为这篇作品在正式刊物发表后，又被重要刊物入选，却没能获奖。进祥当时却淡淡一笑说：'没啥，我继续努力。'态度真诚自然，不像作秀。这让老高心生敬意。进祥能坚守文学品质和作家品质，追求一种高度，真是难能可贵呀！"

进祥离去之后，朋友圈、微信留言很多："进祥副主席留给我们的是永远的笑容，他是一个从来都不生气的人，好想念他。""进祥是一个品行高尚的人，他将永远在我们心中……"

十年前与十年后，文学界人士对这个来自清水河故乡儿子的评价是一致的。

看着进祥发的星空图片，我们仿佛看到属于他的那颗星在闪烁，在浩瀚的太空中进祥在憨厚地微笑。安息吧，回归家乡的进祥，我们会永远记着你！

美丽与哀伤

——一位硬皮病病人和她的朋友们的故事

星星，美丽的星星，
凄惨，遥远的星星，
你们可是亡友的眼睛？
——瞩望不已，眦裂神凝！
你们可是亡友的眼睛，
想起了人间的情景，
——啊，心灵闪光的鲜花！
——值此初春的时令？

［西班牙］希梅内斯

美丽与哀伤似乎应属于古典。在喧闹浮躁的现在，还能寻觅到它的踪影吗？

这个故事真的可能只属于过去。一个女知青，招工、上学、生病、死亡，她和她周围的事实平凡、普通得毫无跌宕。但每每想起，不知为什么，无边的哀伤、惆怅和慨叹便包围了你，当然还有深深的感动。

一、松林

凉意渐起，有树叶从树梢悠悠飘落。

在那样一个秋日的下午，我结束了对一所医院的采访。院方朋友相送。镶拥着紫色菊花的小道牵引着我们穿过一片小小松林，阳光有些若明若暗。

“那棵松树下埋有我们刚去世的一位女医生的骨灰。”他随意一指。

“为什么埋在医院？她叫什么名字？”出于职业习惯我问道，脚步却并没停留。

“她叫马爱华。”

猛的，我收住了自己的脚步，转过头望着他指的地方。此刻犹如鼓击，我的心儿怦怦。

“马爱华走了?!”

看我变颜变色，朋友吃惊："你们认识？"

"她是我的校友。"我轻轻地说。

原本今天我是要问问她的近况，想看看她的，但，终是忘了，人总是那么匆忙。

二十多年了，那个魔鬼般的硬皮症终于击倒了坚强的她，逼她离开了这个曾给过她无限痛苦、哀伤及无限关爱的世界。

我愣怔在那里，悲伤如潮水淹没了我。倏忽间，一首诗缓缓从心海漂浮上来：

我知道永逝降归并不悲伤／松林中安放着我的愿望／下边有海，远看像水池／一点点跟着我的是下午的阳光。

人时已尽，人世很长／我在中间应当休息／走过的人说树枝低了／走过的人说树枝在长。

不是矫情，马爱华太苦太累，她要休息了……

就在一年前，她曾给过我一个电话，请我帮看一部诗稿。此前，听中学同学们说，她得了一种叫硬皮症的病已多年，面容身形都有了很大变化。

应邀，我摁响了她家的门铃。

门一打开，我将一声惊呼从嘴边强压下去。太可怕了！干枯变形的面容，让即使已有思想准备的我，于瞬间依然感到可怖、震颤。

当年的她，曾是那么美丽。

那时的女孩都会背毛主席的《七绝·为女民兵题照》："飒爽英姿五尺枪／曙光初照演兵场／中华儿女多奇志／不爱红妆爱武装。"于是颇有飒爽英姿之美的她，便给我这低班的校友留下了难忘的印象。她个头不高，却身条匀称，端鼻杏眼，再加一副微挑的黛眉，一股英气便于娟秀之中透出。她爱好体育，武术是当时体育课的必修科目。当她左手持剑，剑指高举，一个甩头亮相，两眼含星之时，活脱脱一个刘丽川小刀会舞蹈中的女兵，只是头上少了一条红巾。引得同学们更为注视的还因她是校篮球队的主力。她那驰骋球场的风采和准确快速的投篮，更让我们打心眼里佩服。她体育棒，又能歌善舞。她婀娜的身影常常出现在校文艺汇演的舞台上。她是校篮球队队长，又兼校学生会文体部长。总之，她简直就是我们这些小女生眼中的偶像。

那天，我强令自己迅速恢复了平静，与她坦然的对视。我注意到，天气并不凉，她却披着厚厚的毛外套。人真是形销骨立了。马爱华用一双僵硬、痉挛的手把一厚本手写诗稿递过来。

"我的朋友喜欢写诗，她写了很多很多，但从来没发表过，想请内行人给指点指点，我就想到了你这位老校友。我朋友目前心绪不好，只有诗歌是她倾诉感情的处所，我想帮帮她。”她说得很慢，很艰难。

“你看过吗?”

“看过了，我学医的，说不出啥来，想请你们行家看看。”

哦，我感到了她平静下的热情，她对生活依旧的热情附着在这本诗稿上。我仿佛又看到了当年活跃在球场上的那个美丽女孩。

不知为什么，我对这次的委托不敢掉以轻心。诗稿读完，我又将这一厚叠稿件送给一位诗坛前辈，希望得到他更为中肯的意见。老诗人听了我的述说连连点头：“一定看，一定看。”几日之后，诗稿送还。连同送还的诗稿，还有份详尽的读后意见。

后来我才知道，这诗稿是马爱华已离婚的弟媳的。前弟媳，这当是一种很疏远的关系了，然而她依旧尽力送去了自己的帮助，自己却是那么的艰难。

后来，医院的朋友告诉我，马爱华临终之前曾留下遗嘱，将自己的骨灰埋在医院的松树下，因为这里曾是她工作、治疗的地方，她希望永远陪伴着关爱过她的大家。

就在我驻足那片松林的一刻，斑驳的树影，摇曳的松枝令人心灵一阵悸动，冥冥之中似乎有一种声音要让我把马爱华的故事写出来。也许它也能拨动大家的心弦。

二、凄美

硬皮病，听大夫说是一种发病率极小的病症，病因不甚清楚，大约是由自身免疫功能缺陷造成的，至今没有有效的药物治疗。这种病会使人的皮肤、器官逐渐硬化萎缩，最终因失去功能导致死亡。

上天不公啊，马爱华偏就没能逃出这极小的发病概率，这令人恐惧的病魔偏就缠住了她!

为了进一步了解马爱华的情况，我找到了中学时代的好友曹国琳女士。同学们都说，曹国琳在马爱华长达二十年的病痛生活中，是给予她长久关爱、帮助的人。听说硬皮病病人末梢循环极差，手脚寒冷如冰，常常去看望马爱华的她，就常常把朋友的双脚抱进自己的怀里，即使那双脚已枯瘦如柴，且布满溃伤……

少女时代的曹国琳不说有沉鱼落雁之容，也是大家公认的美女。现已中年却依然端庄秀美的她，说起话来仍带有几分少女式的娇弱。但我知道，她外表柔弱，内里却是个很坚强的人。无论是当知青还是后来进工厂，肯吃苦是出了名的。当工人时，她曾多次获得省级劳动模范称号。30 岁时，曹国琳利用业余时间攻读电大会计专业，毕业后考取了全国注册会计师。现在已是高级会计师了，在一家会计师事务所就职。

曹国琳细声慢气地给我讲述她好友马爱华的往事。

“马爱华手脚麻利，处事果断，又特认真，无论她大学时代的老师，还是她实习时医院里的大夫们都曾说过她将来会是个很优秀的外科大夫。她是上海第二医学院 72 级的学生。哎，真是……

“你看，我还是从头说起吧。我上小学时就认识马爱华，那时我们不是一个学校的，但都在市少年宫舞蹈队。冬天，她老爱穿件小碎花的布棉袄，人特朴素。其实她父母是高干，老革命。战争年代出生的马爱华，一生下来就被托给她在河南农村的婶婶养，解放后，才被接到父母身边。

“小学毕业，我们都考进女中，上了高中又同班，又同是校篮球队队员。她这人生性活泼，爱开玩笑，学个人惟妙惟肖，逗着呢。高中毕业，你知道，我和她一起下乡到山区插队，又在一个知青点。别人都说我能吃苦，可我比不上马爱华。上山背柴，她一背就100多斤，早超过自己的体重了，来回几十里山路呢。种洋芋时，妇女点种，男人抱粪，你懂，就是跟在犁后边，抱着一个装满粪的木斗，几十斤重呢，顺着犁沟撒粪，这种属于男人的活她也抢着干。担粪就更甭说了，两个筐总装得满满的。连队里男社员都佩服这知青女子攒劲得很！

“在知青点里她是核心人物。谁有个病痛，不高兴的事了，她都像个大姐姐一样去关心。我爱人那时是我们邻队的知青，有次感冒了，同知青点的同学又都回了家，是马爱华端了一碗鸡蛋面送过去的，这事到现在他都记得。那时前途渺茫，生活艰苦，可马爱华总有那么股子乐观劲儿，领着大伙儿排文艺节目呀，打篮球比赛呀。就她那股劲儿，还真影响了大家。说她人随和吧，谁要干了有违公德损人利己的事，她可不客气。有次一个人偷队里豌豆，她发现了，把那人好训了一顿，可当时我吓得连气都不敢出。再后来我们先后都招了工，离开了山村。我记得临走那天，快上车了，她还急匆匆从临队一位男知青手里借了本《大众哲学》，艾思奇写的，她爱读书。

“她的病吧？大概是上大学时发现的。一开始脸有点肿，手指出血，鼻尖发凉，她也没当回事，实习时去皮肤科被大夫发现了，确诊为硬皮病。结婚生子后，这病情又发展了，她这种病本是不能生孩子的。

“毕业后她分在内科当医生，后来硬皮症使末梢循环受阻，手冰得不能碰病人了，只好转到理疗科工作。再后来就不能工作了……”曹国琳的叙述停了下来。

“成为一名好外科大夫的理想在马爱华的梦里出现过吗?”我想。

曹国琳告诉我，硬皮病使马爱华所有的关节越来越僵直了，到晚期，凡是隆起的骨节部位全部溃疡，有的地方骨头都露了出来，牙齿也全脱落。用皮包骨来形容她一点也不过分。脱了形的马爱华在大街上行走，有不懂事的孩子撵着喊她“人干”!

听到这里，我的心不由地抽紧。“马爱华可真受罪了。”

“不，她不光是身体上的痛苦，精神上受的折磨更厉害。”曹国琳垂下眼睛。

原来马爱华有一段十分不幸的婚姻。面容姣好，干部家庭出身的女大学生遇上的追求者不会少，她却嫁给了一位出身普通工人家庭的普通青工。也许，这是时代观念影响下的选择。父母是不同意她的选择的。但无论怎样，她当时的选择没有门当户对的世俗之见。

新婚夫妇的小巢就建在公婆两间小土坯房的后一间，后一间是没有窗户的。随着一个小生命的诞生，马爱华的病情逐渐加重。随着新时代的到来，丈夫也变忙了。马爱华拖着病体又要上班，又要照料家务孩子。孩子在不断长大，而丈夫回家的次数却在减少。终于有一天，马爱华主动提出了离婚。

此时的马爱华已病入膏肓。

望着让人要掉泪的她，曹国琳一帮同学们行动起来要为马爱华寻找一间可以方便生活的住所。她们求告中学时代篮球队的体育老师，老师又去找自己正在当市长的姐夫。后来终于在市中心为马爱华寻找到一间单元住房。当马爱华把自己和儿子的双层床支好时，对担心地望着她的昔日同学们说："我不会自杀，我要把儿子抚养成人。"

然而，病魔连她抚养孩子的这一点权力也剥夺了。在她的手连吃饭的勺子都拿不稳时，上中学的儿子只好交给公婆去抚养。寄托着她全部希望的儿子走了。当儿子的铺盖搬走的那一刻，马爱华潸然泪下。

命运将健康、美丽、工作、家庭、儿子，从她手中全部夺去。就连去参加孩子学校家长会，参加合拍全家福的机会也没有给她留下。

一个女人还能失去什么？还有什么能再失去呢……

三、关爱

"马爱华太可怜了。"我感叹了又感叹。

"不，她是不幸。"曹国琳轻轻纠正我。平日不喜欢说话的曹国琳此时话语侃侃，也许是我的不当言辞触动了她。她说："只有弱者才可怜，你不知道马爱华有多坚强。她是从不在别人面前主动叙说自己病痛的。免疫系统疾病的治疗，可以说精神因素起很大作用。如果不坚强，发病后的她不可能存活二十多年，可以说这是一种生命奇迹的创造。多数患者只存活了两三年，她的精神可从来没有倒掉。

"马爱华的不幸那么多，但她反倒像从前一样总是主动去关心别人。聊天时，我随意说了声我母亲腿痛，过两天，她居然就买了'寒痛乐'给我妈送来了。有时说是我来看她，结果，尽是我在谈自己心里憋屈的事。你可能也知道，有几年我的家庭生活也碰到些问题。哎，也挺奇的，她静静地听，听完只那么几句劝解的话，立马让你心头郁结的挺重的疙瘩一下就开了，她就有这本事啊。"

曹国琳还告诉我，有位中学时代的同学得了癌症，马爱华就常常从自己居住的新市区搭乘公共汽车倒换几次，病病歪歪赶几十里的路来老城陪老同学去化疗，帮她买药，和她聊天，劝慰她。我在曹国琳不疾不缓的叙述中也想起了马爱华给我诗稿的事情。

忘记自己的痛苦而去关爱别人，这是值得尊敬的生命啊！我不由为自己说的什么“可怜”之类的话中所透出的浅薄的居高临下感而暗暗脸红。

与曹国琳的谈话加深了我对一个苦难而又坚强的生命的理解。

马爱华的生命奇迹般的延续，除了她的坚强之外，与她有幸得到众多的关爱与无私的援助是分不开的。她在日记中就曾这样写道：“我有多次都不想再治这个病了，但是一想到有那么多关心我的人，想到那些给过我无私帮助，给了我希望的人，我就不忍这样做了！”

我的采访，证实了马爱华日记的真实性。

●大年初一，整幢住院部大楼空空荡荡，病房里只有孤独的马爱华没有回家。一大早，她中学的校友涂克莉端着热腾腾的饺子进来了，并带来了马爱华爱吃的鱼。牙已掉光的马爱华无法吃鱼，怕扎，涂克莉帮她耐心地挑掉一根根鱼刺。

涂克莉现在是一所院校的副教授。面庞白皙，显得干练的她，在和我交谈时，却总是翻来覆去地责怪自己，“那次我要是坚持一下就好了，结果……我当时为什么不坚持呢?”语调怅然。

原来生病后的马爱华因经济窘迫，衣着陈旧，涂克莉买了一块呢料送来，让马爱华给自己做件外套。涂克莉知道生病的她怕冷。当时涂克莉就要带她去剪裁。但一向怕麻烦别人的马爱华坚持要自己以后去。结果这块衣料至她生命结束也没做成。这成了涂克莉心中永久的遗憾。

●为了让马爱华安心养病，她当年的老师，想尽办法将她儿子转入一所全市重点中学去读书。尽管这种转学是有违“原则”的。

●在马爱华漫长的住院生涯中，更有一位叫张旭霞的护士小妹给了她许多的人生关爱和温暖。

免疫功能的低下，皮下脂肪的丧失，使马爱华极易感冒，不能洗澡，而要防止皮肤溃疡面的扩大又必须让身体保持清洁。小张端来温水，细心地轻轻为她擦洗身体，洗脚、洗手，替她将每一处溃疡关节包好。硬皮症不仅使马爱华体表皮肤溃烂变硬，也使她的内部脏器硬化。硬化了的肠道因不能消化食物，失禁的大小便就常常把衣裤搞脏。手痉挛又有溃疡的马爱华洗衣服实在困难，但要强的她总不肯把衣服拿出来让别人洗，就将脏污了的衣服东藏西掖。但再怎么藏，护士小妹也要给她“搜”出来洗好熨干再送还她。对于马爱华的感谢，护士小妹说：“我干的就是这个工作。现在你有困难，就需要帮助嘛。”替马爱华洗头，剪指甲都成为护士小妹给自己定期规定的任务了。马爱华牙齿脱落后，咀嚼困难，护士小妹只要有空，就常常给她在家里包些汤圆、水饺，做些鱼呀什么软和点的食品带来给她吃。

后来护士小妹考上高一级学校进修去了，但只要放假回到银川，她总会去医院看望马爱华，依然替她剪指甲、擦身、洗衣。

无以报答这些关爱的马爱华曾激动又哀伤地说：“你们怎么不嫌弃我啊！”

我终于见到了马爱华的这位护士小妹，只不过她现在已是护士长了。面对着娇小、平和、不失热情的护士长张旭霞，我也提出了当年马爱华的问题：“你们怎么不嫌弃她？”

“因为她不让人嫌弃，她活得那么自尊、有毅力，我敬佩她，哪里会嫌呢？”

四、尊严

“她活得那么自尊！”自尊的生命当然值得人们尊重！

发病早期住院时，马爱华努力练绣花、练气功，她要阻止关节的硬化，要同病魔抗争，哪怕这是一种力量悬殊的抗争；她还学下围棋，并教同室病友们下围棋，她要让生的热切赶走病痛的寒冷：只要是自己能干的事，她就决不麻烦别人，无论是住院还是在家里。反过来，住院时，她倒常常成为护士小妹们排忧难、解困惑的好大姐。

她当然不会接受任何怜悯，个性坚强的她执拗到甚至将许多真诚的援助也要拒绝的程度。

单位工会每年都会给她为数不多的一点困难补贴，马爱华竟然全部攒起，在她离开这个世界时，一分不少地又捐献给医院工会；一位校友曾接济她 200 元钱让买点营养品，没想到等这位校友的孩子有病时，她又把这 200 元钱送给孩子治病。也许有人会说这种拒绝有点不通情理。但细想想，也许这实在是一个自尊、顽强的生命能努力减少索取的唯一办法了。

“不愿索取，只求奉献”，这是一种健康、自尊的人生幸福观。但于马爱华而言，这种幸福离她似乎也很遥远。她不甘心啊，她思考、寻觅追求奉献的幸福途径：“我的病太特殊，死后把我的遗体捐献给医院或学校解剖、研究，也算得我对宁夏医学事业的一点贡献吧！”她多次嘱咐护士小妹。

病魔并不因生命的高尚、自尊就顾怜你，依然是频频进攻，凶恶无比。

住院，出院，再住院。这样的生活使马爱华感到无比苦闷。苦闷不全在于病痛，而是她感到自己这样的生活对社会毫无意义。有一天她终于憋不住了：“我这病再治也就这样，还不如趁着现在还能动，让我回到河南农村老家去给农民们扫扫盲也好哇！”

倦鸟思林，狐死首丘。马爱华思念在艰难中抚育过自己的豫西山村和衰老的婶娘。她没来得及为婶娘尽孝啊！

病魔不再给马爱华这样的机会。

死亡的魔影在向她逼近。

又一个金秋到来，是落叶扑向大地，硕果卸下枝头的时刻。马爱华有一天郑重地对当年同是女中篮球队队长的王自珍说："咱们再聚一回吧，这次聚会我做东。"

王自珍被中学时代篮球队的队友们戏称为"帮头"。二十多年后，已是高级工程师的王自珍依然如花季少女时的篮球队队长一样热心。当年的篮球队队友中谁有了病啊灾的，她一准出现在你的面前。马爱华生病后，多年来，常常是她出面聚合队友们去看望马爱华。打电话，找车，带营养品，全是她的事。当年曾打败过省队的球队队友们的感情特别好，每年都有一次欢聚，聚会的发起人当然是王自珍。同学们都坚持不许马爱华出钱，大家知道，多年来只拿劳保补贴金的马爱华实在是拮据。如此三番，后来有几次聚会，要强的她便不去了。不承想这次马爱华主动提出了聚会的要求，王自珍高兴极了。望着马爱华真诚挚拗的眼神，王自珍把不许马爱华付费的话压了下去，她意识到，付出有时也是一种自尊的体现。她无权，也不忍心去剥夺。

8 月 24 日，队友们早早来了，因为听说是马爱华的动议，来的人格外齐，好些人还带来自己的丈夫一同赴会。对于队长王自珍事先的细心叮咛："不要去刻意照顾马爱华。"大家神领心会。

轻松、欢乐是聚会的主旋律！

对于这次聚会，不知为什么，王自珍心头有隐约的不安。

聚会地点设在球队中一位开饭店的同学那儿，善良的队友们还是要给马爱华省点钱。

宴会开始，队长提议："为友谊干杯！""干杯""为从外省回来参加聚会的师玉梅干杯！""干杯！""为我们曾经的青春干杯"！"干杯！""为咱们的老师干杯！"为幸福，为家庭，为下一代的成才，大伙举杯频频。然而不约而同的是人人都小心翼翼地绕开了"健康"两字。

愉快、轻松的话语像河流上翻滚的浪花追逐起伏，然而浪花下潜流的是每位老同学那不安的心绪。

望着无法控制自己肌肉，艰难咀嚼，默默无语，沉静中的马爱华，谁的心绪能够平静？那个爱开玩笑、开朗健康的马爱华再也不会回来了。

"咱们出去照相吧！"马爱华提议。立时呼啦啦响应热烈。热烈将大家片刻的愣怔、惊愕掩去。人人都知道，马爱华多年来已拒绝照相。

塞上的秋日，天空格外明朗。街心公园里的树木绿得浓郁，花儿开得奔放。有几对年轻人正在打羽毛球，他们跳哇，笑哇，跳起扣球的小姑娘的马尾辫在脑后甩来甩去。马爱华突然对身边的曹国琳说："咱们当年是不是也这样啊？"曹国琳两眼一热，答非所问地冲着拿相机的同学说："来给我们俩先照一张！"她紧紧拉住了马爱华的手。

就在这次聚会后的一个月，马爱华走了。

五、告别

那天傍晚，等涂克莉赶到医院时，披着毛毯倚墙而坐的马爱华已不能说话。她示意涂克莉拿来笔和纸，艰难地写下了遗嘱：

> 我就要到另一个世界去了。在这个世界里，我没有做过什么贡献，我去世后请将我的遗体捐献给医学院供医院作病理研究用，多年来我没怎么工作过，但我们医院却为给我治病花费了许多。我死后骨灰就埋在医院的松树下，让我陪伴大家吧。组织上给我的生活补助费我都留下了，现在捐给医院工会……

遗嘱写好后四五个小时，马爱华撒手人寰。

宁夏医学院病理室为马爱华的遗体做了解剖，并将部分脏器做成标本；火化后的骨灰埋在了她工作过的宁夏回族自治区医院内的松树下。

追悼会那天，来了许多人，这一点违拗了马爱华的遗嘱。

一个美丽的灵魂逝去了，你不能阻止大家为她送行。

遗像上的马爱华睁着那双美丽的眼睛静静地凝视着这些关爱过她的人们。

一个美丽而哀伤的故事结束了，但在这个故事里我相信不只有美丽和哀伤。

卷三

事实记余

创造平等

——中国西部女童教育的努力

1985年7月的内罗毕，来自世界各大洲数万名参加第三次世界妇女大会的女代表们，使这美丽的非洲城市更加花团锦簇，充满生气。“平等、发展与和平”的口号，像一只硕大的五彩斑斓的吉祥之鸟，鼓起双翅，在城市的上空，在每个街区与人群中，在热烈的论坛上，翻飞、翱翔、鸣唱。不，不仅在内罗毕，“平等、发展与和平”——世界妇女大会的主题，已成为迎接新世纪到来的全人类共同关注的中心议题！

在欧洲、在亚洲、在美洲、在非洲、在大洋洲，在充满生机，又充满困惑与矛盾的当今世界的诸多国度与区域，人们对这一主题给予深深的理解。

听，中国，这个正在通过改革开放，寻求发展前进的大国，在世界的东方以响亮的充满人道主义的声音说道：“平等是保证妇女充分参与发展的重要条件。实现男女平等，关键是让妇女平等地参与发展。尤其要大力发展妇女教育，提高妇女的科学文化水平和管理能力。”（《中国妇女状况白皮书》）开放的中国，与世界的脉搏跳动在同一频率上！《提高妇女地位内罗毕前瞻性战略》中指出：“教育是充分促进和改善妇女地位的基础。”妇女只有享有平等受教育的机会，提高科学文化水平，才有可能实现平等与参与发展。

共同的认识，相同的理解，使诸多的国家与政权，领袖与人民走到了一起。为了“平等、发展与和平”这一主题的最终实现，努力从基础做起——

20世纪90年代，第一春，一个标示着民主，追求平等教育的伟大宣言——《世界全民教育宣言》诞生了！它宣布——

到2000年，在全球范围普及初等教育，基本扫除文盲，消灭男女在受教育机会上的不平等现象。

它着重提示世人：“在那些女性入学率和识字率远远低于男性的国家里，其首要任务就是要扩大女童和妇女的入学机会，改善其教育质量，并消除一切阻碍她们积极参加教育的因素。”

巴西、印尼、墨西哥、印度、苏联、美国……各国首脑微笑着走到一起，共同举起笔……当李鹏总理将他的名字郑重签署于宣言之上时，全世界都感到了一个占世界人口1/4大国承诺的分量！

承诺，正被迅速用行动来履行！

一个旨在2000年在全中国基本实现普及义务教育目标，并基本上扫除青壮年文盲的《90年代中国儿童发展规划纲要》《中国教育改革和发展纲要》由中国政府先后颁发。与此同时，中国的有识之士，更是清楚地认识到——只有让每年在失学儿童中占70%的女童进入学校，只有让在青壮年农民文盲中占70%的妇女扫除文盲，中国的承诺才会是实实在在的。

历史，要求中国的教育工作者，中国的妇女工作者在20世纪90年代来解决这个中国教育界，不，不仅仅是中国，而是整个世界教育界的共同难题——女童就学难！

1991年，秋日的北京。国家教委会议室里，全国教育社会科学规划领导小组确定全国“八五”哲学社会科学课题研究会议正在紧张进行。

一位中年男子浑厚而又充满激情的声音在偌大的会议室内回响。一片安静。

“……半个多世纪前，伟大的教育家陶行知先生说‘中国的普及教育问题，大半是女子教育问题。如果不能解决女子教育问题，无论什么方法，都是枉费心血。女子教育是普及教育运动最大的难关！’研究发展女童教育，是一个实现男女平等，彻底摆脱贫困与愚昧，推动社会进步的奠基工程！因此，我们请求规划领导小组将‘农村女童教育现状、问题及对策研究’列为‘八五’国家级重点课题，并请求让宁夏、青海、甘肃、贵州省的教科所来承担这一课题！因为全国失学女童的四分之一在我们四省区。我们西部有这个责任，也有充分的信心！谢谢大家。”

发言者是宁夏教育科学研究所所长周卫。他是今天发言人中，也是会议讨论者中唯一的一位地方教科所所长。

一个令人兴奋，却又令人感到需要付出极大勇气和努力的课题！

一位又一位专家、学者在发表着自己的观点！

“这个课题列入‘八五’……？照顾就照顾一下吧！”讨论中飘出一个声音。

“请不要用这样的口吻说话，这是一个很重要的课题！”一位女性严肃地说道。她，是国家教委专职委员郝克明同志，一位资深的教育专家。作为一名经常深入中国基层的教育官员，作为一名女性，她不能容忍有人用如此轻慢的口吻来讨论这样重大的课题。

陕北农村，那生活在沉重的黄土塬上千沟万壑之中的失学女孩；

四川凉山，那站在陡峭山崖上以渴求的目光追随着远方来客的、从未进过学校大门的彝族女娃；

二十年前，她的丈夫曾被下放工作过的回族同胞聚居的六盘山区数万名失学女童；

——那些留在她记忆深处的一幕幕情景，都不允许她及她的同事们容忍对这一课题的轻慢。

国家教育科研规划领导小组副组长王明达发言了，国家教育科研规划领导小组顾问吕型伟发言了，著名的教育专家卓晴君、邵宗杰……相继以清醒审慎的科学态度、睿智敏感的科研选择目光、高度认真的社会历史责任感，为《农村女童教育现状、问题及对策研究》课题投了赞成票！

中国教育，终于在 20 世纪 90 年代将研究女童教育、解决女童入学难的问题，摆在了一个十分显赫的位置。

与此同时，一个旨在救助失学女童的“春蕾计划”也在中国大地兴起！

全世界将会感到，中国，在为“平等、发展与和平”而进行着奋发努力！

上篇　一个失衡的世界

全世界文盲中有 2/3 是女性。中国的文盲群体中有 70%是女性，准确地说，1.8 亿文盲中，女性占 1.26 亿，且多为农村妇女。

——摘自《中国西部女童教育初探》

A　遥远而陌生的概念——平等

●艰难·梅花与放羊女

春天来了。不用说那桃红柳绿的江南，就是北方的平原，也已是遥看一抹淡绿，春风剪出细叶的时刻了。然而在这个干旱缺水的西部山区——宁夏同心县窑山乡，全县最穷最干旱的乡镇之一，拥有的却依然只是大片的焦黄。

是快上早操的时候了，乡中心学校——石塘岭学校初中部住校生，从厨房大师傅手中依次接过一杯杯浑浊的水，然后小心翼翼向宿舍走去。来这所乡中心学校进行全区义务教育情况调查的宁夏教科所所长周卫知道，那一杯杯水将是孩子们全天的食用水。同时他还知道，这些水来自学校那口不大的水窖，水窖中收集了一夏一冬的雨水、雪水，上面漂浮着羊粪蛋、草末、小虫……

早操的铃声响起，百多名中学生有序地排成方队。就在此时，周卫发现，整个队伍竟是清一色的“和尚头”。没有女生，哪怕是一位呢！进一步的调查，令周卫一行更加沮丧——不仅仅是初中部，这所乡中心学校，小学四年级以上就再也找不到女孩子的踪影！

小学四、五、六年级，初中一、二、三年级，六个年级中没有一名女孩子，换句话说，石塘岭学校所辐射的方圆几十里内，自 1987 年起，六年中将不会出现一名女初中生。

女孩子们哪里去了？流失了！恰如黄土高原上无声无息流去的水土及逝去的植被。

哦，为什么？为什么在一个同样的生存环境里，首先失去教育机会的就必定要是，你们——如山花般的农家女儿?

吉普车离开了同心县城，在尘土的簇拥下载着我们一行不一会儿便钻进了山腹之中。

此次我应宁夏教科所之邀，随着北京大学中外妇女问题研究中心和历史系的几位教授及同学们前往宁夏南部山区进行“西北女童教育口述史”的采访。同行的还有全国妇联《春蕾计划》专题片摄制组的女士与先生。今天的采访目的地是窑山乡的李家山。

山峦层层叠叠，公路牵引着汽车在其中迂回盘旋。车窗外沉闷的无尽黄色令人昏昏欲睡。突然，北京来的摄制组艺术家们的欢叫，惊飞了我们的睡意。“停车，羊群!”

远处的山谷下，缓缓的山坡上一群悠闲散漫的羊群旁，站立着一位身着红衣，瘦小孤寂的女孩。听到声音，她回头，仰望。沉寂的群山，空旷的山谷，飘落的一片白云旁缀着一点艳红。最佳视觉画面！我们跟在摄像机后一通疯跑。

“哎，多大了?”“十二了。”“念书着吗?”“没有……嗯，我念过。”“那咋不念了呢?”“我大让我放羊呢。”“……”

山坡远去，羊群远去，不知放羊的小姑娘是否还会再捧起书本?

车依然在山路上左旋右转。

李家山小学快到了。抬头看去，前方一个更高的山冈上，坐落着一院红瓦白墙的校舍。此后我们得知，这红瓦白墙的一溜新教室是去年才盖成的。1993年初夏，一个灿烂的日子里，视察到李家山的宁夏回族自治区党委书记黄璜，正碰到露天站着、蹲着上课的学生。于是，黄璜同志亲自批款6万元，为破败坍塌的李家山完小换了新颜。

站在李家山，放眼望去，四周的群山全匍匐在脚下。乡教育专干马金海指着远处山脚下一处隐约的山庄告诉我们，它叫马家庄，那个小村里设有一个一、二年级复式教学点，由一名民办教师任课。到了三年级，孩子们便到这里来上学了。马家庄，距这里大约有七八里路之遥。我突发奇想，如果从这里架一条空中索道直通马家庄那该有多好，否则那些10岁不到的小女孩，以她们细瘦的双腿，怎么能够涉涧、越谷、登山、爬梁到这里读书呢？若是下雨下雪呢？好愁人哟！且不说再读初中、高中，以这样的条件，女孩能够坚持受完六年小学义务教育，便可称得是奇迹了吧？说“奇迹”，马金海专干便将一位奇人引给我们。她叫杨梅花，一位很漂亮的女子，她具有少数民族女儿容貌的一切优点。皮肤白皙，眉眼俊秀，在当今哪部电视剧中充当主角都是蛮够资格的。梅花26岁，毕业于县回民中学高中部。1991年之前曾在李家山完小教书，现在在窑山乡中心学校石塘岭任教，是全乡仅有的两名公办女教师之一。梅花热情大方，我们一见如故。趁摄制组寻找外景的间隙，我们聊了起来。

“我就是窑山乡人。家里六个孩子，我老大。我家除了小妹没念啥书，我大弟小学毕业外，其余几个娃都念完了初中，我高中毕业。在我们这一带，我家就算是供出来学生最多的家庭了。也许这和我妈念过书有关吧！她念了五年小学，但终究是没念成。因为当时学校没有女教师了，班里又就她一名女生，家里就不让念了。为啥？女子大了，别人就会说，那么大个女子，一天在男人伙里混啥？你想么，那可是三十多年前咧，亏得我外婆是个要强麻利人呢，要不是，我想我妈那五年书也念不下来。不说我妈，说我吧。我是在我妈的娘家窑山村入的小学。窑山村是个比李家山还偏僻的村子，周围的山比这里还高还大。一年级时，班里有三名女生，等上二年级时，班里就只剩我一名女生了。从此，一直到小学毕业，中间又换了两所学校，可无论到哪，班里始终就我这一个梳毛辫的。这一点和我妈咋像来！上到三年级，我妈有病了，我姨娘对我妈说：‘你有病，让梅花罢上学了，也好在家干个啥，女子早晚是人家的人。’听了姨娘的话，我哭着跟妈说，我要念呢。妈心疼我，也就随了我的意。谁让我年年都是班里第一名呢？到五年级时我考上了乡中心小学，在那里上学每月有3元钱的助学金。别小看了这3元钱，它帮助我走完了小学教育的最后一段路程。因为那时家里孩子增多了，我妈又拖个病身子，家里困难得很，多次让我动了辍学的念头。

“1981年我从石塘岭小学毕业了，班里就我一个考上了一百多里外的县回中。要上中学了，全村乡亲给我凑了28元钱、100斤粮票，我大又卖了一麻袋豆子，把我送上了县。政府规定，县回中不收我们回族学生的学杂费、书费，每月还发10元伙食钱。在县回中读了初中读高中，一念就是6年。这六年，我每学期就回一趟家，每次回家都是走回来的。开始是没有班车，后来就是通了班车，那车费也要3块钱呢，舍不得。

“1987年我高中毕业没考上大学，回乡后被安排到李家山当代课教师。1991年5月的一个下午，我正上课呢，自治区政府分管教育的副主席杨惠云来我们学校视察工作。到了我教的四年级班上，她发现我这个唯一女教师教的班里女生最多，她了解了情况，感慨地说：‘看来在山区，确是多一位女教师就可多吸引一批女学生啊’。当年9月，我经杨惠云副主席特批进入吴忠师范一年制速成班学习。该是我运气好，让我碰上这位女主席，我常想，若是位男主席来这里视察，我还会有这个结果么？现在我是国家正式教师，在乡党眼里我算是个把书念成了的女子，这在我们乡里可称作是凤毛麟角了。1987年我们全乡共收了280名女生，可到毕业时只剩12名了。女娃念点书不易着呢。学杂费不收都保不住哇。我们乡妇女中12岁以上的文盲、半文盲占89.3%呢。现在我特别珍惜我这个教师的职位，要好好教书，多教些女学生。今年秋天，我们石塘岭中心学校准备招收一个40人的女童班，现在学校已经和孩子家长签了合同。在我们这儿扶贫的自治区地矿局主动要求负责这40名女生的一应学杂书费。”

梅花是个好教师，她思维敏捷，讲话逻辑严密。但我知道，在窖山的少数民族妇女中，她原不是唯一，只是千百个梅花被无知和贫穷淹没了。

结束了与梅花的交谈，立于崖畔之上，哦，此时的李家山真似一幅壮阔恢弘的画卷，逼你视野。无尽的群山、大塬，被斜射的夕阳打出一派金色辉煌。阴阳有致、错落万千的峰峦，更显突兀、伟岸、奇崛、雄浑。造化大师用千沟万壑的笔触勾勒出这西部山塬一股粗犷豪放之气。而焦渴的黄土，给这一切又涂抹上了一种悲壮的苍凉！

摄像机对准了这震人心魄的自然。镜头里，于巨鲸之脊似的山梁弧线上，映现了几个移动的小点，那是放学回家的孩子，两男一女。此时，生命在这大自然的壮阔、雄浑之中竟显得那样渺小。伟岸的大塬之于迈动的小腿，何其残酷！迈动的小腿之于伟岸的群山，又是何其艰难！

群山莽莽，夕阳如血！

我似乎听见了北京一位女性的叹息：“没有女学生，哪来女教师？”叹息的女性叫彭珮云。

●混沌·瑶族少女与夏寨

窗外，车流如河。浓荫覆盖的宽阔的人行道上，姹紫嫣红的过往女性，使夏日的都市更加美丽。

中国北京，灯市东口，中华全国妇女联合会书记办公室。

依窗而立的康泠女士怎么也无法把思路从那西部的瑶族山寨拉回来。作为分管儿童工作的书记，她刚从那里调查返回北京……

竹楼前，石阶上，坐着一位位美丽的瑶族少女，不，有的还称不上少女，是女孩儿。她们那本该是握笔的手，却拈着纤细的花针，埋下头绣啊挑啊，挑啊绣啊，少年的美梦全织进了那如锦如云的绣品。从十岁起，绣完了头帕绣围腰，绣完了衣衫绣裙袜，绣荷包，绣门帘，绣床幔……直到她们羞涩地走进新嫁娘的洞房。为了美丽的嫁绣，为了田中的稼禾，为了弟妹，为了家中无人放养的小猪……她们放弃了书本，放弃了课堂，放弃了探视外部世界的一切欲望与可能。像姐姐、像母亲、像奶奶，像所有的女性前辈一样，在毫无自我之中，走完漫长的人生。

每当想起广西柳州山区瑶族少女那茫然的双眼，听到“男孩念书，女孩放猪”那令人心酸、无奈的民谚，康泠，这位全国最大妇女组织的领导者便感到一种巨大的责任，她与她同事的责任——为数以千计的广大落后农村地区失学女童找回那张丢失了的课桌，让她们获得享受平等教育的权利，让她们——今日的女童，明日的妇女获得自身意识的觉醒！作为一名历史学教授，康泠知道只有具有了自身意识的觉悟，中国妇女的完全解放与平等才有可能在现实中彻底实现，而不只是书写在宪法里。而自身意识的觉醒又只有教育方可赋予她们！

西吉县夏寨。贴在公路旁的一座小山村。县教育局的汽车径直将我们一行送达这里采访。

西吉属宁夏南部六盘山地区。提起六盘山，无人不晓，毛泽东一首《清平乐·六盘山》使它名扬天下。它是红军长征途中翻越的最后一座大山。六盘山区行政区划归固原地区。固原地区俗称“西海固”（西吉、海原、固原），在某一个范围内，它也极有知名度：“西海固”苦甲天下，是国务院最早确定的全国重点扶贫地区——“三西”（甘肃的定西、河西，宁夏的西海固）之一。著名作家张承志曾多次来这里，在散文中他以充满感情的笔触写道：“在这僻远的山区里没有任何奇观异景，只有一片焦渴干旱的黄色大山在等待着朋友……这里是一个神奇的世界。这里的一切问题是关于人、人心、人的处境问题。”

夏寨距沙沟数里。进入夏寨，熟悉和亲切扑面而来。这里极像我当年插队落户的山村。相似的山坡、相似的房舍、相似的语言，一条相似的小路将我们引进一座背靠崖畔的农家小院。我们的到来，使正在院里干杂活的女主人有点失措，她站在我们这群采访者中间，惶恐地回答着提问：

“我叫穆雪花，多大了？……嗯，今年38吗？”不知为什么她用了个升调疑问句。

“我没念过书，我娘家姐妹七个，就我哥上过学。我的四个娃都没念书。哦，念过，大的今年19，念了四年，二的、三的也都念了三四年，老四是个女子念了两年。唉，念不起嘛。放牛呢，放羊呢，割豌豆呢。今儿个都上山寻草去咧。”真难为了她，简直是场农村记者招待会。

“哎？你是哪个 xue?”我想核实一下。

“晓不得是哪个 xue 么。”

她不经意的一答，令我心中发紧。哦，也许她从没有写过自己的名字，至于别人在户口本、身份证、结婚证上写什么“xue”，写“雪”写“血”或是写“学”，她不认识也就免去了计较。

走出穆雪花的小院，一群大小不一的男娃女娃簇拥在门口，用探究的目光打量着我们。我向几个 10 岁左右抱着弟妹的女孩走去。

“哎，都叫个啥？念书了没有？”“我叫王存花……家里四个娃……三个女子，一个儿子。没上学……”小女孩的声音小的几乎听不见，使劲低着头。“那么你叫个啥？”我又问旁边一个更小的女孩，她的回答有点答非所问，却很大胆热情：“我大（爸）没咧，我哥念书呢……”“问你叫个啥！”一个同样稚嫩却充满了教训口吻的声音。不等我回头，这个声音又抢着说：“她叫王兰兰，她叫马福燕，我叫王金花。”咳？我一扭头，看到说话的小人儿，头发散乱地在脑后扎了个马尾巴，吃力地抱着个 2 岁左右的胖男孩，红扑扑的鹅蛋脸，小嘟嘟嘴，黑眉大眼，一副伶俐乖巧样。我笑了，转向她：“噢，你叫金花，几岁了？家里几个娃？”“我 9 岁，家里四个娃，两个男的两个女的。”“你念书了没有？”“我念了一年，不念了。”“为啥？”“我要看娃干活呢，不念了，让他们三个念去。”她答得干脆利落，一副小大人样。“姨，这是我妈。”王金花一边抽出手将弟弟掉出来的鼻涕抹掉，一边向我介绍一位头戴白帽，刚走过来的青年妇女。“噢，是金花的妈。咋不让金花上学了？”“女子家嘛，念了不顶啥。”“那你念过书吗？”“念过几年。”这倒出乎我的意料。“你现在还能看书看报吗？”我高兴地问。“看书？看报……”她露出不解的诧异神色。

“谁看歲（那个）呢嘛！”那个稚嫩的声音又抢着冒了出来。是金花！她的口吻居然充满了讥笑鄙夷。

我愕然！让人哭笑不得的小金花哟。我欲说无语！

消灭愚昧，扫除文盲，解决落后地区农村女童就学难问题，远不是人们想象的那样容易。我分明感到了一种强大的力量在与我们对峙，它需要我们付出的努力将是长期艰巨的！

车开了，夏寨小去。我却想到了一段话：“培养一个男孩，只是培养一个人，而培养一个女孩，则关系到一个民族。”这是阿尔及利亚一位名叫巴迪斯的改革家名言。

B　渴望追求平等的心灵

●我要念书·马小玲

韦州镇今天咋这么热闹？又是锣又是鼓，街上还扎了好多彩旗。人们都上了街，连街道上都泼了水，还扫了呢。妈说好今天不去干活了要去女小看社火，弟弟也随妈走了，不用小玲带。

韦州女小的大喇叭一个劲地在喊：“各班站好队啦，请带到校门口准备欢迎现场会代表。”哎哟，学生们今天真好看，穿着一色艳绿艳绿的运动服，头上还扎着红绸子，连脸蛋都抹得红红的。

看，车来了。大车、小车一长串，数都数不过来啊，下来了那么多人！还有白头发的老奶奶呢。人真多，小玲知道，喇叭里一放那种好听的音乐，她们就要跳了。好看得很，她领着弟弟尔利来看过。噢，跳了，跳了。要是自个儿也能站在那里边多好呀，也能穿那种校服，扎那个红绸子了。可是小玲知道不行，大和妈一天要去挖甘草呢，尔利没人带。她跟妈说过想上学的事，可妈说：“女子家，你先把尔利领好。”妈也难肠呢，唉！

咦，谁拍我的头呢？小玲一看是个不认识的姨。“小朋友上学了吗？”姨说话的声音真好听，像是广播里的声。“快给北京来的姨说上学了吗？”有人在催小玲。小玲一听“上学”二字心里就不好受，过去在东山老家上学呢，现在不上了。她觉着说不出来话，只好使劲摇头。姨不笑了，她拿出来两支笔，往小玲手里递：“女孩子不识字不上学不行，长大了没出息，噢？”小玲知道姨说的是好话，赶紧点头，要是姨能把这话说给妈多好呀。小玲把姨给的一支黄笔，一支蓝笔捏得紧紧的。

北京来的姨和一伙人看学生们绣花去了。

姨跟那些阿奶、姨娘们说话呢。小玲远远地跟着北京来的姨，她真想上去跟姨说：“姨，我要有出息，我要上学呢！”

姨上车要走了，她在对小玲招手，“阿—姨—再—见”小玲举起了拿笔的手，一鼓劲喊出了声。北京的阿姨走了，没人会给大、给妈说小玲上学的事了……

臧健，北大妇女研究中心秘书长，副研究员，也是“老三届”，我的同龄人，一路上我们之间当有许多共同的话题。只是这一刻，她只向我不断地谈韦州，谈马小玲，谈去年的“西部农村女童教育试验汇报交流会”。她讲话慢条斯理：“没想到，就在汽车开动的时候，一直默默跟着我们的马小玲会突然举起手来大声向我告别！那一刻，我简直感到她不是在说再见，而是在呼唤我们的救援！我的泪水一下子流了下来。一路上她那个穿着破旧小白褂的小人影儿总挡在你的面前让你忘不掉，忘不了她巴巴地盯着韦州女小学生队伍的渴望、羡慕的神情，忘不了她默默地注视着你的忧郁的眼睛，更忘不了她有可能会成为现场会四周站立着的众多青年回族妇女文盲中的一员。”

臧健无法平静。在大会发言时，她向所有与会者谈起了马小玲。谈她的无语，她的眼神，谈她的呼喊，谈自己的不安……

臧健的叙说被韦州女小校长——马新兰，一位杰出的妇女教育工作者记在了心里。会议结束后，马新兰发动全校师生在韦州四乡去寻找那位叫小玲的失学女童。终于找到了。原来马小玲家是刚从更偏、更苦的东山上搬迁下来的农户，户口不在韦州，故而，适龄入学女童花名册上漏掉了她的名字。

为了小玲的入学，马校长决定破例将她的弟弟收入女小学前班，并免收她的学杂费，而后又为马小玲争取到了“希望工程”的救助名额。

马小玲的故事终于有了一个完满的结果。这是韦州女小在成为西部四省区女童教育实验学校一年半后的事情。这年，马新兰的学校服务区内女童入学率已由原先的17%升到94%，且巩固率达98.5%。

我们的汽车开到马小玲家门口，刚刚盖起来的两间土坯房前。屋内十分简陋，但不失整洁的摆设，都在向你述说这是一个艰难却正在努力追求未来的家庭。

小玲剪着妹妹头，黑圆的小脸上有一双大眼睛，一双让你感到透着些许忧郁的眼睛。看到我们的到来，她高兴极了，搬凳子，倒水，拿作业本给臧健看，只是默默依然。马小玲的作业本干净整洁，字写得十分规整，我想：这将是一位很有希望的女孩子。马校长说，小玲今年的语文、算术都考得不错。小玲的父母——一对青年农民，满脸感激地反复说，有这么多人关心小玲，他们太感谢了，一定要让小玲念下去。小玲妈妈还告诉我们，就在去年的现场会后，睡梦中的小玲突然坐起，嚷嚷着：“我念书呢！”臧健给的两支笔，上学的哥哥向她要，她死活都不给。

哦，现在已是小学生的小玲可以用那两支笔了。她终于紧紧地握住了它们，祝愿能够永远！

●拒绝出嫁·冯家姐妹

“胡大呀，你倒要个啥人家嘛？说一个，你不愿意，说一个，你不愿意，咋办嘛！”法吐麦的妈，眼泪汪汪地看着18岁的她。

大，吼也吼过了。妈，哭也哭过了。但法吐麦的怨恨与执拗却丝毫不因此而消退与松动。“我不嫁人！再少把人往家里引！”一声伴着泪水的呼喊惊呆了又愁又烦的妈和大。法吐麦的委屈如决堤之水，倾泻而下。

18岁了，自打四五岁起就帮着妈干活带弟妹。法吐麦是老大，等她把第四个妹妹抱大会走时，已经是十六七岁的大姑娘了。而学校的大门却连一天也没迈进过。她跟乡亲去过一回固原城，没有欢喜，却带回来了一肚子窝囊——买东西时钱没认对，小贩给的挖苦太狠："看你长得灵着呢，咋瓜（傻）得连个数也不识！"不识数，不认字，除了会抱娃，会烧锅，原来自个啥也不会！望着五颜六色热闹的固原城，法吐麦第一次感到现实世界与自己的距离。她惶惑，不，她惶恐了。有生第一次，她对大对妈产生了怨恨。偏在这时又有人来提亲，又偏让法吐麦听到妗子从彭阳娘家说来的一个故事：村里最俊的女子说给了个教师，面都见了，定亲礼也放了，可没想到，男方过了些日子又来把亲退咧，啥事？嫌女子没念过书，说是赶明儿个过日子没发展。

哦，没文化，没本事，谁人能看起你嘛，我哪儿也不去，我就在家待着，待到老！法吐麦发狠了，法吐麦向世俗发出了她微弱的抗议！

这是一个真实的渴望追求平等的故事。

法吐麦的家在宁夏固原官厅乡刘店村，她的故事是西部四省区女童教育研究课题组对7000名女童教育个案调查中的一例。

《春蕾》摄制组的摄像镜头对准了一张年轻而又沾满泪水的脸，"我姐自被从县中叫回来后，就哭得不行，一天到晚饭也不吃，现在又上后山转去了，我怕我姐出事呢……"除了摄制组导演小心轻声的问话，我们全都敛声屏气，沉浸在了冯家三姑娘梅芳悲凄的述说中。

冯家七个孩子，三男四女。两个男孩同在读四年级，是梅芳的弟弟，大姐没念过书，早已出嫁，小妹尚小。梅芳念到五年级辍学回家带最小的弟弟，二姐桂芳即将参加中考的时候，父亲把她硬拽回了家。参加中考又要交几十元的考试费用，而考上了高中，对于家庭就意味着更多的开销。初中三年每年100元的学杂费，使冯家已不堪重负，高中三年怎么办，今年天旱年景不好，家里把大牛卖了，买粮吃。如此这般，桂芳的父亲就把女子从县中拉了回来。

在突然的打击到来时，牺牲掉的往往首先是女孩的利益！"不让念书了，我姐求我大给一点钱到固原学裁缝。我大不肯，我姐学习那么好，不让上高中，又不让学手艺，她咋能想得开嘛。"梅芳泪水涟涟，为了姐姐的遭遇，或许也有为自己的。

当可以看到的通向未来的美好之门在瞬间向一颗憧憬的心灵关闭之时，它的绝望是可以想见的。但我们相信，一个已初步具有文化知识，窥视过外部世界的女性是不会甘心仅仅重复母亲旧日愚昧的步履的。

我们就要离开夏寨了，冯桂芳还没有回来，一条通往后山的小路牵去了我的视线，我似乎看到在那村后的崖畔上站着一位女孩在歌唱：“……五谷里数不过豌豆圆，人里边数不过女儿可怜，女儿可怜女儿哟……”这是获奖电影《黄土地》里的一个镜头。《黄土地》讲的是20世纪40年代发生在陕北的一个女子凄婉的故事。但是在半个多世纪后的中国西部落后地区，让人落泪的女孩故事依然不少，她们依然可被称作是处于不利境地的人群！她们的抗争及境遇的改变需要整个世界的支持。

下篇　正义的投入

中国1949年开始创造平等教育机会的出现。这种平等教育即是，使男女儿童有平等享受教育的权利；使每个人有进入学校的平等机会。而对于这种平等教育的投入，就不仅是一种经济的投入，更是一种正义的投入！

——［美］海迪·罗丝（妇女教育研究专家）

A　共同创造

●韦州镇·村主任

天色渐暗。汽车冲出了同心窑山乡的层层峰峦，轮子下的公路便变得宽敞平坦起来。两边的山越退越远，最后变成了遥远地平线上的两道黑色护屏。于朦胧之中，一条大川由飞驰的车轮下迅速铺排展开。这条川叫韦州。

到达目的地了。我站立于韦州镇这片土地上。

这是西吉什字山庄小学校长马存福一月内第三次来学校所在地保卫村有能力的老人家马天祥的家里做工作。他要再次与老人马天祥叙谈有关农村女童教育试验工作。

火炉上罐罐茶越熬越酽。一铺热炕上一老一少两位盘腿相对，娓娓而谈。他们谈民族的发展，谈经济的发展，谈发展与教育的关系，谈保卫村目前12岁以上人口中文盲占85%，学校服务区内女娃入学率仅占21%这一令人忧虑让人焦心的状况。心与心在交谈中沟通中贴近。为了民族素质的提高，为了民族的未来，他们立誓要作出自己的努力与贡献。

宁夏回族自治区教科所为山庄小学举行国家教委“八五”重点科研课题——女童教育实验学校挂牌典礼，马存福盛情邀约马天祥老人家出席。

不仅在西吉的什字，在同心的韦州，在青海的循化、门源，在甘肃的和政，在所有女童教育试验区，我们的教育工作者们以诚相待，积极争取当地上层人士的支持。

在民族落后地区的女童教育试验区域，从县到乡到村，每一级女童教育领导小组（或指导委员会）里都有他们睿智的身影。当然，除此而外，地方企业家、学生家长、还有各级行政官员，都有代表加入到这一个机构里来。教育工作者们说，为了民族的未来，为了未来的母亲，要把“有权之士、有识之士、有志之士”联合起来，共同为解决女童入学难这一世界教育难题而奋斗！

一场争取女子平等教育权利的总体社会变革计划在中国西部的土地上展开了——

王德岐这一会儿要去找他的邻居马五十。

王德岐是村主任。别看村主任算不上个啥官，可管的事就多了去了。就拿这女娃娃上学的事，乡教育专干赵勇、小学校长马存福就来找了他无数次。除了开会商量，还挨家挨户动员，调查谈话，发送适龄儿童入学通知书。把这干完了又填写全村人口教育现状表册，什么 0 至 40 岁人口教育现状花名册，0 至 6 周岁学龄前儿童花名册，7 至 11 周岁适龄儿童名册，12 至 15 周岁人员花名册，残疾儿童花名册，女儿童花名册。赵勇说把这些挖抓清了，今后的工作干起来心中就有底，对抓好村里的儿童入学率、巩固率大有好处呢。有好处就干嘛，怕麻烦不行呢。儿子娃上学好动员，可动员女子娃上学就难咧。赵勇说，这女子不上学，入学率咋上去呢？说得对，女子占一半嘛。就为这，王德岐赶紧先把自家女子送到马校长学校里念书去咧，干部要带头，要支持“八五”课题研究工作呢。可动员工作早都做了，说得好好的，这五十子家的两个女子就是还没报名，看看是个啥事嘛！

王德岐站到了五十子家门口。

“五十子——噢，五十子。”“啥事？”“你女子咋不上学？”“一个看娃，一个放羊，咋上嘛。”“让那碎儿子上学前班，女子不就能上学了嘛。”“能行？”“能行，收呢，说好咧，看把你难的。”“那羊呢？你给我放？”“咦？我放就我放，你明儿个把羊赶到我大的羊群里去，我家给你带放上！”

王德岐主任随着加上一句话：“困难给你解决了，你再不让女子上学，小心你的平价化肥指标！”不是吓唬，乡上领导有考虑呢，今后在送娃娃们上学的问题上就是要订些鼓励或是惩罚政策哩，比如在供应平价化肥上，比如在供应返销粮上……

村主任王德歧颠儿颠儿地走了，他要赶紧告诉他大收五十子家五个羊入群的事，可不敢一打搅就把这事忘了，那就瞎咧……

马五十的两个女儿终于走进了学校。王德岐在促进女童接受义务教育这一问题上发挥了自己应有的作用。

远不仅一个王德岐，在历史的同一时刻，在中国西部广大的土地上，由省及县及乡，层层行政权力机构及其领导者，以从未有过的关注将目光投向了农村女童教育这项社会问题的难点上，并采取了有力的行动。

1992 年，又是一年春草绿，在少数民族群众聚居的青海省循化县，一个令人惊异、沉重的数字使县政府、县党委两套班子全体领导者共聚一堂。

全县女童入学率仅达 40%左右，且在近年又有下降趋势。面对这一数字，父母官们汗颜，父母官们如芒刺在背，他们决心在自己这一届里，为女孩的奋争应有的平等教育权利！

一支有力的干部队伍组成了，他们带着县委、县政府领导的决心，分赴各乡各村，配合“八五”西部女童教育试验课题展开了一次有声有色且细致耐心的宣传动员——让女孩们走进课堂，捧起书本。陪同他们一起上山下乡的，还有那份由县委、政府合发的，关于动员适龄儿童入学的红头文件。

当年，循化县女童入学率上升十几个百分点。

越过广阔的空间，在青海省西宁市，由省教育厅牵头，省团委、省妇联、省民委、省关心下一代工作委员会、省教育工会联合组成青海省女童教育研究指导工作委员会。在此之前，一份内容详尽科学的、全面反映青海省农村落后地区女童就学难、妇女受教育现状落后的调查报告已由“八五”西部女童试验课题组送达五大班子一把手的桌上。

在宁夏，宁夏电视台黄金时间，政府主管教育的副主席刘仲，那敦厚的形象出现于屏幕之上，他站在西吉县一所小学前说道：“女童教育是人口问题、妇女问题、民族问题、贫困问题在教育上的反映……重视和加强女童教育首先是政府行为，应当列入各级政府的重要议事日程……”

宁夏回族自治区政府决定每年划拨 50 万元作为女童教育专项资金。

在甘肃，省教育委员会副主任马培芳出现于有地、县教育行政部门、研究人员、乡政府部门领导和实验学校校长、当地村长和各界人士参加的女童教育试验项目培训班里……

与行动同步，一个庞大的舆论宣传攻势在中国西部铺开。

祁连山下，甘南草原，旨在宣传“八五”女童教育试验项目的一个个赛马大会，热热火火，相继召开。

黄河岸边、六盘山乡、贵州苗寨，走出校门的女童试验学校师生，演节目，贴标语，出板报……利用各种场合、形式向农民群众进行女童入学宣传教育。举办女童家长学校，举办学校开放日，请四乡百姓走进学校参观、了解女童学习、工作情况……

女娃要上学，女子要受教育的舆论不断深入人心。

为我们开车的是韦州汽车驾驶员培训学校校长尹文明先生，一位年轻的农民企业家。昨天我们一行就住在他那新盖成的驾驶学校宿舍里，看着他当时又挂窗帘，又送西瓜，更珍贵的是他从很远的地方为我们送来一大卡车水箱的洗用水。看他跑前跑后的样子，还以为他是韦州学区的教师呢。今日才搞明白他的身份——除了企业家，还兼韦州女小的名誉校长、女童教育领导小组成员。今天他一再自告奋勇，调出两部车，亲自送我们去何庄—— 一个村办初级复式女童实验学校。为此，他居然将两位重要客户拒于门外。我亲耳听见临上车时，他用不耐烦的口气对下属吩咐："让明天来，明天来！今天我要陪周所长和北大教授去何庄嘛！"

袖珍的何庄小学整洁美观。一位女教师，20几位小学生，分属一、二年级，共处一间大教室。教室墙白、窗明。教室外墙上一行美术大字十分有趣："小树小苗天天长，学生学识日日增。"小树小苗学识，当是会天天长、日日增的，只是这学生怎么可以天天增呢？再一回想，是了，这是山区教育工作者入学率情结的苦心反映，他们就是想让学生，尤其是女孩多多来，别辍学啊。从周卫所长处得知，这所小学原已濒于关闭，教师都走了。但成为"八五"女童教育试验项目学校这一年多来，在女教师周维霞的努力下，学校服务区内学生入学率已达98%，巩固率达100%，适龄女童基本全部入学。

周老师让她的学生用清脆的歌声来欢迎我们："……杨柳摆／抓发菜／家乡的特产／宁夏的宝／看谁抓得多／抓得快／咿儿哟，咿儿哟……"

歌声欢快，我们都不禁拍起手来。突然，我发现尹文明不知何时也站在了讲台上，与周老师一起为孩子们打着节拍作指挥，他高兴得跟个孩子一样。歌声停止，春蕾摄制组的小倩女士拿出一大捧铅笔和铅笔盒送给小朋友们，北大历史系的杨立文教授则将一本相册和500元钱代表北大中外妇女研究中心送给了何庄小学。突然，尹文明把周维霞拉到一边，他从裤兜里掏出300元，很有些不好意思地把钱塞给她，说这是他对何庄小学的一点心意，钱不多，给孩子们买个体育用品吧。

其实尹文明大可不必不好意思。我知道前一向他曾给韦州女小捐钱6000元，还为学校制作了体育器械。六一，他用自己的十几部卡车，把韦州四乡八村的小学生们都接送到一起开庆祝大会。望着尹文明，我悟到了，从上到下，由下而上，发动群众，宣传群众，领导干部与群众相结合，政府职能机构与群众团体相结合，由点及面，以先进带动落后……这是中国共产党几十年来一种行之有效的工作作风与工作方法。当这种形式与科学、实际的内容相结合时，它所产生的效应是巨大的。也许这也算是中国的一种特色。在解决女童教育这个难题时，中国教育工作者娴熟地运用了它。

1993年12月，在尼泊尔国际女童教育研讨会上，当中国西部女童教育研究总课题组代表周卫将中国把解决处境不利地区女童就学难的问题当作一项立体化、多层次、全方位推进的系统社会工程来做，将得到各级政府、教育部门、社会各界和学校、家庭的通力合作和支持的整体优化女童教育环境(社会、家庭、学校）的教育试验方案介绍于大会时，引起了各国代表极大的赞赏与注意。与此同时，他们也遗憾、坦率地说，“这样的方案他们无法学习，做不到!”印度代表有保留地说，“要做到也需几十年的时间，也许。”

哦，中国的特色是否太个性化了？不过这是一种令人自豪的个性。

●校训·女校长

车坏了，在一个叫作长山头的地方。为了躲避烈日的骄横，我们只好逃入路边一个苍蝇横行无忌的小饭铺里进行采访。炎热、焦渴使人无精打采，然而被采访者周卫的思路一旦进入主题，即刻滔滔不绝。看得出，这是一个对自己的事业及工作极其投入的知识分子。交谈中我得知，打从开始女童教育研究工作以来的两年时间里，无论是酷暑还是严寒，他与他的同事已几十次地深入到距省城数百公里外的贫困山区，指导研究女童教育实验学校工作。我想周卫能这样投入地工作，也许与他二十多年前迈出大学校门便被分配到西海固乡村中学教书有关吧！那里有他青春的印记。不过当年的下去在很大程度上不是他的自愿选择，而今天，他却选择了不断的下乡，不断的吃苦，这就令人钦佩之至了。因为我知道这需要一种献身精神，社会的前进很需要它！周卫从女童教育的历史现状，谈到研究课题的方案目标。谈到目标，他原本流畅的述说又加入了几份激情：“我们的工作不仅要让女孩子们进入学校，还要让她们留住，学好；不仅要让她们学好文化知识，更重要的是要培养起她们独立的自我意识和自信、自强精神。所以我们试验总课题组给实验学校定的校训是‘心灵手巧，自立自强’。”

培养出具有自我意识、自信、自强的女学生，我知道这对于落后的农村地区，将是一个极高、极难达到的教育目标。我永远记得，当年在我插队的山村，当有人在院外叫门时，女主人的回答往往是：“家里没人!”如客人幽默一句：“你不是人?”羞涩的女人便会红着脸补一句：“掌柜的没在。”

“女人的名字是弱者。”这不只是莎士比亚戏剧里的台词，而且是现实的存在。今天，中国的教育改革家们，偏要将这句名言从落后的西部现实，从人们的愚昧心灵深处扫去。西部要追求与东部的同步，中国要追求与世界发达国家的同步，就要让千百万农村落后地区的姐妹们摆脱愚昧、无知、贫困、软弱的境地！傅立叶早就说过：“妇女解放是衡量社会进步的尺度。”而这种

解放的深层次便是心灵的解放，只有心灵的解放才能算是彻底的解放！为此，中国的女童教育工作者们在做着艰辛、无悔的努力，一种超出常规教育范围的努力。

自打马新兰校长在全校早操集合时宣布：校委会决定定期选聘一名学生校长，各班均可自由报名竞选的消息起，韦州女小的三百多名女孩子们兴奋得如同春日里的喜鹊。

你看吧，或课间休息，或课外活动，或放学以后，时有三人一群、五人一伙的小姑娘们神秘又兴奋地聚在一起，推举竞选人、研究“施政”方案、练习竞选演讲，一种浓浓的竞争气氛笼罩了韦州女小。望着这一切，马新兰和她的同事们欣慰地笑了。至此，她们知道，两年来的心血没有白费，一种自强竞争的意识已开始在一个纯回民地区的封闭山区小学校里产生！为此，他们曾——

组织全校师生与驻守边疆的解放军，与首都公交战线的叔叔阿姨，与相邻市县的学校同学，互通信件，交流信息。他们封闭的心灵在交流、沟通中开放。

举办一个个专题演讲会、故事会、智力竞赛会，让众多女娃一扫自卑、羞怯的心理；带领毕业班到首府、县城参观访问，让不知韦州镇外有何物的女孩子们睁开了探视外部世界的眼睛。

而书写于校门迎面一排教室斜顶上的“心灵手巧，自立自强”的巨大醒目的字样，更是时时在提醒着每一位女孩子。

如春风化雨，自立自强的意识点点滴滴润入一方方幼小心田。

要有自立自强的精神，还要有自立自强的生存能力和提高自身生活质量的本领，我们的教育在寻求、探索、实践让女孩子们能获得这一切的途径。

从小学中年级开始，刺绣、纺织、缝纫、烹饪、果树栽培等课程便分别列入韦州女小的正式教程。当孩子们制作的工艺刺绣、手工制品在北京的国际妇女问题研讨会休息厅里义卖成功的消息传回韦州时，那带回的不仅仅是一份收入，更有女孩子们的一份自立自强的信心。

韦州女小的第一任学生校长终于产生了。她一上任在就职演讲中宣布了三点治校措施。她的措施一经实施，很快校内的摊贩不见了，校园里没有了骑车现象，小储蓄活动在各班认真开展。由此，女孩子们第一次知道了什么叫参与，什么叫责任。在负起公众责任和参与社会管理的同时，她们也享受到了一个独立人的快乐！

韦州的女小在变，韦州的少数民族女孩子们在变，但远不止一个韦州，在西部，一个系统地有效培养农村女孩的教育改革方案在施行——

甘肃的一套反映本地区地理环境、资源及家禽家畜饲养、病虫害防治、用电技术等方面内容的实用乡土教材投入使用。而草编加工、覆膜种植的收入，则使众多贫困地区的女学生在获得书本学杂费的同时，更获取了对未来生活的希望。

青海广阔草原上的牧区学校，把教授女孩子学习科学的接羔育羔知识、小型奶油分离器的使用、羊毛纺织、木雕等畜牧业生产、生活的劳动技能作为辅助补充课程。实用有趣的课程使学校对牧区女孩增加了巨大的吸引力。

在中国西部广大的农村落后地区，女童教育取得了许多令人欣慰的创造性成绩。

●湾来私学·马成义

暮霭挟着淡淡的炊烟使宁夏彭阳县沟口乡民族小学的身影朦胧起来。此时的校园格外安静，只有白杨树叶在晚风的抚弄下发出些微悠闲的沙沙声。

平日里的现在，正是马成义校长巡视校园的时光。他喜欢在暮色的宁静中踱步于整洁的校园，对于他来说这无异于繁忙一天后的一种享受。一年多来的努力，使一个原本破败不堪的小学校园变得整洁漂亮并步入了正轨。今天的马成义校长却无心绪进行这一寻常的巡视，他的全部思绪都缠绕在那些令人心酸、同情的姐妹身上。安文霞、张得梅、李俊花、马进英、张白琴、马桂花……一批超过学龄的文盲半文盲的大姑娘小媳妇们，因无文化，忍受着被抛弃、被退婚的屈辱；因无文化，她们对于未来的人生充满了惶恐与无望。一不会看，二不会算，缺乏谋生本领的她们只能任由命运无情地摆弄。

让适龄女童走进学校，是我们的责任，让以为永远失去受教育权利的绝望中的青年女性重新获得平等教育的机会，也是我们的责任!

“对，就这样，办一个非正规教育妇女扫盲班!”马成义校长于一个温柔的初夏傍晚，作出了这个决定!

依照西部女童教育试验总课题组制定的试验方案目标构想，马成义把妇女扫盲班的培养目标定在了一个现实的基础上：学习文化，会写、会读、会算；掌握一门实用技术，自立、自强!

竖起一个目标，就是竖起一片希望!

“俊花，你不想上扫盲班吗？学了文化，学了手艺，挣钱给你妈看病，帮你大解难肠呢!”马成义在田间的一番解说，恰如乍起之风吹皱俊花少女一池心灵春水。对，学文化，学手艺，要把丢失了的希望再找回来！14 岁的李俊花找到父亲，提出了坚决上扫盲班的请求!

随着马成义和他同事的宣传鼓动，40 名与俊花一样的大姑娘、小媳妇走进了扫盲课堂，她们中最大的 32 岁，最小的 14 岁。

学文化、学纺织、学缝纫、学刺绣。两年学制，头年重点学文化脱盲，第二年重点学技术实践。目标明确，学以致用，学员们的学习劲头高涨！

1994 年六一，沟口小学 60 名同学穿着扫盲班姐姐、阿姨缝制的服装登台演出了。将学习的成果展示于节日的舞台上，使节日更添一层欢乐。同时，学员们还为社区群众免费缝制了 120 余套各种款式的服装。令人惊喜的是，过不长时间，学员们绣制的绘图新颖、针法讲究的机绣枕面、门帘、被罩在集市上又成了村民们购买的热门货。

两年，仅仅两年的时间“睁眼瞎”已会读书、读报、写信、算账了；身无一技之长的“闷”女子，会裁剪，会缝纫，还会绘图绣花咧！

“心灵手巧，自立自强”的一批巧姑娘、能媳妇自立于山乡村寨，她们对自己的未来充满了信心。你不听扫盲班班长说：“非正规教育帮我们把失去的一切找了回来。现在我们会识字、懂技术，乡亲们包括自己的父母看我们的眼光都不同了，我们感觉走在街上都有精神。”原先嫌得梅无文化而退婚的男方，现又找上门来想与“巧姑娘”重订婚约，但即将从扫盲班毕业的优秀生张得梅却不急于表态，对自己未来命运具有信心的她，希望有更多的选择，她已不怕等待。

成功的现实，更是改变了群众对于女子教育的偏见，不等第一批学员毕业，第二批 70 名青年妇女早早争着抢着来报名，这次已再无须挨家挨户动员了。

为了这份女子教育的成功，马成义除了更加操心忙碌外，还拿出自己工资的 40% 为聘来的裁剪、刺绣老师垫支部分工资。超额的付出，使他还年轻的头顶变得稀疏起来。不过他无悔，因为他的第一批优秀学员已组建了一个裁剪、缝纫、刺绣加工厂。已经取得的成功，令人欣慰！

正规、非正规，为了让更多的女孩子接受教育，中国西部的广大教育工作者发挥着自己的创造性。在甘肃、在青海、在贵州，不同的女童教育模式之花竞相开放。

甘肃通渭。几乎不要教育行政拨款的民办非正规教学点为大批农村女童接受初等教育作出了贡献。

常世明，湾来村一位高中生。十年前他在家里办起了民办教学点。十年来，他那不大的土窑洞教学点竟使 143 名本村女孩子获得了基本读写运算能力，扫除了文盲。常世明办学有招数：家长上工他放学，家长下工他上课；复式教学，允许带弟妹上学，灵活多样的教学形式为贫困多子女的农户家庭中的女孩子提供了尽可能方便的就学条件与机会。

常世明的私学教学点没什么特别的新奇，但由于它办得符合中国这个发展中大国，甘肃这个西部贫困大省的国情、省情，因而便办出了实效，发挥了作用，为女童教育提供了一个可喜的经验，并得到了群众与政府的支持。

甘肃省刘恕副省长来到常世明的教学点，在给予他表扬的同时，还赠予他一台缝纫机。现在常世明又可用这台缝纫机教授他的学生进行缝纫裁剪技术的学习实践了。

甘肃省教科所张铁道副所长来了，同时还带来了省、地、县教育科研部门资助的翻修窑洞教室的钱款及非正规教育读本。

常世明为自己的付出得到上级的认可而欣慰，但更让他自豪的是他的学生中更多的成了村里家里的致富劳动能手。

143名女子的脱盲受教育，对于一个小小的村庄而言无异于进行了一场重大的社会进步改革。湾来村女子里几乎再无文盲。为此，常世明即使每月只有十几元的工资收入，他仍然感到发自内心的高兴。

迎面一坛茂盛的花草欢迎我们这些来访者。

沟口小学的同学们正在上课，通过敞开的教室门可以看到，桌椅整齐且都讲究地罩着天蓝色的桌罩，猜想，许是扫盲班学员给缝制的吧？马成义校长接待了我们，他高高的个子，不善言辞。同行的宁夏教科所的石凤朝先生告诉我，别看校长话少，干的事可不少，他是教育战线的拼命三郎。自打沟口学校成为女童教育实验学校以来，两年的时间，他们学校的女生入学率由原先的56%提高到现在的98.1%，其中的代价之一，便是校长把家务、田地都丢给了妻子。在搞好学校正常教学、教研工作外，马成义还办起了装潢工艺部、粉坊，以增加学校办学经费，从中还可抽出一部分经费为一些贫困户的女孩子垫交学杂书费。从石凤朝嘴里还得知，马成义的装潢工艺手艺是经周卫所长介绍，在周卫弟弟银川的装潢公司免费学成的。而后，周卫又动员自己弟弟的公司为沟口学校捐赠了一批装潢材料。强烈的社会责任感、事业心，当是中国优秀知识分子的一种不变的情结吧？

扫盲班在学校最里头一间教室，原先这里是学校的器材室。

扫盲班的学员们正在固原请来的服装裁剪教师指导下进行机上缝纫作业。几乎每人一机，可以说条件相当好了。经了解得知，这里的缝纫机有县教育局送的，有学校购置的，也有学生自己买的。扫盲班的突出成绩，使原本一些不让自己女儿来的家长，彻底转变了态度，他们咬紧牙关，买机子供女儿学习用。要知道这里的农民人均年收入只有178元，如果不是观念的彻底转变，又看到希望在召唤，谁肯为女儿家做如此大的投资呢？女子受教育的整体环境是在改变了。

“又是一年三月三／风筝飞满天／桃花柳絮随风展／想起我那逝去的童年……”一首流行歌曲，居然被扫盲班这些过去人前都不敢抬头的大姑娘小媳妇们唱得有板有眼。可不知为什么，原本甜美欢乐的歌，却唱出了几分忧伤。她们将节奏唱得太慢，是有关童年的歌词勾出了她们的心酸吗？也许要让咱们落后农村地区的姐妹们彻底摆脱沉重，解放心灵，还不是一朝一夕的事！真到那天歌声便会轻快了吧。

B　世界，注视你

●北大·女教授

20世纪90年代的中国，以前所未有的热情投入了妇女问题的研究。全国几十所高等院校纷纷成立了妇女问题研究机构。

中国妇联妇女研究所的陶春芳对周卫说："你们为什么不去找找北大中外妇女问题研究中心的郑必俊教授呢？她们一定对你们的西部女童教育研究有所帮助。前一向郑教授在香港举行的国际民办妇女问题研讨会上还就妇女教育观念的更新问题发表了讲话呢。"

北大？对，站国内人文科学研究前沿、集知识妇女精英之地，能征得她们的支持与帮助就太好了。陶春芳的建议令到处寻找支援的周卫大喜过望。对于这个世界教育界、中国教育界的难解之题，对于一个封闭落后、荒僻贫瘠的教育地域，对于正在研究起步的西部女童教育，支持，无论怎样都是不会嫌多的，取得社会各界支持，形成社会合力以推动西部女童教育的发展前进，这是周卫——西部女童教育研究总课题组负责人和他的同事们所期盼的。为此，就在前不久，周卫还找了中国妇联康泠书记。女孩与母亲、女童教育与妇女教育——两个斩不断的命题，使原本只打算听周卫半个小时情况介绍的康泠，一下子与周卫整整谈了三个小时。此后康泠书记频频给宁夏妇联去电话，要求地方妇联多关心女童教育问题，为女童教育研究提供物力、财力及精神支持，合作的意向在妇联与教育界之间不断产生。

有了与妇联的联合作战，再有中国最负盛名高校的研究力量支持，那么西部女童教育定将会再增添一片令人鼓舞的风景。

周卫拨通了郑必俊教授的电话。

"……周卫同志，我们等待你的到来。"郑必俊教授发出了郑重而又热情的邀请。

中国最高学府的妇女问题研究专家与西部女童教育实践工作者联手了。

放下电话的一刻，郑必俊教授，这位正直的女学者意识到，她一直在寻求的一个结合点——妇女问题理论研究与现实的结合点似乎找到了。

一种轻松充盈着郑教授的心头。作为妇女研究中心的主要负责人，郑必俊从来都在警惕：高等学府的妇女研究中心不能变成知识女性的沙龙，不能变成与中国妇女实际存在问题不搭界的空洞名词与概念的研究所。

四月的北大充满春的朝气。燕园内，五位女教授——妇女研究中心的几乎全体主要负责人：郑必俊、王庆淑、陶洁、齐文颖、臧健专注地倾听着来自大西北的教育研究工作者周卫的讲述：西部女童教育的现状与困境，女童教育的研究与发展，来自基层的大量现实与研究的信息令这些妇女问题研究专家兴奋激动不已。具有强烈历史与社会责任感的专家们在激动之余，以敏锐的科学眼光作出决定：加入西部女童教育研究行列，为西部女童教育实践发展助一臂之力！

没有冷漠和平庸的推诿扯皮。当周卫于夕阳西下离开未名湖畔之时，合作的意向已经形成：北大派专家参加“西部女童教育试验汇报经验交流会”，并赴山区实地考察；北大邀请西部女童教育研究总课题组参加“北大第二届妇女问题国际学术研讨会”。

金秋时节的1993年，北大的郑必俊、王庆淑、齐文颖、王春梅、臧健五位女学者如约来到了塞上宁夏。投入，完全地投入。专注聆听会议发言，风尘仆仆到山区考察。西部女童教育之艰难，西部女童教育之努力，让来自北京的女教授们热泪盈眶。

哲学教授王庆淑，这位原中国妇联书记在韦州女小回族家长培训班里现身讲说妇女受教育的意义；

臧健为那位不知现在在何处，名叫马小玲的失学女童的未来寝食不安；

郑必俊教授则动情地说：“我今后的老命就要搭到女童教育上了。”

北大的支援在迅捷的行动中体现。

刚刚返京，郑必俊、王庆淑即刻找到彭珮云、康泠汇报有关西部女童教育问题。

随之，一份署名郑必俊、王庆淑的《关于加强女童教育》的报道递交到彭珮云办公室；

关于申请《中国女童教育研究》的立项报告飞越太平洋，寄达国际福特基金会总部；

《女童教育在宁夏》的录像片于北京政协会议上放映；

《中国西部三省女童教育调查报告》《中国西部女童教育试验在行动》等文章发表于《中国妇女》《妇女论丛》《中国与妇女》等国内外一系列报纸、杂志上，文章的发表引起了国内、国际众多妇女组织及教育机构的重视。

秋去冬来，北大校园第一次披上银装的美丽日子，周卫、任玉贵、何永忠、马毓勤、马新兰等西部女童教育研究课题组的同志登上了“北大第二届妇女问题国际研讨会”论坛。他们就“妇女教育与女童教育”专题，向来自十几个国家的妇女问题研究专家报告了中国西部女童教育的现状、发展及努力前景。热烈的掌声簇拥着他们走下了讲台，这簇拥之中所包含的理解及赞赏令他们难以释怀。

合作在进一步深入发展，合作项目不断产生。

发挥北大历史学科研究优势，合作编写一部《中国西北女童教育口述史》，以西北文化为切入口，进一步深入探讨研究中国西北女童教育问题之症结所在。

合作召开“青海国际女童教育研讨会”以总结经验，扩大视野，拓深研究。

旧有的合作还在继续，而有关女童教育研究的新课题：《女童教育与中国可持续发展关系研究》又由北大提交国家科学技术委员会。

为了中国西部21世纪的社会经济持续发展，为了千百万贫困落后地区女孩子的未来，人民中国的优秀知识分子殚精竭虑，做着自己无私的奉献。

又是一个新春佳节将至。臧健将800元人民币寄往宁夏韦州回民女小。这是郑必俊和臧健的年终奖金，她们希望这点钱能对一些因经济困难而失学的女童有些微的帮助。

●加拿大·巴林·许美德

明天就要离开银川返回北京了，加拿大多伦多大学许美德女士真诚地问周卫：“你看我能为西部女童教育事业做点什么?”

许美德女士原来是来宁夏交流女子高校教育及考察中国西北女子高等教育情况的，不料在返回时兴趣的注意点却完全转移到了中国西部的女童教育问题上。当然，这完全是由于两位“不速之客”——宁夏教科所的周卫、马毓勤的来访而造成的改变。

一天多来，无论是在宾馆，还是流连于奇妙的沙湖，抑或观看市容，购买衣物，周卫和马毓勤都向许美德女士采取了不间断轮番“轰炸”式宣讲，以致有好几次这位多伦多大学教授都不得不笑着对周卫说：“你慢点讲，我的脑袋都快记不住了。”记不住是笑谈，记住却是真实的。

世界广大，人种不同，然而在追求美好、崇尚理想的人民之间，心灵却是不难沟通的。许美德女士被中国西部女童教育工作者们的热情、真诚、献身精神深深打动。她不能够想象，仅有3万元研究经费，怎么够用来在一个比欧洲的德、意、法加在一起还要广阔，且是落后、贫穷、封闭的地域中展开这样一个令世界教育界均感吃力的教育革新计划?而在短短的一年多时间里又取得了令人不可思议的成绩：女童入学率、巩固率大幅度提高，上至省府行政官员，下至乡村社区百姓，各种社团、各个阶层都在他们的努力下加入到了女童教育的行列。教育研究与政府行政行为的结合是那么的有机；严谨的理论构想与实践改革实施紧密联系，毫不脱离。不可思议的中国西部女童教育，不可思议的中国人！然而，从周卫及他的同事那种对事业几近宗教式执着热情的投入中，她似乎又找到了答案所在。

许美德知道，对于这样的事业，对于这样的人们所从事的事业，给予支持和帮助是完全应该，也是完全值得的。

返回北京的许美德女士任职到期了，但她没有忘记对中国西部女童教育的应诺。

她把加拿大使馆主管发展国家基金的官员介绍给了周卫。在许美德的促使下，加拿大基金会为韦州女小投资建立小农场的协议达成。农场的建立，正与周卫他们的加强学校造血功能，改善办学条件，吸引更多女孩子入学的设想吻合了。

结束外交官生涯回归加拿大的许美德又重返了大学讲台，而对于遥远中国黄土地上女童教育事业的那一份牵挂，仍时时萦绕胸间。她要发动更多的人去关心中国，包括自己的学生。在她的动员下，巴林国塞拉女博士决定以她母亲的名义给韦州女小捐赠一所乡村图书室。

一张美元汇票伴着一封热情洋溢的信件寄住中国宁夏。信中说：“这是超越种族、信仰、宗教的，人民对人民的支持。”塞拉没有别的要求，她只要求在图书室内挂一张世界地图，上面标明巴林的位置。

经宁夏教科所和宁夏新华书店的先生女士们精心挑选的，本本都适合农村女孩子们阅读的图书送往了韦州女小，带着塞拉的情谊。

一张世界地图，数千册图书，打开的将是几百双张望世界的眼睛。

此后，许美德女士，不，还有美国的乔隆庆女士，蒲慕明先生与他的朋友们仍在不倦地连续不断地为中国西部的农村女孩子们寻找着一所又一所乡村图书馆（室）。

西吉什字山庄小学。又一所西部女童教育实验学校，一如我们去过的何庄、沟口、韦州女子小学一样，干净整洁。走进学校集体办公室，引人注意的是墙上手抄的课程表、黑板上有关办校方针的板书，虽不出自一人之手，却都颇有硬笔书法之风。而接下来的年轻女校长马文静叙述清晰简约的汇报，齐备规范的学校、学籍档案，无不在向你展示，这是一个管理严谨、治学有方的山村小学。果然，校长马存福的讲话验证了我的认识，他说：“只有提高教学质量，提高教师素质，提高办学能力，搞好学校管理，总之，按总课题组的要求，只有不断改善学校内部环境，才能吸引更多的女孩入学。”

是的，解决女童入学难问题绝不是孤立地解决某一个障碍就能够取得成功的，它是一个综合性的社会改革工程，这一点在采访中我已深有体会，要把这一切都做好，需要付出的心血汗水，是可想而知了。而山庄小学，这个距县城最远的民族地区小学偏就努力做到了这些，使女童入学率从两年前的21%一下提高到73%，令人敬佩之至。听说美国滋根基金会（一些美籍华人教授用自己薪金1%组成的基金会）委派的哥伦比亚大学教授蒲慕明先生到西吉什字山庄小学考察完后，连说：“你们把海外华人想要做的事都做到了。”并立即签订了连续5年资助这所女童教育实验小学每年助学金500美金，并捐赠山庄小学一所图书馆的协议。

真巧，我一下子就翻到了蒲慕明教授的赠言："什字回小的办学精神使我们海外侨胞深深感动。"而紧接着的一段英文大意是："中国的灵魂存在于这里。"英文是蒲先生的女儿写的，两代华人的真诚与感动已全部展示于此。

再往下看，我看到了。北京汇文中学老教师马桂林、银川退休医生张玉华、美国留学生杨宁荪等人的捐赠留言。马老师说他今年59岁，捐59元资助那些贫困的女学生，今后他每年都会寄，只是长一岁再加一元钱，直至去世。张玉华医生则表示要连续5年，每年拿出300元退休金资助5个失学女童，她今年80岁，如果突然去世，则从抚恤金中拿出这笔钱。杨宁荪对于山庄小学服务区内女生入学率只达21%深感不安，在表示自己身居海外，对此无可贡献而感内疚之时，寄去500美金资助那些因贫困而失学的女孩子……

拳拳之心，殷殷之情溢于言表。希望民族强盛，希望民族素质不断提高当是我中华儿女的共同心声。

在离开山庄小学的时刻，教科所的陈少娟、吴书琦小姐告诉我：马桂林是周卫的中学老师，张玉华是周卫的母亲，而杨宁荪则是马毓勤的外甥。蓦然间，心头涌起一段辞章：

"发鸠之山……有鸟其焉；其状如乌，文首，白喙，赤足，名曰'精卫'……精卫，常衔西山之木石，以堙于东海。"

精卫填海，一个美丽动人心魄的故事！

1994年8月。由北大中外妇女问题研究中心和西部女童教育研究总课题组联合举办的"'走向'95第四次世界妇女大会——女童教育国际研讨会"在西宁召开。来自美国、越南，以及甘肃、宁夏、青海、贵州四省区的女童教育科研人员汇聚青海湖畔。但是，与会人员远不止这些。国家教育委员会官员、中国妇女联合会、儿童基金会负责人和青海省政府、教育行政部门、民委、妇联、共青团各方各界领导人士、社会贤达，以及各大报纸、电台、电视台等新闻媒体的朋友们都来了。如此众多的关注，使一个原本纯学术性的会议格外地多出了一份激情。

会议进行得紧凑、热烈、有序。中国西部广大区域内女童教育实验学校女童入学率两年中提高几十个百分点的历史性突破令人振奋；

"春蕾计划"不断扩展，鼓舞人心；

江泽民、李鹏、李岚清等人为女童教育的题词，更使会议洋溢着一种节日的气氛。

中央电视台等首都25家新闻单位迅速报道了会议消息。任何一个参加会议的代表都可以感到20世纪90年代的中国，一个追求平等、发展、和平的中国，对于她那处于不利境地女儿们受教育的真切关心！为了贫困地区的女童：

——建立民族寄宿制学校；

——建立贫困女童助学、奖学金；

——划拨女童教育专项经费；

——为山区升入大中专学校的贫困女生资助学费。

……

中国，要让千百万农村贫困地区女童走进学校的决心付诸实施！

“不，我们工作的意义不仅仅只是做到这一点，我们还将为世界，特别是经济欠发达的国家提供解决女童教育问题，争取妇女真正平等，促进社会发展的成功经验！这是我们这个人口大国对世界要做的重大贡献。”麦克风中传出大会主持者西部女童教育总课题组顾问北京师范大学的史静寰博士，一位朴素智慧女性的年轻声音。

为了妇女的真正平等！

为了促进社会的前进发展！

中国的女童教育工作者们，将要继续作出不懈的跨世纪的努力！因为，每年新产生的500万失学女童需要你们！

追求正义与进步的世界在希望着！

春蕾

——宁夏救助失学女童“春蕾计划”实施侧记

（四集电视专题片解说词）

20世纪90年代的神州潮起潮涌。

一个生机勃勃的中国在寻求她持续发展的道路；

一个改革开放的中国要建造她现代化的宏伟大厦！

于是，她比以往任何时候都清醒地意识到，这首先要从一项艰巨的奠基工程做起：消灭愚昧，扫除文盲，解决广大落后农村地区妇女受教育和女童就学难的问题！

只有让失学儿童中占70%的女童进入学校，只有让青壮年农民文盲中占70%的妇女扫除文盲，中国的现代化步伐才会更加坚实、迅速，才能不间断地持续下去！

历史要求中国的教育工作者、中国的妇女工作者在20世纪的最后十年，尽全力解决女童就学难这个中国教育界，不，不仅仅是中国，也是世界教育界的共同难题。

一个旨在救助失学女童，资助贫困地区女童入学的“春蕾计划”在中国妇联的倡导和组织下，于九州大地兴起！

（推出片头——春蕾）

上篇

第一集　无言的芳草

全世界文盲中有2/3是女性。中国的文盲群体中有70%是女性，准确地说，1.8亿文盲中，女性占1.26亿，且多为农村妇女。

——《中国西部女童教育初探》

女童就学难，是妇女问题、人口问题、民族问题、贫困问题、教育问题的一个社会历史性的综合反映。

当你的目光随着摄像机镜头，对准了聚居着我们几十万回族兄弟姐妹的固原地区，那片俗称“西海固”“苦甲天下”的黄土山塬时，你对以上的论断将会有一个切实的感受。

桃子家兄弟姐妹七人，她排行老二。她们家住在西吉县的罗家沟村。罗家沟、罗家沟，可能就是因为村子山脚下的这条大沟而得名的吧。就是这条沟，一到下雨、下雪或是春天化冻时节，它可就把村子和外面的世界隔断了。

沟对面再翻两座山，八里地外有个村子叫三岔，那里有座完全小学，从三岔再走二十多里，才能到乡上呢。到三岔或是到乡上去上学，那是桃子做梦也没想过的。桃子家山背后五里地远的二岔麻村有个一到三年级的初级小学，不过桃子也没在那里上过学，不要说桃子和她的两个妹妹没上过学，全村的妇女不论老少谁又上过学？今年“希望工程”给了桃子家一个名额，爹叫弟弟二利念去了，桃子知道这号事轮不上女子娃，全村不也就只有五个男娃在二岔麻念书嘛。

这样的现象不只罗家沟有哇！

同心县的大湾村，全村近200名适龄儿童中只有马字花一名女孩上学，今年上二年级。如果上到五年级，那就要到王团学校上去了，王团离这里三十里地。而方圆十多里内，也只有大湾这样一所初级小学，小学里只有一位教师。

学校，对于穷山沟里的女孩们是太遥远啦，上学，对于她们何其艰难。那么，即使走进了学校呢？

同心县套塘小学五年级学生马二利：上一年级时，有三个女同学和我们在一起上学，上到三年级她们就都不上了。我们班就一直是我们这八个男同学。

为什么在一个同样的生存环境里，首先失去受教育机会的就必定是你们——如山花般的农家女儿？

她叫王淑琴，是个爽朗的人。王淑琴生了四个女儿后，终于生了个儿子。

采访王淑琴。记者：你咋让儿子上学，不让女子上学？咋那么喜欢儿子呢？王淑琴：咳，十个女子顶不上一个儿子嘛！记者：为啥？王淑琴：老了要靠儿子养活呢。女子娃嘛，拍拍尻子就跟人走了。

在对待儿子将来上学的问题上，王淑琴夫妇的态度是明确的“挣死挣活也要让他上。”父母的苦心可叹、可怜！但与此同时，我们还要问一句，这一切就非要以牺牲女儿受教育的权利为代价吗？

宁夏回族自治区妇联儿童部部长席秀兰：同心县的纪家山纪家村有个女孩叫纪少香。十三岁，上四年级时辍学。去年我们曾带她到北京参加中国少年儿童基金会召开的会。她表示回来后要复学。后来听说还是没上。我们一直很惦记她。

采访纪少香。

席秀兰：纪少香，你回来咋又没上学？纪少香：没钱。席秀兰：你上学没钱，我们资助你呀。纪少香：……席秀兰：是不是让你哥上学就不让你上了？纪少香：……（欲哭）

纪少香的父亲叫纪明三，老纪家的日子在这贫困干旱的山区还算不上是艰难的。他有两个儿子，大儿子只读完了初中，二儿子正在读高中。老纪虽说让儿子都上了中学，可在女儿的念书问题上就没那么开明了。大女儿没念书已经嫁人，二女儿三年级辍学，纪少香排行老四。

采访纪明三。纪明三：女子娃大了要给人呢，念不念还不一样？

父亲这样说，母亲又是怎样说的呢？她说："我没上学，不一样活人？"面对这样的母亲，你无言以对。

就这样，纪少香永远失去了她的那张课桌！

消灭愚昧，扫除文盲，解决落后农村地区女童就学难问题，远不是人们想象的那样容易。一位阿尔及利亚教育家的话给人们以极大警示："教育一个男孩只是培养一个人，而教育一个女孩，则关系到未来一个家庭，教育一代女孩，那就要影响到整个民族未来的素质了。"

王风莲老奶奶今年 76 岁了，自打 16 岁上从几十里外的白崖乡嫁到沙沟，就再没离开过这里。而今她和大儿子马洪结一家 8 口过日子。

采访王风莲。记者：大妈，你都去过哪里？王风莲：没去过哪里。就是浪（逛）个娘家。没处去呀。

大儿子马洪结的女人叫马梅花，19 岁上嫁过来，已经给他生了六个娃。两个儿子，四个女子。梅花今天带着两个小女儿上山锄地去了。今年的天太旱，多锄几遍，盼着庄稼会长得好点，锄头底下三分水呢。

隔燕是马洪结的二女儿。

采访隔燕。记者：隔燕，你十几了？隔燕：12……嗯，16 啦。记者：隔燕，你想没想过念书？隔燕：想，就是没钱嘛。记者：村子里和你一样大的女子有上学的吗？隔燕：少。

奶奶王风莲不识字，妈妈梅花没上过学，隔燕呢，也是文盲。

在贫困山区，像王风莲祖孙三代这种情况的妇女，又何止一家。

采访窑山五道岭马凤英，媳顾占兰和孙女。记者：你们家几辈人没上过学了？

马凤英：我老爹手里不算。我老汉、我儿子、女子都没上过学。我孙女也没上学。三辈子人没上学了。

记者：没上学后悔吗？媳妇顾占兰：咋不后悔？现在上城里连个厕所也不认得。算账算不来，让人哄了。

她说她叫罗凤英，儿媳妇纠正说她叫罗正英。不管叫啥，村里人都叫她是：马彦效他妈。

她还说她属狗，今年48岁，但是属狗似乎也不是这个岁数。只不过这一切对于她或别人来说又有什么要紧呢？日子该怎样过，还是会照老样子过下去，日复一日，年复一年，日月就像那崖上的草儿，默默无言。

面对这些处于贫困、软弱地位的姐妹，似乎再谈什么自我价值实现、意识的觉醒、心灵的解放，都太遥远，且显得有些奢侈。然而傅立叶的话我们不能忘记："妇女解放是衡量社会进步的尺度。"而这种彻底意义上的解放与平等的获得，必须依靠妇女自身意识的觉醒，否则它只能写在宪法里而不是存在于现实中。而自身意识的觉醒又只有教育方可赋予。

芳草不应永远无言！

第二集　渴望的心灵

山道崎岖，崖畔层叠。

让你的目光，慢慢，慢慢滑过那些大山褶皱之中的小村、院落吧，不期然，就会与一双双渴求教育的双眼相遇。那眼神，让你久久难以忘怀。继而更有她那微弱的呼救之声，使你震颤泪下。

小秀花姓付，跟着外爷、外奶在干旱贫困的同心窑山乡五道岭村生活。父母的离异，使她本就贫寒的童年生活更增添了一份凄冷。靠着教师们的帮助，小秀花好不容易上到了二年级。然而连年的干旱，庄稼的歉收，迫使舅舅、舅妈要外出做工挣钱了。为了照看两个小表弟，秀花含泪离开了学校。对着来家中劝学的教师，外奶也只有一声连一声地叹气。想起学校，想起同学，曾是"三好学生"的小秀花再也忍不住了，她唱起了老师教她的一支歌："青青岩石上一棵小小草，风也吹来，雨也浇，风雨来时，伸呀伸伸腰，心里有话说不出，摇呀摇呀摇。"

不知道有谁能帮她这棵山岩之中的小草，得到爱的滋润？谁能帮她再返学校，重新捧起书本？

小秀花那让人扯心扯肺的歌声尚在耳际，又传来了海原县关桥乡方堡村另一位辍学回族女童李花的求诉之声："我的爸爸病逝了，妈妈带我们姐妹五人过日子，还要还给爸爸看病欠下的两万元钱。我和妹妹是没有上学的希望了。叔叔阿姨，求求你们帮我上到小学毕业，我还想上学。”

“我还想要上学。”这来自心灵深处的声音，是对知识与文明的企盼啊！不，不光是企盼，有时，它简单就是一种生活的信念！

这家的贫困与艰难是难以言说的。

八年前男主人撒手人间，一个家顿时塌了半边。那时的刘春丽只有 5 岁，最小的弟弟还只有两岁。多病的母亲，强撑瘦弱的身躯拉扯着春丽和两个弟弟。生活再苦，妈妈还是咬着牙把他们一个个全送进了学校。在一个贫困干旱的山区，一个单亲且原本家底就薄的家庭，要送三位孩子上学是何等的艰难啊！而连续几年的旱灾，对他们的生活而言更是雪上加霜。断顿、缺粮的事就常常光顾春丽一家孤儿寡母。为了生存，为了把书读下去，星期六，星期天到了，春丽就悄悄走出村去，去四乡和县城讨饭。懂事的春丽啊，只有十二三岁，却已帮妈妈分担生活的艰辛。放学回家，她总是匆匆赶往村后的砖厂，帮妈妈从四五十度高温的砖窑中往外拉砖。每拉出一车可挣 6 角钱。这种对即使是强壮的男人来说也是艰苦难熬的活儿，对于春丽和妈妈来说就不仅仅是艰苦而是残酷了。然而生活的艰辛与残酷，并没有使春丽离开学校。因为，读书、上学，寄托了这个一无所有的家庭对生活的全部希望。

采访春丽。记者：家里这么困难，你为什么还要上学？春丽：我爱上学。记者：小学毕业后你还想上学吗？春丽：想。记者：你们家有条件供你上吗？春丽：……

上学、读书，摆脱愚昧和贫困，不光是刘春丽小姑娘和她可敬的母亲的心愿。

周建英今年 16 岁，但她说不清自己是属猴还是属鸡？她出生在一个不幸的家庭，父母都是聋哑人。她是家中的大女儿，下面还有一个弟弟和妹妹，妹妹叫周建梅。

采访周建英。记者：你们家谁在念书？建英：建梅念着。记者：妹妹念书你高兴吗？建英：高兴。念成了，我们家就有个“睁眼”的了。能出个好些的人才。记者：有机会你会念书吗？建英：想呢。就是家里做活做饭都要靠我呢。记者：那你将来想干啥？建英：干啥？给人受苦嘛。

生活的艰辛，丧失受教育的机会，使一位 16 岁的少女变得如此沉重、忧郁和无望。

让小妹妹周建梅读书、上学，摆脱贫困和愚昧，再不要重复自己的道路，是少女周建英的一个朴素的愿望，这个愿望支撑起了全家人对生活的信心！

当听说村中心小学将接受银川西关居委会和中国妇联妇女研究所的资助，开办两个“春蕾”女童班的消息后，周建英一家心里高兴极了。她们决意要让建梅上学，后来听说名额有限建梅一时上不了学，建英和奶奶拉上建梅找到了村主任杨文芳，她们的哭诉和那真挚的意愿让村主任也泪水涟涟。是啊，谁能无视这个家庭和一位少女对生活的全部希望呢？

采访杨文芳。杨文芳：我们争取让建梅上了女童班。让这个残疾人家里的女娃娃上学，目的就是想把她培养成人。一为祖国做贡献，二也是想让她把这个家支撑起来。

小建梅终于走进了开城郭庙小学的“春蕾”女童班，将成为她们这个家庭、家族中第一个睁眼看世界的女性。

学校将给小建梅和她的家庭带来什么样的变化？而郭庙村全部适龄女童的入学又将会给这个村庄带来一个什么样的变化呢？

小建梅是幸运的，郭庙村的女童们是幸运的。然而，让人不能忘记的是：在 20 世纪 90 年代的中国西部落后地区，让人落泪的女孩故事依然不少。她们依然可被称作是处于不利境地的人群！她们的抗争及境遇的改变需要整个世界的支持！

我们的共和国已以她在女子教育方面所取得的成就令世人震惊！自中华人民共和国成立，它已经累计扫除女性文盲 1.1 亿，女性文盲率由 90%下降至 32%。女童入学率由 23%升至 96.2%。然而，对于一个发展中的人口大国来说，要让所有的适龄女童走进学校，要达到彻底的平等教育目标需要做的工作还很多很多。

自治区妇联主席张小素：我区的“春蕾计划”实施虽然取得了很大成绩，但山区 8 县由于历史、社会、经济等原因，依然有一万多女童失学和辍学，依然有许多青少年妇女文盲产生，这对我们妇女工作者来说面临的任务是很艰巨的。我们还有大量工作要做，不能有丝毫的懈怠。

是的，只要我们毫不懈怠，踏实努力，一个春蕾怒放，实现教育彻底平等的日子还会远吗？

下篇

第三集　呼唤东风

中国 1949 年，开始创造了平等教育机会的出现。这种平等教育即是，使男女儿童有平等享受教育的权利；使每个人有进入学校的平等机会。而对于这种平等教育的投入，就不仅是一种经济的投入，更是一种正义的投入！

——[美] 海迪·罗丝（妇女教育专家）

跨向21世纪的中国怎么会漠视大山里那些失学女童的呼声？女童就学难的问题，牵动了当今有识之士的几多爱心。整个社会以前所未有的热情投入到了救助失学女童，加强女子教育这场社会变革之中。

不只在乡镇，在远离贫困山村女孩们的城市，为了“春蕾计划”，许多平凡却美丽动人的故事产生了。

姜丽娟大妈是银川市富宁街西关居委会的主任。居委会主任月薪70元，姜大妈一天到晚忙得不着家。这忙乎的事中间有一桩就是宣传“春蕾计划”。

一个偶然的机会，姜大妈从自治区妇联那里得知固原地区就有一万七千余名女童失学，占未入学儿童95.4%这个情况时，一种强烈的社会责任感使她下定了决心：就是拼上老命，也要救助这些孩子。

她和她的一班老姐妹们首先响应自治区妇联关于进一步开展“春蕾计划”的倡议，每人拿出400元资助一名女童读到小学毕业。

姜大妈懂得，几个人的力量是有限的，于是她毅然拿起倡议书推开了一家又一家大门。她走遍了辖区内的23个企事业单位，向人们宣传“春蕾计划”。很快，她们将收集到的第一批捐赠款项送到了女童入学率只有43%的固原开城乡郭庙村，用这笔钱，郭庙村办起了第一个女童班。

救助失学女童，宣传“春蕾计划”，姜大妈几乎达到了一种忘我的地步。

城区召开人民代表大会，她抓紧时间宣传“春蕾计划”，模范交警马文祥于是找上她，“姜大妈，这是1200元，交给您资助的3个女童入学吧。”

市里召开精神文明表彰大会。她又向同是获奖的同志们讲述女童教育问题，事后，银行的同志们打来电话：“姜大妈，我们银行全体同志捐款办个女童班。”

街坊邻居碰面，一拉话，姜大妈也忘不了说说失学女童的故事。就连上油坊买油，也忘不了向小老板，一位农村残疾青年马文强说“春蕾计划”这档子事。小马说：“姜大妈，没说的，你这么大年龄了还为‘春蕾计划’操心，我咋不能给失学女童资助点？我腿有残疾，可心不残。”

一次拥军活动中，姜大妈碰上了自治区政府主席白立忱。谈完了拥军工作，姜大妈又汇报上了“春蕾计划”的事。静静听完姜大妈的话，白主席一开口说了这么一句：“老姜啊，让我资助三个失学女童吧，你看你都包了两个呢。”

没有职务大小、地位高低的区别，有的只是共产党员社会责任感驱使下的相同行为。

韩有为市长的家就在西关居委会对面。

采访韩有为。韩有为市长为“春蕾计划”捐款，在姜大妈的捐款本上签字。

就这样，在姜大妈的捐款花名册上有了17位省级领导、17位厅级领导干部的姓名，他们相继参加到“春蕾计划”中来。

已经动过两次大手术，还患有高血压、心脏病的姜大妈，今年已经64岁了。有时跑得可真有点顶不住劲了。但一想起那些山区失学的女孩子，她就又提上那个装有“春蕾计划”宣传材料的小红包出门了。那一份艰辛与执着，让你不由得想起“精卫填海”这个美丽动人的传说。

姜大妈的故事没说完，那一个个新的救助失学儿童的故事又在生活中发生了。

梅清是在20世纪30年代的抗日烽火之中参加革命的，她做了一辈子妇女工作。

采访梅清。梅清：我从小是个苦孩子，知道没钱上学的穷孩子的痛苦。于是我捐助了两个女孩子上学。我捐助的一个是固原县开城乡郭庙村的马德莲，一个是黄铎堡乡的杨妹。

春节前，梅清大姐在家中接待了杨妹和她的母亲。看着这不是一家却胜似一家的亲情，谁的心里能不感动？

杨梅珍是银川晚报社的记者。在杨梅珍的宣传动员下，中国轻骑集团捐款4万元，银川百货大楼捐款2万元，相继办起三个“春蕾女童班”，银川南关清真大寺鲍金贵先生为泾源县女童班送去大批衣物钱款。杨梅珍还四下奔走，为女童班推销勤工俭学物品。

数以千计企盼民族强盛、民族素质得以提高的中华儿女们，纷纷向“春蕾计划”伸出了援助之手。

六一儿童节期间。银川市新华购物中心的600名员工迎来了彭阳县沟口乡中心小学女童班的孩子们。让从没走出过大山的女孩子们看看现代化的都市，增加知识，开阔视野，让她们多一份对生活的希望和信心，这是新华购物中心全体员工的最大愿望。他们还有一个愿望，就是要资助沟口小学女童班的50名孩子读完小学。愿望谈不上宏大，却充满了爱的温馨。

“七·一”快到了。自治区财政厅党支部的同志们来到同心县大湾乡，为这里失学的女童们又献上了一份共产党员的爱心。

故事永远没有完结。

在这样一张普普通通的捐款登记表上，你看到的哪里只是十、百、千、万的钱款捐赠，它分明是20世纪90年代中国热情、良知与正义的投入。

“杜鹃夜半犹啼血，不信东风唤不回。”

为那东风化雨，蓓蕾怒放的一天，人们正在竭尽全力！

第四集　春蕾绽放

“春蕾计划”以它强大的宣传，有序的组织取得了切实的成效。它所播撒的爱意，滋润山川，点染大地。

在“春蕾计划”“1+1”活动中，小秀花得到记者杨梅珍、解放军军官禹千里和妇联干部吴红霞的资助，重返课堂。席秀兰向李花赠款，资助李花上学。

“春蕾计划”不仅使这些女孩获得了学习机会，也使她们获得了在平等基础上发展自己聪明智慧的机会。

这是海原县盐池乡“春蕾班”的孩子们。在刚刚过去的统考中，她们的成绩在全学区名列前茅。

盐池乡“春蕾班”班主任何淑香：我带“春蕾班”三年了，同学们马上要毕业了。这次全学区统考中前三名都在我们“春蕾班”，全班平均成绩 83.5 分。

办好“春蕾班”，是可敬的园丁们最大的心愿。

李玉莲在同心县马高庄邱渠小学当民办代课教师已经有 14 年了。现在她的月薪依然只有 50 元。1995 年她主动提出筹办邱渠小学女童班的建议。为了这个女童班，她上县里，跑区上，四处筹措资金。资助的经费一时没到位，她咬紧牙关从家里拿出 300 多元为女童们交了书费。李老师的生活是清苦的，体格又瘦弱多病，但这一切都算不了什么。只要她的 43 名女孩子不掉队，不散失，她就心满意足了。只要她的女孩子们天天都来认真听她讲课，寒冷的冬天，即使让一双双冰冷的小手放在她的怀里，李玉莲也觉得心里暖暖乎乎的。

采访李玉莲。李玉莲：这里是农村，许多家庭对女童上学不重视，有时家长要把女娃从教室拉走，女娃们眼绷绷看着我，我心里……为了让女娃娃们上学，我哭了不少鼻子。

李玉莲像只慈爱的鸡妈妈护卫自己的鸡娃娃一样护卫着她的 43 名女孩子。她的全部心血、体力和智慧都交给了这些乡村女孩。女童班的建立，使马高庄的女童入学率从原先的 50%提升到 96%。今年秋季，李玉莲班的女孩子们将升入三年级。为此她感到无限欣慰，所有的艰辛、委屈都化解在了女童班孩子们的笑容里。

办好“春蕾班”，让更多女孩子获得平等受教育的权利；办好女童班还要让更多的女孩子在这里获得一份劳动技能与生存本领。刺绣、纺织、果树、蔬菜种植等实用技能课程就这样走进了课堂。这不仅是几门课程的增设问题，这是教育工作者们把一种自立自强的精神和提高自身生活质量的本领交给了她们，也是把对未来生活的希望与信心一同交给了这些山村的女孩子们。

对于“春蕾计划”，对于使她们人生发生重大转折变化的叔叔阿姨们，天真纯洁的小姑娘面对摄像机说出了自己的心底话。

马小兰：区妇联的张革阿姨，有你的帮助我又回到了学校，我一定好好学习，将来做个有用的人。买吉花：我上一年级时失了学，赵汉钟叔叔和王莲喜阿姨资助我又回到学校，将来我要当名教师，培养更多女学生。马小兰、买吉花、冯得香等10位同学荣获’96全区优秀春蕾女童荣誉称号。

数年的努力，数年的奋斗，宁夏8县贫困地区女童入学率有了历史性的提高。

21个“春蕾班”和5所“春蕾小学”的建立，上千名辍学女童的返校，给宁夏女童教育带来了勃勃的生机。

为了巩固、扩大这个令人兴奋的成果，除了“春蕾计划”，政府、教育行政部门将为贫困地区女童教育再做切实的努力：

——建立民族寄宿制学校；

——建立贫困女童助学、奖学金；

——划拨50万元女童教育专项经费；

——吸收培养更多的女教师走上讲台。

党和国家最高领导层对女童教育的极大关注和支持，是使更多的像付秀花、李花、马小兰一样的女童走进学校的理想变为现实的可靠保证。（推出江泽民题词。）

扶持女童入学，利国利民利家

——江泽民

我们的共和国已以她在女子教育方面所取得的成就令世人震惊！自中华人民共和国成立，它已经累计扫除女性文盲1.1亿，女性文盲率由90%下降至32%。女童入学率由23%升至96.2%。然而，对于一个发展中的人口大国来说，要让所有的适龄女童走进学校，要达到彻底的平等教育目标需要做的工作还很多很多。

自治区妇联主席张小素：我区的春蕾计划实施虽然取得了很大成绩，但山区8县由于历史、社会、经济等原因，依然有一万多女童失学和辍学，依然有许多青少年妇女文盲产生，这对我们妇女工作者来说面临的任务是很艰巨的。我们还有大量工作要做，不能有丝毫的懈怠。

是的，只要我们毫不怠懈，踏实努力，一个春蕾怒放，实现教育彻底平等的日子还会远吗？

（本专题片曾在宁夏电视台和中央电视台播放）

向你致敬　宁夏扶贫扬黄灌溉工程

——红寺堡灌区掠影

一、宣战

这是一个伟大而值得你崇敬的工程。

贫困，是人类千百年来的敌人。

消灭贫困，是当今世界共同的话题。

20 世纪 90 年代中叶，“八七扶贫攻坚计划”出台。这是一个让 8000 万中国人口，摆脱贫困，步入 21 世纪的宏大人道主义工程，是中国政府铸造的一把斩断贫困的锋刃利剑。

宁夏，西部最小的一个省区，8000 万贫困人口中有 132 万属于她。这 132 万中的 90%又属于苦甲天下的“西海固”——宁夏南部山区数县。

1995 年的春天。一部电视纪录片《企盼》震撼了在京共商国是的众多两会代表：

龟裂的田地……

浑浊的泉眼……

干涸的水窖……

蹲在干打垒院墙根下的老人渴望幸福、渴望甜水的双眼和他干裂的口唇……

这就是宁夏南部山区——西海固贫困地区的生存现实。干旱是造成那里贫困的根源。

为了改变这一残酷现实，为了人民的利益，中国共产党人，各级政府行动了！

扬黄河之水，扩大西海固水浇耕地；扬黄河之水，抵大河两岸——宁夏中部大片干旱而平坦的荒原，建立新的农垦灌区。

用六年的时间，投资 30 亿元，开发新建 200 万亩土地，解决南部山区西海固 100 万人口的贫困问题。

这就是宁夏的“1236 工程”。它是宁夏有史以来最大的水利扶贫项目和目前国内最大的以扶贫为宗旨的移民项目。工程建成后，将使宁南山区农村的数十万贫困人口通过自愿移民脱贫致富。这不仅减轻宁南山区干旱带片、高寒土石山区的人口压力，放宽当地发展环境，而且使中部荒漠化土地得到开发性保护和治理。

1995年年底，国务院正式批准，“1236”——宁夏扶贫扬黄灌溉工程立项，并列入国家“九五”计划。至此，宁夏向贫困拉开了决战的总攻势。

1998年夏末秋初，“1236”一期工程——红寺堡灌区迎来了第一批居民——来自南部贫困山区的8个自然村搬迁农户，实现了当年开工、当年冬灌、当年移民的目标。

2001年的盛夏，我应邀来到了红寺堡。

二、伟大的力量

七月的阳光明艳快乐的照耀着。车窗外，金黄翠绿的田野不停地闪过。盛夏以它蓬勃的朝气张扬着生命的活力。

小车载着我在宁夏平原上的一级高速公路上飞驰，撒欢地追逐着远方。

车忽然向左一拐，跃上了另一条显得更新但略显寂寥的公路。司机小赵告诉我：“这就是通往红寺堡灌区的路，是我们扬黄指挥部修的12公里。”

红寺堡，我的目的地。它本是毛乌素沙漠边缘的一片荒漠。三年前，数百公里内还是了无人烟。它曾有的唯一用场，是光荣的充当空军的飞机靶场和炮兵实弹演习基地。

“1236”一期工程包括红寺堡灌区和顾扩灌区。红寺堡工程的目标是开发出可利用灌溉农田75万亩，那将是宁夏平原老灌区几个农业大县水浇耕地面积的总和。

公路似是车轮下无尽展开的飘带，它牵引着汽车向前，向前。

红寺堡垦区内，与宽阔的公路相伴的是公路两边顽强生长着的幼树。

“哎呀，你不知道，这里的树，可难栽呢，好些都是把坑挖了，还要换土、浇水，就这都不好成活，得一回两回地补种。”活泼的司机小赵师傅不停地向我讲解。忽然间，我注意到，除了小树，与公路同在的还有高压电线、输电铁塔和不时闪现的村庄，无边无尽。我意识到，我所看到的这一切均有不同凡响的意义。因为它们全是在短短三四年内出现的，并迅速覆盖了这片广阔的四野。

“工程效率真快，咋干出来的嘛。”我感叹着。

“可不是咋的？指挥部成立时，我们连个住处都没有。”四周你还想见棵树？做梦吧。春天刮起风，那风就卷起一道沙墙，把你砸得想上个厕所都出不了门。夏天出外到施工现场，巴掌大的阴凉你也找不着。我只好冲着太阳方向把车门子打开，让我们张位正总指挥蹲在车门子挡出的阴凉里吃个饭。嗨，这两年灌区开发了，生态改善了，风刮得少多了。”说起曾经克服的困难，小赵带着一脸的骄傲。

“说实话，这路两边的树啊、村子啊都不算个啥。明儿个带你去看八个1998年就从固原、泾源、隆德山区搬来的最早试点村，哼，那才是……”他那一“哼”，让我觉得他藏着什么秘密，还没给我揭开。

小赵的话没说完，陪同我采访的指挥部宣传干事刘志强打断了我们的谈话：“余老师你看，三泵站就要到了。”

哇，前方地平线上，一座高大的建筑物，矗立着进入我们的视野。它似一座高架着的向上倾斜的长桥，不，准确地说，它酷似一条昂首眺望腾空的巨龙。

我们终于站立在这条巨龙之首。放眼望去，鸟儿在我们身下飞翔。视野里，跳跃出片片绿洲，一座座簇新排列整齐的红砖农舍隐现其间。

泵站机房就在正前方下面几百米处。九根巨大的、每根直径总有两米的水泥涌管将饮水塔和泵房连接在一起，气势宏伟地铺排上来。

我们所站立的“龙首”，准确地说，是红寺堡灌区第三泵站的饮水塔。它距地面55米，有十几层楼高。泵压提升上来的黄河水，从三个直径两三米的溢流管中喷涌而出，一时给人有小型壶口瀑布之感，煞是壮观。溢流管中喷出的水流顺着高架引水槽，涌往下边500米处的三干渠。三干渠长达60公里。

立于这雄伟的建筑之上，俯视四野，一种对人类伟大力量的自豪感让你油然而生。

走下500米长的高架水槽，满满当当的黄河水被水泥砌裹着的、光滑的三干渠拥护着，从容地蜿蜒流去。绸缎丝的渠水传递给你一种踏实幸福的感觉。

听说，就在这流淌的三干渠水旁，在这三干渠渠首的堤坝之上，一位来自科麦隆的外交官发出了长久的叹息：“中国政府是真正为穷人办事啊!”

看完三泵站，我们又参观了更大规模的一泵站、顾扩泵站、黄河泵站（红寺堡灌区和顾扩灌区的总泵站）。泵站的建设者都是来自全国各个具有一级建筑资质的工程单位，他们全部是通过投标竞争取得施工权的。

这天采访，我得到了如下一组数据：“1236”一期工程至此，红寺堡灌区已完成水利工程的三分之二；顾扩灌区泵站和干渠的水土工程已完成95%。完成主泵站10座、支泵站8座；建成干渠150公里、支干渠40公里、支斗农渠936公里；架设农电线路60公里，铺设自来水供水管道138公里，建设乡村道路261公里，实现33个村通电，26个村通自来水、村村通公路。

数字是枯燥的，但通过这些数字，你会体味到建设者其间所付出的巨大智慧、心血、汗水和正义。这些落在地面上的实现了的数字无疑是值得敬佩的。

许多老工程人说：“实施完成这些工程的效率是宁夏前所未有的。不要说三四年时间，过去十年八年也完不成啊。”

三、希望的田野

如若没有人告诉你，你肯定会认为这是宁夏平原的某一老农业引黄灌区。

这里地畴平坦，阡陌纵横，沟渠配套，林网如织。臭椿、榆树、柳树、小叶杨，杂杂八八的小花小草拥满了路边渠畔。钻天杨精精神神地站立在条条田埂地头，将农田划分得条块有序。

小麦已经收获，套种的玉米此时已舒展开了它那青春的叶脉，将夏日的田亩扮得油绿一片。黄豆、向日葵、亚麻……一片连着一片，长得旺盛无比。

此时我才晓然了小赵司机昨天对我神秘骄傲的那一“哼”的意思。

见田头一位青年农民正吃力地将收割的亚麻往小拉车上装，我们便迎了上去。一问得知，他是1998年从固原干城石井村搬迁来的。下来已三年，小伙子叫乔永昌。我们随意攀谈起来。

“我们家五口人，我们两口，三个娃。娃们今年就从老家下来了，到红寺堡上学。我种了三料子庄稼，一年比一年好。今年种的5亩小麦，每亩能打个500斤，套种的玉米估摸能收700斤，下来一亩能收个1000斤左右。我还种了三亩胡麻，胡麻不算好，你们看，个子长得高，可仓里籽不多，一亩就收个100斤。还种了一亩枸杞，去年种的今年挂果了。咋说呢？1998年刚来那年这里风大，刮得人心慌，这两年好多了，你们看，庄稼、树，都起来了啦。你问哪儿好？当然这里比老家好啦。老家这两年旱的厉害，没庄稼。想来的人多呢。嘿、嘿……来好咧。”

不能老耽误这位黑红圆脸的小伙子干活，我们与他告别后，向村里走去。村头有一眼机井，这里人畜都吃自来水。井房旁边是一所名叫“红固小学”的学校，整洁的校园很安静。红寺堡每个行政村都有这么一所学校。我们随意走访了几家农户，新建的农舍高大宽敞，有的家中还停有摩托车、自行车。只是家中普遍摆设还较简陋。

看来小乔和他的邻居们的温饱不成问题了。

“走，咱再到泾源县搬迁村庄去看看，那里是桑蚕种养实验村。”我们跳上越野车时，志强说道。

泾源县是我曾经插队的地方。那是个纯回民县，在南部山区里也要算是经济最不发达的县份。泾源县地域狭小，能搬迁出来一部分农户，使超载的土地得以缓解，真是件好事。至于刘志强说的养桑种蚕倒是新鲜事，这事我知道，过去只有南方农户侍弄。

刘志强看来很熟悉泾源村，他让车直接开往田间。

这里的田间基本没什么庄稼，都长满了拇指粗细的小树，小树密密匝匝，一人多高。刘志强告诉我，这就是桑树。翠绿的桑叶每张有半张稿纸大。夏日的微风中桑林摇曳，荡起一波一波绿的潮涌。

“老于，老于”。桑林外刘志强喊着。随着喊声，一位健硕干练的中年农民跑来，他着T恤衫，穿着一双皮鞋。“老于”其实不老，只有30多岁。去年他们家种了12亩桑树，1亩柴胡，一年收三回蚕宝，总计纯收入4000多元。今天他这身打扮是刚到乡上申请小额贷款去了。刘志强和老于很熟，一见面，老于就是一顿牢骚。原来老于今年的桑叶收成要大大多于去年，他想扩大养蚕的规模，但流动资金不够，空使许多桑叶无用武之地。老于今年养蚕纯收入有个六七千元，若规模再扩大些，收入还会增加，他为此正在焦心。听了老于的叙述，刘志强热情地答应回到指挥部后帮他做点工作。

转完了固原、泾源村，我们又赶往隆德县搬迁村。这里的田亩里种了好些我不认识的植物，就连熟悉情况的刘志强这下子也说不全了。他只是说这都是些药材。正说着，一位青年农民扛把铁锹过来了，小伙子指给我们看，这是甘草，那是黄花，这是葫芦巴，那是半夏、板蓝根……可让我们大开了眼界。

小伙子姓黄，自我介绍是村里的卫生员，不等我们发问，他主动比较起种药材和种庄稼的经济效益来。他侃侃而谈，一亩甘草收入多少，一亩甘草籽收入多少，一亩黄花收入多少，而种玉米、小麦收入又是多少。种药材节约用水多少。村里一位叫张新社的农民种药材如何致富等等……小黄企盼在红寺堡建一个药材市场，他说，如果这样，生活就会更有盼头。这是一位要努力掌握自己命运，对生活充满自信的新式青年农民。

小黄的企盼并非空想。政府已与香港药材商人签订协议，

在红寺堡拿出 5 万亩土地承包给港商种植药材，继而在红寺堡建一个中药材市场。刘志强告诉了我们这个信息。

又是夕阳西下的时候，我们挥手与小黄告别，回首望去，掩映于绿色之中的整齐的村舍显得宁静而安详。

我知道这样的村庄在红寺堡已建立起 41 个，建成的乡镇有 6 个，村子都是大河乡的。

1999 年，朱镕基总理曾来到红寺堡移民村点。当他听到农民们对搬迁生活满意的回答时，一向严肃的他竟开心地笑出声来。我想，如若今天朱总理再来红寺堡，他的笑声会更加爽朗。

四、绿色的明天

采访的几天里，每天夜里都降一场大雨。早上大家见面总要就此喜悦的谈论一阵。对于一个天然荒漠半荒漠地区，还有什么比适时降雨更让人高兴的事呢？红寺堡地区的生态环境实际上是十分脆弱的。对此，朱镕基总理、李岚清同志视察时都曾给以指出，并要求指挥部制定出“科学合理的开发实施方案”，以保证扬黄灌溉区的可持续发展。

为此，宁夏回族自治区政府、工程建设指挥部制定了保护生态环境，种植节水沙

生药用植物和适生经济作物，优化产业结构，发展高效农业，实现灌区的可持续发展目标等一系列可行性的方针政策。

近两年，红寺堡灌区已累计植树造林 3.4 万亩，种草 2100 亩，完成固沙草网和黏土压沙 4300 多亩。而引导灌区移民种桑、种药材、种植经济林木更是成绩斐然。

一夜的好雨洗涤，清晨的红寺堡显得格外清爽。突然公路对面的一大片绿色吸引了我。这几天来去匆匆，怎么就忽视了眼前的一片绿海呢？

马路边一个巨大的招牌告诉我，这片绿色叫万亩速生杨树林基地。

我进入了这片绿色。走啊走，林中草丛的雨露打湿了我的双脚，而我却还没有看到这片绿色的边缘。我干脆停了下来，就看见林中那么多粉色的喇叭花在悄悄开放。四周好静，只有树叶于晨风中发出“哗哗”的声响。透过树缝，望到远处有大片的金黄，那是葵花的颜色。呵，那片金黄提醒了我，再往东边就是指挥部建立的葡萄和药材种植基地了！

站立于这片无边的绿色之中，一时，我强烈地意识到：红寺堡的开发者们是清醒的。有了这样的建设者，红寺堡的未来能不更加美好吗？

一方让贫困山区群众向往的热土，一个成功的扶贫开发工程在大河之畔出现了！

向你致敬：宁夏扶贫扬黄灌溉工程！

羲和之辇

——灵武矿区开发建设纪实

看哪，羲和女神来啦！六条神龙驾驶着她那光华四射的车辇由天际隆隆地驶来，华车上坐着的就是那——鲜洁明亮的太阳！

一、历史的叩门之声

公元757年，唐肃宗至德二年，冬。

安史之乱后的神州，饿殍遍野，疮痍满目。

一支由长安北上的军队，疲惫地行进在通往灵州的驿道上。他们是迎驾回京的郭子仪部。

漠风卷着黄沙，把天宇搅得蒙蒙一团。灰白的太阳无力地向大地抛出最后一线光芒之后，倏地，沉入了黑暗的地平线。顿时，无边的黑暗夹携着刺骨的寒冷向着四野弥散开来。

呜呜的西北风，在瘆的寂寥中穿行。饥寒，砭人的饥寒……在暗夜中似幽幽鬼魂向绝望的军队伸出冰冷的双手。冻僵的手，索索地点燃了少得可怜的一蓬骆驼刺。然而，不等僵硬的手指舒开，火光就又暗了下去，哦，熄灭了，熄灭了……

突然，奇迹出现：灰烬下的土地在燃烧！通红，通红！

须发皆冰的郭子仪仰天高呼：天不灭唐，天不灭唐啊！

石沟驿，灵州界内燃烧的石沟驿哟，由此名垂青史！

历史，轻轻一下叩击声，悠悠滑落过上千年的岁月。

大喜大悲，大分大合，中国终于进入了1978年—— 一个革故鼎新的时代！

“要把工作重心转移到经济建设上来。”一个巨大的声音在我们辽阔的土地上回响。

能源，是国民经济的重要支柱。宁夏经济要翻身，首先要发展区内煤炭优势，并将煤炭优势转化为电能优势，从而带动整个经济的起飞！

1978年，隆冬。当年唐肃宗即位的灵州——灵武县城以东，毛乌素沙漠的边缘。

西天河——沙丘中一条不屈的溪沟旁，几位风尘仆仆的男子汉——宁夏燃化局局长康志杰、副局长刘国范、处长苗建邦、惠福基一行，迎着朔风，登上一座高高的沙丘。

放眼望去：无际的沙丘在阳光下抖动着耀眼的华彩，极目一片璀璨。多好的土地呀！几天的实地踏勘，使他们的心中对这里更充满了说不清的挚爱。

在这北至横城、南到萌城，上下百余公里，东西20公里的广袤土地下，埋藏着的乌金是整个东北三省储量的总和！

此刻，这些男子汉们清楚地感受到这脚下踩的哪里是沙丘，分明是一片溢金流彩的宝地！

“就这么定了，”康志杰迎着寒风眯起双眼大声说道，“国范，回去请建邦，福基组织队伍搞出磁窑堡煤田精查，争取尽快作出宁东煤田开发整体规划。”面对着与他同样兴奋的部下，“这辈子咱也开它一个大煤田！”康志杰伸出手臂向着西天河方向在空中用力一挥。

历史，请永远记住这——

用力一挥的辉煌瞬间：

闻名于世的宁东大煤田——灵武煤田将从此渐渐敞开它那博大无比的胸怀！

呼啸的改革雄风将有效的工作迅速推进。

矿区地质详查、精查报告；

矿区开发意见；

矿区建设可行性研究；

矿区环境改造意见；

…………

一份份审慎而科学的资料、报告为高层的战略决策提供了坚实的依据：

灵武矿区定为国家“六五”期间重点前期准备项目！

一座与它相配套的大型火力发电厂——青铜峡大坝电厂也将拔地而起于它西侧的亘古荒原之上！

这维系着宁夏经济繁荣的两大能源巨人崛起的信息，激起了塞上煤炭、电力系统几多志士仁人报效国家的热情，拨响了他们心中那忠贞于事业的如梦琴弦。

1985年，盛夏。

战旗在辉煌的阳光下竖起：

“宁夏回族自治区灵武矿务局”

一彪煤炭战线的骁勇斗士集合于这猎猎大旗之下。卜昭福、苗建邦、于令周、惠福基……向着那诱人而艰巨的事业扑去……

二、艰难于启动之始

炎热，还是炎热。烈日下，灼人的热浪肆虐无忌地拍打、舔咬着一切生物。

卜昭福望着手中一团坚硬的颗粒结构状黄土蹙紧了眉头：“自重湿陷性黄土！这是矿井建设的克星啊！”他心中一紧，汗，顺着他那浓密的发际渗淌出来。

这个座落在大溶洞自重湿陷性黄土层上的矿井，黄土拌水和稀泥，挖了塌，塌了挖，一年下来好不容易进展了 13 米，又报废了 5 米。一算账，天哪！开挖一米耗资 12.5 万元，100 万元人民币仅挖出一段 8 米长的井筒！

这就是断断续续已建设了七八年的王洼煤矿交给新上任不满一个月的卜昭福局长，交给刚挂牌的灵武矿务局的现状！

又要筹建，又要生产，千头万绪。那迎面的困难像一颗颗顽石直向灵武矿务局的一班硬汉们砸来，又快又猛。

骄阳下眩目的烈焰中，卜昭福似乎又看见了磁窑堡那堆积如山的落地滞销煤及矿长那一张愁云惨雾的脸。

如果只是一个煤的滞销问题那也就罢了，可直愣愣戳到你面前的还有石沟驿磁窑堡矿区内两个旧有煤矿即将无煤可采的局面——

一个矿储量只能采四年，另一个，顶多采六年。新矿区筹建工作还没铺开，老矿却又面临关闭的窘境。

一个堂堂正正的灵武矿务局，难道要成为一个不产煤的矿务局?!

“不，我们来是为了建设一个现代化的特大型矿区，绝不是为了给一个个煤矿开追悼会！”卜昭福的东北腔铿锵有力。

高度的责任感，强烈的事业心启动了工作涡轮的高速旋转。

卜昭福发出了第一支令箭：

成立矿务局外运办公室，解决煤炭滞销问题！

令箭一出，兵分几路——

上银川、去灵武、走吴忠、下固原，向甘肃、向北京、向天津、向四川……八方宣传联络，四处寻找客户。

找银川铁路分局，找吴忠机务段，找大坝火车站。协商、讨论、诉说、央告，寻找装卸点，寻找火车皮。

风里、雨里，辛劳、奋斗。

当新年的钟声与纷飞的瑞雪一同在长空飘荡之时，磁窑堡连片的落地煤不见了，一车车外运的乌金换回了生产的流动资金。

大洋彼岸的克莱斯勒公司总裁雅科卡说：“我这辈子就干了一件事——推销。”

灵武矿务局卜昭福说："现代企业家应该是经营型的。"

优秀的企业家，思维运转在同一轨道上。

老天不给灵武矿务局人一丝笑脸，跟上来的1986年，还是一个煤炭滞销年！

又是一个冬天。塞上已是冰封沃野，狂风呼啸。太湖边上的无锡却依然是碧草如茵，柳暗花明。

全国煤炭订货会在这座美丽的城市举行。

卜昭福亲征吴越之地！

在这物华天宝、人杰地灵的太湖旁，全国煤炭企业精英在争相施展自己的推销才能。大西北沙窝里来的人，有什么本事可与东北、山西、陕西强大的同行竞争？

是的，卜昭福一行不敢掉以轻心。他们顾不得洗去旅途的风尘，来不及欣赏太湖的旖旎风光，放下行装立即以自己独特的面貌全面地层开了宣传推销攻势！

兵贵神速，捷足先登，卜昭福深谙个中底里。愕然、惊慕、赞叹！哇，谁会想出给"傻大黑粗"的煤炭印刷如此精美的广告！订货会轰动了。一个西北偏远小省的来客，一个新成立的矿务局，居然会拿出这一绝招。无锡订货会爆出了一个大冷门。

当一张色彩鲜艳、对比强烈、构图新颖而又简洁，配有准确清晰文字介绍的铜版胶印广告，广泛散发于客户手中，张贴于会场内外时，醒悟过来的兄弟单位才将匆忙中临时油印出来的产品介绍书慌慌张张向四处张贴出去。

此时——

灵武矿务局、灵武矿区的不黏结性煤炭品种系列，早已成了聚光灯下的"大明星"！

新交旧友络绎不绝，一张张订货单飞进了卜昭福局长的公文包。

"噗——"嘘口长气，几番鏖战，又开拓出一片新市场的绿荫。灵武矿务局人喜上心头。但，此时的卜昭福心中明白，离应具有如此心境的时间还为时太早，太早。

夕阳西下，卜局长凭栏远望，西北方，牵挂着他几多的思绪——

此时，大西北的荒漠。简陋的平房，挡不住那凌厉的寒风。风，从门边，窗隙，墙缝游蛇般地蹿了进来。小铁炉中的火，也像是惧怕这严寒，缩紧了身体，暗淡下去。桌角，一碗辣子拌面早已变得冰凉。

苗建邦副局长裹了裹披着的大衣，将头更深地埋进了那一大堆摊开的图纸资料中去。

不甘心哪！石沟驿一个好端端的煤矿，难道真的就走到了它生命的终极？报废的报告已打好了，但一闭眼，那深深的井筒就好像是个张嘴呼救的大口，揪得人心疼。地面的生产设施，多年营造的生活区，更是令人不肯轻易下这判刑的朱笔。

作为一个曾多年在全区煤炭计划系统领导岗位任职的同志，苗建邦能更深地体谅到国家需要煤，国家资金紧的难处。扩建一个井，增煤一吨只需投资 50 元，而另起新井呢？增一吨煤可就是要三倍于它了。也许是陕西汉特有的倔强，也许是一个共产党人高度的责任感使然，他，不甘心就此罢了。

夜，深了。苗建邦仍在反复查看着不同年代形成的、不够系统的一沓沓厚厚的地质资料。蓦地，眼前一亮：石沟驿矿储煤层为六层！哈，并不是人们所说的两层。他兴奋得恨不得大叫一声。六层啊，谁能保证其中哪一层不蕴藏着可供开采的希望？他失去了壮年人的沉稳，急匆匆推开沉沉寒夜，敲响了惠福基总工程师的房门……

清晨，裹一身寒冷，苗建邦驱车向石沟驿煤矿奔去，他要实地踏勘寻找开采的希望。

石沟驿矿地质补充勘探决定终于形成！朦胧的希望随着工作的展开逐渐变得清晰起来。一旦这清晰的希望变成现实，石沟驿矿将可延长二三十年的服役时间。

笑容终于难得地在苗建邦副局长的脸上荡开。这笑容可是有内容的：磁窑堡的扩建工程已有了眉目，治服王洼倒霉的“自重湿陷性黄土”也获得了良方。那曾是滚成团的困难哟，已在迅速的化解中……

三、顽强，是驶行的希望

暮霭升起来了，由那高高低低的沙丘下，无边无际的荒滩里……

被暑热蒸腾了一天的大漠在微微地喘息着。苍茫中，仿佛有一声重重的叹息，像闷雷由远处传来。

卜昭福只觉自己的心被它猛地一撞，要沉下去。

是大坝在叹息啊……

就在西边那不远的雄浑荒原上，为大坝电厂正式开工做准备的“三通一平”建设大军已安营扎寨了。而灵武矿区建设项目呢？在“七五”期间还仍然只是“做好前期准备”。矿区的开发建设步伐显然是滞后了。

烦躁，搅动着卜昭福的心绪。

如此这般，当 1990 年大坝电厂的第一台机组投产时，灵武矿务局将无煤供应，更不用说 1995 年所需的 360 万吨煤应当来自灵武。

守着一片煤的海洋，却无一壶一箪可奉献给国家，这是咱挖煤人的耻辱！一根还未点燃的烟卷被他捻碎了。

噢，没有人会责备你，既是准备期，政府就不会拨款。没钱，你拿什么去建矿，去出煤？

那就这么等着？等着一层层的审批，等着慢慢立项？等着国家一下拿出巨额资金来建好一个大型矿区后再出煤吗？那么大坝呢？大坝在期待啊！

几十年艰辛的生活可以将一切情感冲淡，甚至带走。唯有这浓得化也化不开，推也推不掉，对人民，对国家，对这厮守了一辈子的煤炭事业的责任感留给了负重的壮年！

“老卜。”一扭头，暗夜中，有几星明灭的暗红烟头。噢，是老苗。老于，老惠也都来了。“走，聊聊去，咱灵武矿务局一定会有办法的！”

煤炭、岩石、大山早已铸就了不屈的男子汉！

灯光与繁星共同陪伴着办公室里激烈的讨论。

“咱们矿区煤层埋藏浅，地质结构简单，我看完全可以先上小井，争取早出煤，早见效益。”苗建邦摸一下他那短短的头发茬，缓缓说道。“把小井作为未来大井的一部分，一次总体设计。”惠总跟着迸出兴奋的火花。“对，这样分期、分步建设，国家一次性投入少。”“地面建设要减少重复，一切服从未来大井需要。”……

智慧在科学的思索、认真的探讨中碰撞出耀眼的火花——

一次设计，分期建设；

小井起步，大井集中。

一个凝聚着灵武矿务局人智慧、心血与忠诚的口号，一个务实而又具有创见性的建设方针产生了。

口号，是理想的目标，而要将其实施并最终实现，历史告诉我们，往往这中间还有很长一段距离。但，坚韧的灵武矿务局人决心以自己顽强而又迅猛的行动让它快速变为现实——

▲这项浩大工程的筹建担子太重了。矿区内部组成复杂，开发建设规模又如此庞大，受国家计委委托对灵武矿区建设进行可行性研究评估的中国国际工程咨询公司高级工程师王兆椿忧心忡忡。几天来，他率领着他的专家组实地踏勘了整个矿区。

然而，随着一项项审查，随着一册册完善严谨的基础资料的出现，随着卜昭福及他的同事们对灵武矿区建设方针的不断阐述，那务实的开发步骤，科学审慎的设计思想，急国家之忧的赤子之情，使这位老工程专家的心释然了。卜昭福反复说：“我这辈子就想与大家亲手建个矿区，要是不快点批复项目，我这年纪可就干不成了，我干不成事小，大坝电厂用煤咋办？咋办？”面对这位反复向他唠叨的卜昭福局长，王兆椿暗下决心：“回去要以最快速度向国家计委申报评估报告。”

▲“你们停一下，怎么又是大井，又是小井，矿区建设规划是否有点乱？”国家计委工业一司司长轻轻地打断了宁夏同志的汇报，扭过头以征询的眼光望着他的助手。

刷的，惠福基一头冷汗。空气凝固了，只觉国家计委会议室空旷的只剩下他自己。能不急吗？一旦认为你开发建设的思想混乱，又小井，又大井，设计重复浪费，那矿区立项方案还有什么批复的希望？噢，不慌，不慌，没有讲不透的理。重来。先国情，再区情，讲国家，一次投资困难，讲大井资金沉淀，讲矿区滞后于电厂，讲大坝需要煤炭。谈总体设计，谈新奇构想……

侃侃话语似潺潺流水，沟通了审查者与汇报者的思想。

▲“老首长，我们的矿区建设方针汇报完了，您有什么意见?”

卜昭福和惠福基望着敦厚热情的徐芊同志。“不错，这是一个急国家之急实事求是的方针。”爽朗的徐芊大声说道。他调整了一下坐姿：“别急，我给煤炭部的于部长打个电话，请他来看一看，促一促咱们的筹建步伐，咋样?”于部长是徐芊同志的老部下。接着一片笑声飞起。

“子规夜半犹啼血，不信东风唤不回”。没有啼血的悲苦，只有追求的顽强，似不屈的杜鹃，灵武矿务局人把矿区建设方针执着地向人们做着宣传。为了加快筹建与建设的步伐，他们要赢得理解与支持。

又是一个清晨，惠福基背负着同志们的嘱托启程了。他要为小井起步计划做一次具体的努力。龙口，煤炭部正在召集一个全国小井开发计划会议。灵武矿务局要“挤”进去。

惠福基不负重托，龙口会议上煤炭部批准灵武矿区灵新一号井列入全国统配小井计划。

柳暗花明又一村!

提前出煤，小井保大电的计划将不再是纸上谈兵!

战果在顽强的奋争中迅速扩大。

一号井开工了。二号井也要上马。

但，开拓二号井的资金在哪？区计委拨款 20 万。天呐，20 万，给老矿区也就只够用它办个大商店。卜昭福用力一拍，猛地站起：

“打井要紧，把盖办公楼的钱拿出来!”好一副斩钉截铁的语气。

一支大军又跃上西天河东畔。沙丘在推土机的隆隆声中崩塌，退缩。

忽如一夜大风狂嚣，不甘心从世代居住地迁走的沙丘又卷土重来。

“看谁犟过谁？干!”被风沙打红了双眼的苗建邦一扭头，带一帮人马又冲向第一线。

一块块场地，终于露出了清爽平滑的面庞。

顽强，像一柄利剑，穿透，斩断一个个横卧在前进路上的困难。

“资金不够了，怎么办?”

“把生产利润拿出一部分来垫上，不能坐等中央拨款。”

“开挖井筒没有大型提升绞车，怎么办?”

“用旧有小型提升绞车代替，先干起来再说，要赢得时间。”……

条件，在创造中产生，简陋的设备要开拓出高档现代化的矿井。

一声炮响，二号井终于裸露出它那坚实的胸膛。

钻机，在顽强地吼叫。开拓，在向深邃的地心延伸。

一个明媚的日子，二号井下一片欢欣，主、副井筒掘进到底！

此时，由那瓦蓝瓦蓝的井口飘下一个迟到却令人欣慰的消息：二号井被列为国家统配小井，建井拨款额已正式下达。

由灵武矿务局那一排排简陋的平房办公室里，传出一片笑声。

顽强的奋争已取得明显成果，顽强奋争已成为灵武矿务局人不变的作风。

——行人脚步匆匆。雪片儿在寒风中打着旋儿，飘呀飘呀……

快过年了。街上的店铺装饰得五彩斑斓。城市进入了节日的欢乐氛围中。与街上的气氛相反，各机关似乎透出了些许宁静与寂寞。

自治区建委主任终于将宽大的办公桌面整理清洁了，往日里这儿总是堆满了文件。突然，门一推，走进来一位壮实的汉子。“哟，是老苗呀，什么风把你给吹来了？”“咱是无事不登三宝殿。明天磁窑堡扩建井开工，请你这尊神给咱压阵呢。”苗建邦一脸笑容，建委主任却睁大了眼睛：“什么？这快过年……噢，对对对，建委支持你们，‘一万年太久，只争朝夕’嘛。”笑声中，他拿起了大衣。

似一声节日前夕的礼炮，开启磁窑堡扩建井口的爆破声，给矿区增添了一种吉庆的气氛。

筹建与建设在顽强奋争中迅速推进。

欢乐的九月，宁夏回族自治区成立30周年纪念日。中国统配煤矿总公司（原煤炭部）于洪恩总经理在自治区顾问委员会副主任徐芋同志的陪同下来到了灵武矿区。

中国煤炭工业的统帅，第一次来巡视他的这一新战区。

灿烂的秋日下，战区的旷野里响起于洪恩高亢、激动的声音：“中央感谢你们！只给400万元，就开工两对矿井，你们的成绩十倍于有的矿区！”

战果，令统帅满意，满意的更有那开辟出这片战果的顽强、奋斗、献身与热情，那使我国事业所向披靡的精神！

国家有限的资金要用在最紧要、最有希望的工程上。

于洪恩挺起了他那宽阔的胸膛。

他迅速果断地确定了灵武铁路支线建设方案及投资问题。最后一个影响着国家计委批复灵武矿区建设计划任务书的难题排除了！

宏大的规划，跃上一个新的台阶！

四、不懈的追求

风，肆虐了一天。黑色的柏油路上，一条条游蛇似的流沙，快速地蹿动着。

望着昏黄的天空，于令周锁紧了眉头。矿区筹建工作中的一桩始终搅动得他心绪不宁的事，又涌上了心头——矿区的生活中心区设在了古窑子，一个不尽如人意的地方。

还是春寒料峭的二月，一位年轻干部的意见引起了于令周的高度重视：古窑子中心区，虽然地处矿区中心，却不够宽阔，不够平坦。喜欢恶作剧的老天爷，又偏偏将三面环沙的它，扔在了一个狂风必经的路口！这是一个可以让风的淫威发挥到最大限度的地方。

生活中心区设置在哪里，它可是关系着今后数万矿工及其家属的幸福。作为一名长期从事党的思想工作的干部，于令周深知“生产力中最重要最活跃的因素是人”这一哲学命题的重要性！

于令周郑重地向局党委提出重新踏勘，寻求最佳中心区地址的课题。

然而，在这强盗似的毛乌素大沙漠侵袭的地域里，要寻找一片未来中型城市的生存地址，是何其难啊！

几番寻找，几次踏勘……

矿区筹建的各项工作都在不断推进，唯有中心区的最佳设置方案，没有落实。提起放下，放下提起……

古窑子，你也许真是灵武矿务局人对自己未来生活中心区的最佳选择？

事情似乎有了结案。

但，于令周没有放弃，灵武矿务局人没有放弃，没有放弃这荒漠上不懈的跋涉，执着的寻求。

只要还有百分之一的希望！

流火的七月，于令周仍跋涉在大漠荒原上。他要为矿务局砖厂寻找一个理想的厂址，同时，似乎还在不倦地寻找着另一个希望。

疲惫与毅力在做着顽强的决斗，理智指挥着灌铅的双腿机械地攀登一座山坡。啊，上来了，一阵清风吹过，猛一抬头——

天哪，于令周的心，欣喜地颤抖。一马平川的褐色平原上，缀满了绿色的草丛。

“就是它，它就是未来的生活中心区。”于令周抑制不住地高声喊道。

它叫——黎家新庄，距古窑子 6 公里左右。

否定与确立相比，也许更难，需要更多的谨慎！

排除古窑子，确立黎家新庄，需要更完备精确的科学论据。

踏勘、测量，对比，计算、筹划……

结论有了：

聪明的黎家新庄位于横城与碎石井矿区中心部位，却又避开了沙漠恶鬼的侵扰。宽阔平坦的土地为未来一个新兴的中等城市提供了足够它施展自己魅力的阔大舞台，而与首府银川仅70公里的优越位置又使它具有了对将来城市建设，工业发展所需人才的巨大吸引力！

灵武矿务局人终以自己不懈的追求，选择了黎家新庄。

一个旧方案的推翻，一个新方案的确立，需要的是科学，勇气与责任感的完美结合。

而这样的完美结合，在灵武矿务局人的创业档案中绝非一次。

——贯穿整个矿区的生活铁路线设计完毕。就在那拍板确定的时刻，一个声音提醒着决策者：还有没有更节约、更方便生产与生活的方案？

推敲，寻找……一个新的设想闪现于大脑思维屏幕上——

用汽车代火车，行不行？汽车更灵活。上行、下行可同时开车。车站间隔距离小，而一次性投资比之建设铁路线的巨额资金更不可同日而语！

——输水管道铺设方案呈于惠福基总工程师的案头。双管铺设？单管铺设？前者投资巨大，后者的保证供水系数可靠与否？如何取得一个最佳值呢？……

灵武矿区设计的最佳方案在不懈的追求中取得。不懈的追求者懂得：今日案头草图上的轻率一笔，将会给未来子孙造成世纪遗憾！他们不能，不能允许这样的轻率！

五、希望的奋进

金秋，金秋的十月，欢庆中华人民共和国成立40周年的锣鼓声还未停息，一个消息又激起了灵武矿区人心中喜悦的涟漪：

国家计委正式下达灵武矿区建设计划任务书。

长空，升起绿色信号弹，一场震撼中国煤炭王国的战役即将开始！

几年的辛苦，几年的奋争，几年的成绩都在这一纸庄严的套红文件中得到了首肯：战役前的万般准备，科学而又严密。

喜讯，伴着矿区开发的前进脚步一个连着一个。

——王洼，在那个赤裸的大山已将最后一撮草根献给了饥饿的灶膛的王洼。大道上，马车、汽车、手扶拖拉机、小毛驴，人流、车流一起涌向王洼煤矿。这是一个庆典的日子。听，燃放的鞭炮在诉说着人们的欢欣：王洼煤矿出煤了。那喷涌而出的乌金将把温暖带给这片土地上的人民。不，不仅是温暖，连同一起的还有幸福与富裕。王洼煤矿是固原地区最大的工业企业之一。

——磁窑堡扩建井出煤了，产量是原先的三倍！

——灵新二号井也出煤了……

当大坝电厂第一台机组投产时，灵武矿区的乌金将贡献出自己的满腔热情。

顽强的灵武矿务局人，奋力保持了挖煤人的尊严与荣誉！

1990年1月5日，一个温暖的冬日。

石油，煤炭，电力系统各方诸侯会集一堂。全国能源工作会议正在进行。主席台上，国家能源部部长黄毅诚浑厚的声音在肃穆的会议大厅中回荡："宁夏灵武矿务局，先建小井，再连成大井，边建井边产煤，搞得又快又省……"一片掌声……

祖国，没有忘记灵武矿务局人作出的努力！

然而，他们却在提醒自己：今天所成就的一切还仅仅只是事业大树上第一批挂在摇曳枝头的嫩果，他们渴求的应是硕果累累成熟的金秋。

是的，他们在奋进，他们没有沉浸于醉人的喜悦之中。

灵新一号井即将正式投产；

灵新240万吨主井即将开工；

矿区中心区黎家新庄建设进入准备阶段……

输电线路，铁路线路，供水系统建设……

似千帆竞发，似万马奔腾，灵武矿区这片广袤的土地上，希望，在奋斗中推进！

采访后记

沙尘，喧嚣、跳跃，追逐着颠簸的罗马越野吉普。一丛丛荆棘伸出手臂将车帮敲打的'噼啪"有声，结束采访返回银川之前，我请司机绕道带我去看看新开工的羊场湾矿井。

路，凹凸不平。

"小杨，这路不好开车哇。"

"没关系，我走的次数多了去，现在还好走多了。"司机小杨看出了我的几分担心。

"走的多了？"

"走！"他将这个上声字读了个大大的弯。"羊场湾、碎石井、鸳鸯湖、横城、枣泉都去过。"我知道他说的是宁东煤田里各个矿区。小杨兴致勃勃："咳，只要是踏勘视察现场，他还非得让我这个'罗马'跑，别的车底盘低，路不好，它跑不了哇！不瞒你说，记者，煤田里你说我哪没去过？"他简直像是在对我夸耀他去的地方是巴黎，是伦敦。那份快乐，那份自豪溢于言表。

在这份快乐自豪中，我仿佛又看见了另一个人同样的神情——

"记者同志，你说我们吉彦学矿长残忍不残忍？"他兴高采烈地瞪了一眼旁边坐着的“残忍”的吉矿长。“整顿环境那时，给我们矿领导干部任务订得硬惨了。种树要换土，我这个副矿长整天把个方向盘，轮不上歇。咳，这不算，还要你连装带卸。胳膊都干肿了，你猜咋？任务照不减。我心一横，他妈的，不减就不减，谁干不下来?!”“哗——”“骂”人与被“骂”的都笑得一片灿烂。

到了，一大片开阔地展现于眼前，似是波峰浪谷中不沉的航空母舰的宽阔的甲板。

在看完了工地后，汽车拐进了一个整洁的小院，这是羊场湾一号井筹建处所在地。放弃了星期天休息陪同我来的灵武矿务局宣传部干事王玉安介绍我认识了这里的矿长。他 1964 年毕业于山东矿院，叫曲金任。

曲矿长告诉我，从今年年初开工至今，仅几个月时间，主井、副井、风井井筒已开拓 200 余米。同时我也了解到，目前这个矿由地方煤矿系统转向统配系统，投资手续还未交接清楚。

“目前投资不落实，是否要停工呢?”我询问。

“不能停。”矿长回答得毫不犹豫。

“那？……”“我想办法借，到现在已借了 200 万了。”我吓了一跳，他却说的一腔豪情。

“款迟早是要拨的，只是个时间问题，但偏偏在时间上咱拖不起。早一天投产，国家早收回多少万呢!”

不知怎的，我觉得这位矿长，不，不仅是这位矿长，在我所接触的许多灵武矿务局人身上有一种神韵，一种相似的神韵。它是什么我说不好，却分明是在感动着你，激励着你，让你奋发，让你热血沸腾！凭借于此，一个令世人瞩目的中国高效现代化特大型矿区定将浮现于中华文明产生于斯的这大河东岸！

汽车跃上了通往银川的柏油马路，急驰向前。

再见了，灵武矿务局！再见了，宁东大煤田！我留恋地回转身去。蓦然，心猛地一颤。东方，在天地接合的地平线上，金色的灿烂将天宇渲染得一片辉煌。它还在迅速扩大，迅速升腾，要将整个世界包拢进去。在那片灿烂，那片辉煌中，似有一辆华彩四射的车辇载着温暖、明亮、鲜洁的太阳由天际向我们急驶而来……

话剧的脚步

——宁夏话剧团“大篷车”精神礼赞

1992年新年将临。黄浦江畔。

漫天潇洒飞舞的雪花将天地搅出一派迷蒙的诗意。一个银装素裹的大上海，以其无比的华美与尊贵欣喜地迎来了大西北黄土高原的艺术使者——宁夏话剧团“大篷车”万里巡回演出队。

《文汇报》以头版显要位置，刊出话剧“大篷车”到来的消息，并在醒目位置发表评论员文章——《成功的艺术之路》。

大上海，以其少有的热烈，向以流动舞台形式首开我国农村万里巡回演出先河的宁夏话剧团，表示了自己由衷的敬佩之情。与此同时，《人民日报》《中国日报》《光明日报》《工人日报》《中国青年报》《文艺报》等数十家极具权威与影响的报纸相继报道了中国话剧史上的这一盛举。

“大篷车”在奔内蒙古，走山西，过河北，上北京后，一路经由正在抗洪救灾的安徽、山东、江苏，将一台让人瞧着是那么可亲可信、透着泥土芳香的话剧奉献给了广大农民兄弟。现时，中国最大的都市，又向他高举起盛情欢迎的手臂。

翌日，上海长江剧场。随着那华丽帷幕的降落，掌声似涌潮，立时淹没了偌大的剧场空间。著名戏剧艺术家张瑞芳，这位曾以饰演“李双双”夺得首届电影“百花奖”女主角桂冠，现已满头飞雪的影剧界前辈激动了：“啊，演得太好、太像了。我觉着，似乎是从好远好远的大西北黄土地上走来了一群农民兄弟，生活气息真浓呵……”

这台饱含着宁夏艺术家思想情感，颇见功力的演出得到专家如此的赞誉，得到人民热情的首肯，当是必然的。这是他们8年的改革与追求，8年的汗水与心血，8年在农村巡回演出1600余场次，丰厚的生活积累与艺术家实践融合的结果！

8年中，宁夏话剧团曾受文化部的邀请携3台创作剧目晋京演出，享誉京华；8年中，他们曾在西北话剧节上一举夺得剧本、表演、导演、舞美、设计等8项大奖。演员中产生了中国“梅花奖”、全国“振兴话剧奖”“金狮奖”等多位得主，8年中，他们多次受到中国文化部、宁夏回族自治区人民政府的通令嘉奖，并被授予全国文化工作先进集体称号！

宁夏话剧团，中国话剧界一颗擢升的新星。他们以自己有效而成功的改革与追求，为话剧界提供了不容忽视的、弥足珍贵的经验——

一、话剧怎么了

改革，似乎一夜之间就使中国城市的夜晚变得纷繁多彩。目不暇接的电视屏幕，魔力无穷的现代娱乐，为人们提供了极多消闲的选择。十亿人看八部戏、读一本书的时代早已成为历史。然而，就在这一片纷繁之中，戏剧工作者们蓦然发现，剧场、话剧被冷落了——

●“你看我像不像《金环蚀》里那个储蓄员？”

宁夏话剧团演员队队长王志洪心焦火躁。半天了，偌大一座县城愣是推销不出去几张戏票。他走马灯似的由一家单位出来，又奔另一家单位而去。剧场演出广告已打出去半天了，可这票就是卖不掉，你说急人不急人？

哟，县粮食局仓库？进去看看。天哪，局长正在这里！“嗨，哥们儿，咱先干活。”王志洪带着他的两位演员挽胳膊捋袖子，一溜小跑不由分说“兴高采烈”地帮着粮库职工干将起来，翻晒扫场、装包搬运……

整整一个下午，他们真诚而又随和，放下架子，套着近乎，软缠硬磨。终于，局长动了恻隐之心：“那好吧，你们就留下400张票吧。”天哪，400张！王志洪立时恨不能给局长阁下鞠一大躬：“谢谢关照！”当他急急抖抖地从那个黄挎包中取出400张票交到局长手里时，不知怎地，却想起了日本电影《金环蚀》里的一个片断——他，银行储蓄员，为拉储户殷勤万般地帮农民插秧，一次又一次深深鞠躬，一次又一次大声说：“拜托啦，谢谢关照。”

望着灰不溜秋，浑身是土的两位男演员，王志洪苦笑一声：“嗨，你们说咱像不像《金环蚀》里那个储蓄员？”

这一年，1983年，宁夏话剧团全年仅演出了8场戏！

●那一个黄沙天

风，裹着黄沙，将天地吹得一片昏暗。望着这满世界的风沙，新上任的团长王志洪心里暗暗叫苦：“好不容易折腾出个戏，第一回审查演出怎么偏就碰了这么个倒霉天哟！”开演时间早已过了，可一座能容纳千余人的大剧场，却只孤零零地坐着两位观众——一位是自治区党委宣传部文艺处处长，另一位是自治区文化厅艺术处干事。

演出时间一再推延。看来再不会来观众了。王志洪冲着舞台监督烦躁地大喊一声：“他妈的，开演吧！”颤抖的手差点把侧幕条给拽下来。

演出结束了，从没有过的冷清！

让人心寒啊！费尽心血搞出的剧本，没人爱演。求爷爷，告奶奶，团长恨不能给演员当孙子，好歹算是把戏立起来了，可又没人爱看，送票都没人来。你说这话剧还有个什么搞头哟！

观众席，幽暗、冷落、空荡。于那一片模糊朦胧之中，王志洪仿佛看到一行大字翻滚着向自己扑来——“话剧，怎么办?”

二、路……有吗?

1984 年，改革的大潮波澜壮阔。中国，从农村到城市，处于前所未有的激昂与振奋之中。而与此相反，一种慵懒、迷惘、无望的情绪却似腐败的霉菌在剧团中迅速地蔓延。大世界与小环境几多的不和谐哟！不练兵，不打仗，再强的部队也将溃散，这是谁都明白的道理。

话剧和剧团的出路在哪里？一个令人焦灼不安的命题困扰着艺术工作者们。

●成功的尝试

星光与灯光，伴随着激烈的论争。

“我们不能困守于一座 30 万人口的小城。宁夏 90% 以上的人口都在乡镇。农村——20 世纪 80 年代一个巨大而又被忽视和遗忘了的演出市场在渴盼着我们。”

“话剧，农民们能欣赏得了吗?”

“你首先得让他欣赏得到你的话剧，你才能知晓他们的感受。坐而论道永远不会得出结论！”新任团长王志洪快人快语。他一向崇尚“强者的逻辑是行动，弱者的逻辑是议论”这一波拿巴的名句。

改革的方案迅速推出——

建立剧组经营承包责任制！实现演出市场的战略转移！

一台短小精粹适合农村演出的小戏投入了排练；一辆普通的解放牌卡车改装成适宜下乡演出的“大篷车”。

即将下乡的“大篷车”就要启动了，自治区文化厅厅长袁宗杰急急赶来送行：“你们这一步走得好！坚持下去，我给你们写文章！”铿锵有力的陕西腔，振奋起人们的几多情绪。

七月的骄阳，肆无忌惮地向着山川万物喷射着烈焰。凹凸不平的土路上，大团大团焦黄的尘土，紧紧追随着颠簸前行的大篷车。猛的——个刹车，喧嚣飞扬的黄尘呼啦一下，拥挤着窜进了蒸笼般的车厢。话剧团的俊男靓女们嬉笑着由车尾蹦下来，仔细一瞧，哈！一个个全成了地道的“灰猴”。

噢！真舒畅呵——一条宽阔的大河横躺在眼前，河面子荡如砥，绸缎般温柔的河水舒缓地奔涌着，抖动出一派灿烂的金黄。远望，对岸横亘的鄂尔多斯台地与大河相伴绵延而去。

“嗨，哥们儿，那就是咱们今晚的演出地——陶乐。”王志洪手指对岸高喉咙大嗓儿地宣布着。

在大河与台塬之间，一条狭窄的绿色平原展现于演员们的视野。陶乐——依傍在大河拐弯处，一个宁夏最小、地理位置最封闭的县份。

当晚霞逝去了最后一抹红艳，与四野袅袅升起的炊烟融成一片黛蓝色温馨的暮霭时，高悬起的演出照明灯向夏日朦胧的夜色挥洒出欢乐的光明。乡亲们三五成群，你呼我唤，相约着由田野、小路、村头，向那片欢乐的明亮奔去。

坐的、蹲的、站的，打着蒲扇的，端着大海碗吸溜吸溜吃着辣子拌面的，密密匝匝地把个演出场地围了个严。

“宁夏话剧团演出现在开始。独幕剧《鸡鸣声声》。”女报幕员圆润的声音在乡村的夜空中轻轻飘荡。

剧情紧张而又富有喜剧性地展开。喜、笑、怒、骂，麦克风清晰地把对白传向寂静的四野。突然，“哄”的笑声直冲天际，惊醒了满天的星星。好一个美丽的塞上夏夜哟！

“哎！美气得很么！这说的咋比秦腔唱得还美?”听着乡亲们的议论，王志洪明白，农村需要话剧，这一步算是迈对了！

●未曾有过的“洽谈会”

改革，首先是思维方式的变革。

宁夏话剧团以前所未有的大胆与慎重推出了大型话剧《红白喜事》演出洽谈会。

宁夏艺术界震动了！

1984 年 12 月 28 日晚，宁夏话剧团以十分的热情，十二分的谦恭，迎来了银川郊区 60 余位乡长、村长和农民代表，请他们来审看《红白喜事》首场演出，并洽谈演出计划。

戏开了。躲在屏风后的王志洪心里一面小鼓敲得嘣嘣响。在北京观摩了十多台全国有影响的戏剧，左挑右选，揣摩着农民兄弟的心思，捧回了个《红白喜事》剧本，戏也立起来了，可人家认不认可呢？这会儿，心里忽然变得特没底。导演王德龙默默地靠了上来。为了这出戏，这位老大哥可没少花心血哟。他提出了将对白全部改为方言的大胆建议，同时对服装、场景重又做了精心设计。一个目的，让咱宁夏的庄户汉们看着亲切，看了想看。

10 分钟一过，嘿，有门儿，出效果了。五志洪只觉衣角被人一拽，办公室主任唐立玲正乐得冲他眨眼呢。再往下，你瞅去吧，60 余位观众，包括来鼓劲的自治区文化厅领导，该笑的地方全笑了，该哭的地方也全哭了！

戏一结束，没容你开口，兴奋的乡长、村长们立时就抢着预订了 26 场。没拍板的也一个劲说：“这么好的戏咋能不看呢，回去商量下个合适日子，包准请你们去演。”意犹未尽的乡长、村长们这个说：“农村媳妇子穿上高跟鞋是这么个走势。”那个说：“老婆子不带镯子可都带表呢，衣服甭穿的太土气。”哈，艺术细节方面的有益建议还真提了一大堆。

兴奋的观众。激动的演员。在这热烈的氛围之中，王志洪一班人隐隐感到：排一出戏，赔一堆钱，剧团连夜餐费也发不出的历史可能要结束了。

又是一个人寿年丰的冬腊月。《红白喜事》演满 100 场次。一个戏能在宁夏演满 100 场，那是啥年头的事了？这一天，大幕一落，女演员们顾不得满脸的油彩相互拥作了一团，小伙子们一蹦子蹿出去将一挂长长的鞭炮点燃！寒夜中，欢笑夹杂在那“噼噼啪啪”耀眼缤纷的火红里，显得格外的喜庆，给人以无限的鼓舞与希望。

年底总结大会，自治区文化厅厅长袁宗杰喜眉笑眼，甩着他那干巴利落脆的陕西腔说：“今年，1985 年，你们演了 100 场，我给你们发红包。明年，再演 100 场，我还亲自来给你们发红包！”

第二年，大篷车载着“红剧组”还真又演了 100 场！除此而外，剧团的儿童剧组，在副团长杨宝丰的率领下，拉着板车辗转于全区各中小学演出儿童剧也达百场以上！

三、为了心中那片神圣

当世界变得纷繁，变得精彩而又无奈的时刻，当无数人在现代物质利诱前抛出良心，跪拜于孔方兄脚下的时刻，要卫护事业的神圣与艺术的圣洁，就更其艰难，所付出的牺牲与奉献便愈显可贵！

●寻求

一方贫瘠的土地，却承受着超载的人口重负。许多时日过去了，然而那由贫困、愚昧所组成的现实——裸露的大山、木讷的眼神、浑身是土、光屁股满地跑的小孩，却似沉重的阴影，深深地留在了王志洪的心底，挥之不去。前不久，他们曾在那样的村庄里演过戏。

宁夏呵，你太需要有一种生存的紧迫感了！大声疾呼，这应是文化工作者的责任。全团大会上，王志洪慷慨陈词：“我们一定要创作出我们自己的《红白喜事》！”是的，要创作出一部透着黄土情、塞上韵，揉着宁夏人民忧思与欢乐，为父老乡亲鼓劲提神的戏剧来！

田埂、炕头、场院上、农舍里，他们时时在寻觅，寻觅灵感，寻觅素材。

“哎，咋说哩！扶贫要扶志呢嘛。俺们乡的那个小寡妇，生生是把个冷石头捂暖了，过去谁也劝不动的懒汉，现在赶谁都勤快，小日子富得流油呢。要不咋说人乏不算乏，心乏没办法呢嘛！”大胡子乡长连说带比划，把人差点笑岔了气，似一道闪电刺破了思维的沉幕。王志洪心里一个激灵，“嘿，有了！咱的戏核有了。”他乐得差点喊出了声。一部日后享誉京都，反映大时代变革风云中，塞上黄土地一群庄稼汉思变、思改、扶贫治懒，发人深省、给人启迪的无场次大型话剧《这样的庄稼汉》的主题就此产生了。

团长王志洪、书记郝云飞、编剧刘文惠盛情邀来农村的大叔大爷，村长、乡长、书记，郊区的宣传部部长、文化干事。他们把构思好的故事情节讲给父老乡亲们听，请他们提意见。一遍遍讲，一遍遍改。艺术家们顽强地寻求着与人民思想感情的相通相连！

受群众欢迎，受专家赞赏的《这样的庄稼汉》终于诞生了。它随着“大篷车”的转动，演遍了宁夏的山山川川。吸引人的剧情，充满个性的人物，独特的塞上风情，透着宁夏农村语言幽默神韵的对白，再加上那活灵活现朴实而充满生活气息的表演，一时迷倒了万千农民观众。他们跟着大篷车转着村地看，老爹看了，又特地领来儿子媳妇一同看，还直对演员们说：“咦——要让嘎子们都受受教育！演的跟俺们村里的事一样样的，说实的，不像看戏，像和俺们谝闲话呢。”

噢！王志洪们激动，王志洪们感慨。一曲高山流水遇到知音，他们的作品寻找到了人民群众的理解与共鸣！这不正是一切有出息有良知的艺术家所梦寐以求的吗！

《这样的庄稼汉》受文化部特邀进京了。其厚实的生活功底、严肃的艺术追求，使宁夏话剧团获得了极大成功！几年之内，他们又相继创作出《连心村的故事》《女村长》《宝贝蛋与男子汉》等数部话剧，且个个成功。于是有了本文开头的一幕——受宁夏回族自治区文化厅、上海《文汇报》、国家计生委宣教司、中国计划生育协会、中国话剧艺术研究会之托，《女村长》随大篷车万里巡回，为数省农村演出。一路风尘，一路凯歌！

●执着

冷，透彻骨髓的冷。寒风从大篷车四面八方的缝隙里游窜进来，肆虐无忌地剥扯着你的衣裳。严寒残酷地噬咬着仿佛浑身赤裸的身躯。手指、脚趾、脚腕、膝盖，所有关节处感到针扎似的令人难以忍受的冰冷、疼痛。僵硬的身躯听凭颠簸的大篷车将你抛起扔下。随着车辆的颠簸，王志洪感到尾椎骨一阵阵撕裂的疼痛。团里有一个不成文的规矩：下乡演出中，党员干部坐车要坐后边，睡觉要睡大房。刚才，身为团长的王志洪，理所当然地最后一个爬上车，到底是四十大几的人，身手不那么灵便了，稍稍迟缓了那么一点，“哐”，已启动的车将他狠狠地摔在车厢内一个突起的铁物上。噢——坚持……坚持一下。西海固地区的巡回演出一定要圆满地结束。他知道，此时无论如何松不得劲。连月来在寒冷中持续奔波演出，已使得好几位演员病倒了。老大姐傅亚南白天输液吊针，可等到晚上大幕一开，你瞧吧，灯光下，舞台上的她浑身是戏，刚一亮腔，嘿，台下立时一片喝彩声。那时刻，有哪一位观众知晓她还是个病人？

噢，到了。活动着僵硬的腿脚，一个个“灰猴”似的又蹦了下来。嗬，观众已经来啦。顾不得暖暖身子，马上抖擞精神卸车、装台、化妆、开戏！

气温已降至零下二十度。捞“小寡妇”的王敏一下台口，抱着双冻得火烧一般疼的脚直吸溜。“快，到这儿来暖和暖和。”“砰”舞美队的男子汉从自己脚上蹬下双翻毛大头皮鞋扔了过去。“孙宁，嘿，快上场了，准备。”舞台监督轻轻一声唤，孙宁“忽”地扔掉紧裹着的军大衣。一阵寒风吹来，浑身裸露的腱子肉直打哆嗦。剧情规定他只能穿裤衩背心上台，不说那熊话，他挺了挺胸膛大步流星情绪饱满地登台了。

寒风退缩了，严冬消失了。此时，心中只有那规定中的艺术情景。

将艺术完整圆满地奉献给人民，是大篷车上的艺术家们唯一的心声，是他们不懈、执着的追求。

这份执着——

青青的大山可以作证——攀上海拔 3000 米的六盘山顶峰，为守护电视转播塔的七位战士认真地做专场演出。持钢枪的男子汉们语音哽咽，热泪随着一声颤巍巍的“谢谢”滚落胸前。

茫茫的草原可以作证——为了不使水文工作者们失望，大篷车载着一天演了两场的他们于崎岖坎坷的路上，于朦胧夜色之中向着草原深处急驶。夜深了，星星当天幕，篝火作灯光，美妙的剧目，精湛的艺术，使兴奋的观众好似灌饮了甘洌的琼浆。

黑色的冰凌可以作证——一步一滑，人推手拉，车与人在铺满冰凌的盘山大道上同行，顾不得害怕，翻越过去，山那边有满场热情的观众在等待着你！

火红的骄阳可以作证——三伏盛夏，舞台上的凳子烤得烫人。演员们顶着烈日，却将片片浓荫留给了观戏的人。

哦，黄风、细雨，更有那千千万万享受了话剧艺术芬芳的父老乡亲都可以证明，证明他们无愧于“人民的艺术家”这几个金子铸成的大字。

“那么苦，那么累，还不就是为了钱呗！”

“钱？我可真没看上每场那几个演出费。”孙宁愤慨之中透着几丝轻蔑。“我就是想当个好演员，想拿话剧奖，想争一口气！”这小子，为了大篷车上的演出，拒绝了出国经商的机会，拒绝了好几出报酬丰厚的电视连续剧的演出邀请。哦，不仅仅是他。

孙宁的好哥们儿，团里一伙齐刷刷的小伙子：黄得勇、蔡棣、李江天、夏玉庆、殷小晶……个个是好样的。正是他们，用心血用智慧设计制作成功全国第一座一专多能的大型话剧流动舞台。换代的大篷车轻捷、方便、美观，可与任何一座正规舞台相媲美。它的出现，震惊了中国舞台美术界！而这一切创作的灵感与动力全部来源于一点——要让农民看到正规的、高水准的话剧演出。面对艰苦的条件，频繁的奔波，付出大于酬劳的生活，小伙子们众口一声："我们觉着这样活得充实！"多么难得的一个充满了人民性的艺术团体！他们以严谨朴实的台风、戏德，以高标准的表演水平赢得了观众的心，维护住了自己心中的那片艺术的神圣！

文化部的罗英同志激动地逢人便说："难得，难得！这是艺术界的宝贝，是咱们艺术界的金子啊！"

四、你，魅力永存

"写意"说、"写实"说；"表现"派、"体验"派；现实主义、现代主义……古往今来，无数戏剧艺术家们的探索与实践，无不是为了创造一个万般妩媚、千种风情的缪斯女神。永葆缪斯的青春魅力，便是他们的渴盼！

●雪花的记忆……

宁夏南部山区。隆德县。沙塘乡。

"自治区话剧团到咱沙塘演戏来了。听说那不唱光说的戏看起美得很么！"山山洼洼，十里八乡，一个逗人的消息将无数山民们的心，撩拨出一片欢愉的骚动。"毛求，今儿个啥也不干了，看戏去！几十年没看过个区上演的啥话剧，咱今儿个也见识见识。"于是满山满洼响起一片"噢——看戏走——！"的吼声。

"老天，这不就是古希腊的扇形大剧场嘛！"中央戏剧学院毕业的王志洪团长兴奋无比。看一眼密密匝匝，慢坡儿从台口排排溜溜儿直到那塬顶上的数不清的观众，他禁不住又要惊呼了：怕是上万人都不止吧？恍惚之间，他感到有那么一种古希腊米南德时期，喜剧上演盛况的味道，这味道足可以使任何一位艺术家产生骄傲的美妙眩晕。

开戏了。第一场。村头大柳树下，往日的有情人刚刚碰面，老天爷就漫天扬起了纷纷扬扬的雪花，似乎是要给台上的剧情再增添一层浪漫的色彩。

剧情在一点点地展开，它奇妙地将观众的情绪忽而抛上，唤出一片笑声，忽而扔下，引起一阵"啧啧"的叹息。半个小时过去了，一个小时过去了，观众与演员，生活与剧情已全无界限。他们投入了，融合了，痴迷的观众已全然忘却了自己，忘却了那漫天撕棉扯絮般的大雪。一位中年汉子凑上前来，给蹲在台口的"姐夫"换上一支香烟，"哎呀，你那妻弟日赖的懒样子，村上、集体把啥救济给上也不顶事嘛，人要活个志气呢。”噢！在这巨大的露天剧场里，传统的现实主义表现手法竟也取得了小剧场实验话剧所追求的观众参与的最佳效应。

继续的飞雪陪着继续的剧情。迷迷离离，朦朦胧胧，雪花一片片，一团团欢欢乐乐地向大地，向山峦，向那漫坡漫塬的上万观众急遽扑来。黑压压的人群顶着寸把厚的大雪竟悄然不动。红的头巾，黑的棉袄全化作了一片虔诚动人的洁白。面对这片洁白、这片虔诚，演员们抑制不住激动的泪水扑簌簌地淌下来。

“我们的艺术这样值钱！”演员们失声了。

动情的不只是演员。当相机将这一切定格在彩色方寸之间，传进京华，在众多前辈和大师手中传递时，“你们看，你们看，这不是在演《白毛女》嘛！”著名剧作家胡可激动得竟嚷出了声。

哦，不论是当年的《白毛女》《刘胡兰》，还是今日的《庄稼汉》《女村长》，只要是植根于人民群众，植根于我们民族的厚土沃壤之中绽开的艺术之花，就必定是绚烂多姿的，它得到人民的青睐也就是必然的了。

淳朴敦厚的庄户汉们喜欢他们的戏。现代时髦的社会骄子——大学生们竟也同样喜欢他们的戏！在宁夏大学、在宁夏教育学院、在西北二民院、在宁夏医学院、宁夏农学院……在所有高等学校的演出中，莘莘学子场场均以几十次的掌声向他们表达着自己青春的热情与欣喜！

是的，普通的观众已如此地倾倒于他们的艺术。那专家们呢？他们可具有一双挑剔的眼睛。

话剧界泰斗群集银川，使1989年夏末秋初的塞上江南更具迷人的魅力。现场观摩宁夏话剧团大篷车剧组农村演出，是专家们此行的重要目的。

忘不了那一次特殊的现场观摩演出。风雨夹杂时续时停，但依然是细雨伴着笑声，依然是细雨伴着喷叹。《这样的庄稼汉》以浓郁的生活气息，强烈的时代感，醉倒了风中、雨中的专家与农民。“太好了，太好了，生活底子太丰厚了。”中央戏剧学院的徐小钟院长连连感叹。“生活气息太浓了，现实主义魅力永存！”严正与赵路击掌而赞。“观众能在雨中看，我们也行，快把伞收了！”74岁的中国少数民族戏剧协会会长李超同志感动至极。感动至极的不仅是李老。这年《中国戏剧》杂志国庆专号以头条位置推出了主编游默撰写的《大篷车精神》一文。作者以动情的笔触写道：“我被他们的戏剧感动了，被观众感动了。我没想到，话剧艺术具有如此的魅力！”

中国话剧界为宁夏话剧团的努力感到骄傲！

后记

为了核实一些具体问题，我又来到了宁夏话剧团。昨天我曾随大篷车到郊县农村观看了他们演出的《女村长》。春节刚过，从初七开始，他们的农村巡回演出就一场接着一场。听自治区文化厅厅长杨杭生同志说，他们还将于今年 5 月 23 日抵达当年毛主席发表《讲话》的杨家岭，演出话剧《女村长》。当然，陪伴着他们的还是那辆漂亮的大篷车啦。

已是晚间十点半了，大篷车还没回来。听说今天临时在县城又要加演一场，想必是等不到他们了，我只好告辞。

哦，好一个晴朗的塞上春夜，繁星满天。

去年肉价两元四

1988 年 5 月 15 日，我提着菜篮子兴冲冲走进家门口的湖滨菜市场，哎？往日里门挨门的十家肉铺，怎就只剩了两家开着门？再一问价钱，妈呀，每斤比一个星期前涨了 8 角。可真用得着一句俗话：物以稀为贵呀！

再转转，嗬，又有发现。门庭冷落了几年的国营肉食店前已排起了长龙。5 月 10 日起，每斤肉价也已上涨了 4 角。

此后无须留意，银川市民们都会感到，自由市场上的肉价在以前所未有的速度“挺进”，1.70 元，2.50 元，3.20 元，3.60 元，那架势简直就跟田径选手邹振先的三级跳远似的——噌、噌、噌、刷——步步跨得有力，一步远似一步。

肉价充当了 1988 年商品涨价的急先锋，以它强烈的步伐，刺激着全体市民们的神经。6 月 10 日，《宁夏日报》以显要位置刊登一则消息：“国营肉食商店所出售的猪肉，由每市斤 2.00 元上调为 2.40 元。”一个月之内两次调价，价格由 1.40 元上升为 2.40 元。而国营肉店所出售的每市斤肉价格与自由市场的差价又在 1 元以上，看着国营肉店前的排队长龙，人们暗暗发问：“1970 年那无肉的日子还会回来吗?”

A 脆弱的宁夏市场

春末的太阳，把个固原张易乡的集日烤得暖烘烘的。卖牛的、拉羊的、吆猪的、贩菜的，人来人往，一片熙攘。忽然，几辆印有陕西长武县字样的卡车雄赳赳地开进集市中心，不等停稳，几名大汉就在车上高喉咙大嗓子地吆喝开了：“嗨，收购生猪！奖售化肥！奖售玉米！嗨，收购生猪……”

“哎——大大！每斤毛猪的价钱是 1.80 元，比县收购站的多 4 角呢。”

“你看，这搭交猪，那搭就把化肥称给了。”议论夹杂着兴奋与好奇在集市上掀起热浪。

一位红脸膛的小伙挤了上来：“师傅，你看俺这猪咋样！收不收?”他有些羞涩地指了指背筐里那头只有 60 来斤重的半大架子猪。

“收！”长武县收购员回答得干巴脆，不等话音落，那筐中的黑家伙已被扔到了秤台上。

无论大小、肥瘦，不消两个钟头，张易集市上的生猪都被收购净尽。几辆卡车屁股一拧，透着股子要扫荡一空的狠劲，甩下一路灰尘，又走乡串户继续收购去了。

此时，不仅是陕西的一些县市，甘肃省的兰州市、内蒙古的磴口市、乌海市，阿左旗……也纷纷冲进宁夏山川市场高价争购生猪。

可怜的宁夏市场哟，在毗邻的几位身高马大的“穷哥们”的冲击下，摇摇晃晃。那本来就不多的肉源，显得愈发紧缺。银川地区（包括永宁县，贺兰县，银川市郊区）一个半季度内没有收购上一头生猪！全区每月收购生猪量只达往年的十分之一！形势比预料的要严峻得多，全区生猪存栏数比预计的少 20 余万头！

价值规律在显示着不可抗拒的魔力！

沮丧的收购员们将令人焦虑的信息迅速反馈集中到了副食品公司主管肉食供应的贺廷栋副经理的办公桌前。

“缺肉千吨，缺肉千吨啊。没有这个数，何以保证下半年市场及自治区成立 30 周年大庆期间的肉食供应？何以控制这疯狂上升的肉食价格？”贺经理慢慢翻阅着刚起草的外调肉食报告书，一种难言的沉重向它袭来。外调千吨肉食入宁，此项决策非同儿戏。且不说这大宗货源寻觅及调入的不易，就说一旦拍板，政府拿出的将是几百万巨额资金哪！自己对消费市场的估计正确吗？稍有偏差，食品积压可比不了别的，那损失往往是惨重的。少进些吧……可在全国货源不足的情况下，稍有犹豫，货物飞走，就再也抓不回来了。决断吧……哦，塞上的春夜竟会如此令人燥热。内心的沉重使贺经理的脸显得更长了。他，想起 1985 年的“调肉事件”——

改革开放的第六个春天，银川繁闹的菜市场上，诸多久违的个体肉食供应摊点出现了，给斑斓的市民生活画卷中又增添了一种色彩。

这年的 4 月 1 日起，宁夏回族自治区人民政府取消了生猪派购，以行指导的议购议销，多渠道经营政策取而代之。同时，肉食销价提高 24.3%。理顺物价，刺激生产，这是决策者们的目的。在这物价转轨交错时刻，为有充足货源以控制、平抑市场价格，区副食品公司决定由四川调入猪肉 300 吨。当时的自治区政府主管领导，为此亲临蓉城协商求援。殊不知，300 吨猪肉入宁，一个市场商品信息却让区副食品公司的诸位同仁头皮发紧：肉食销量骤然锐减。如今，一月的销售额，只达到往日的五分之一。

多年因行政干预而价格不变的实施产生了社会负效应！银川市民们的心理上一下承受不了这 24.3%的大幅度提价。尽管每人已领取 24 元的副食补助，却仍平衡不了心理天平的倾斜。

结果是不言而喻的。300 吨调入的猪肉作削价处理，几十万元的财政补贴砸了进去。

宁夏回族自治区人民代表大会上，代表们关于 300 吨肉食削价问题的质询，令主管领导汗颜而又无言以对。

脆弱而又缺乏弹性的宁夏市场啊，多喂一口撑死，少喂一口又饿死，不给你一点回旋的余地。

B 暂时筑起的堤坝

1988 年 5 月 29 日下午 3 时，自治区商业厅会议室内，气氛肃然。从刚刚落下帷幕的人代会上急急赶来的自治区副主席杨惠云，程法光及银川市，石嘴山市市长、自治区物价局，经委、商业厅主要负责同志在静静听取区副食品公司贺廷栋经理关于全区肉食品供应问题的汇报。偌大的会议室内，只有汇报者那并不高昂的声音在回荡，它冲击着每个人的心扉："石嘴山及银川市的肉食库存量分别仅可维持到 6 月底，7 月初。而商业部特批给宁夏的 1200 吨肉却因没有车皮至今无法运抵。何时有车皮？杳无音信。派出联系车皮的同志已离银一月有余……"

情况令与会者心中一沉。

"大白菜问题"的阴影似乎又在逼近……

5 月 29 日联席会议后的第四天，自治区商业厅派出了冯寿昆等一行三人，赴京解决运输肉食的车皮问题。

获取车皮？谈何容易！

夏季的 6 月，地处东经 135°至 75°，北纬 15°至 45°区间的辽阔土地上，热浪正横扫着其间的绝大部分。调运肉食？没有机械保温列车，一切都只能是泡影。然而令人沮丧的是，我们这个人口大国所拥有的全部机保列车数仅只为 800 列。其中一半还要供国际运输线专用，以保证向东欧调运肉类。剩下 400 列够作什么用？且不说这数字中还包括那些不时发生故障而瘫痪的列车。这些 50 年代由东德进口的列车哟，也确实是太累了。1988 年的 6 月天，南方的海鲜大量上市要运；东北工业区急等肉食要运；京，津、沪重点保护区的各类副食要运；还有那供应军需的蔬菜、禽、蛋……全要运，全要运哪！广阔的幅员，一列保温机列开出，要等它再返回到指挥者手中可就难咧。"将在外不由帅"。广东有货要运，车还甩在哈尔滨，四川的肉要调出，车却停在上海。

车皮，车皮，那给宁夏运输肉食的保温机列会在哪里？

北京西长安街。中华人民共和国铁道部所在地木樨地。宽阔的人行道上走来宁夏的冯寿昆、倪民新、张华等人。急急的脚步，一身的汗水，夏日的骄阳晒得这些汉子一脸疲惫，满面憔悴。

几天来他们上蹿下跳。在铁道部里由下往上找处长，找司长，部长，再由上向下找部长，找司长，找处长，用三寸不烂之舌将那宁夏回族自治区成立 30 周年大庆的来临，老少边穷地区的特殊，目前形势的严峻，讲了个彻彻底底。正面进攻还嫌不够，又加迂回作战。

现在他们又请来了一位曾在铁道部工作几十年的亲戚，跟在其后，找同事，找战友，觅当年同窗，寻昔日首长。用尽浑身解数，终于，精诚所至，金石为开。铁道部主要负责同志亲手签署了给宁夏调集保温列车的命令，并电告成都铁路分局："务必将此次支援宁夏的工作做好!"

啊，部令终于请到了！当冯寿昆几人从铁道部那庄严的门廊中走出时，是何等的高兴，此行不辱宁夏父老之命！

第一辆保温机列调来了，但，天哪！这是什么冷冻车啊，车里还比车外热，要命，不制冷！四方求援，八方告急，终于从千里之外的北京丰台站请来了专修技工。顶着三十几度的高温，他们赔着笑脸，陪着殷勤，陪着精神，前后转悠，直转得嘴起燎泡，双眼发红。车终于修好，人又即刻赶往离铁路线 100 公里之遥的发货地四川省三台县，组织起几十辆卡车连夜出库装运。

一秤，一秤，又一秤。一车、一车，又一车……二度夕阳红，整整 24 小时，银川食品公司经理张华与他的助手钉在现场不敢离开一步。老天爷，最后一辆车可装完了！一口气吁出，人只差瘫在地上。三台县冷库那位胖主任笑嘻嘻地走上来："二位啷个搞的？连轴转嘛，硬是要挣个头等功哟。""头等功？算啦，搞食品工作的从来不敢往那上头想，不挨批评就好了。"张华心中涌起一股酸涩。"等这辆机列赶到银川，2.40 元一斤的防线就不会突破了……"昏沉沉的大脑不等理清思路，已进入梦乡。

6 月 18 日，第一列保温机械列车由四川绵阳专区发往银川，解救了银川市场的燃眉之急。

6 月 29 日零点，第二列机保列车准时停靠人武口车站。石嘴山冷库此时业已告罄。

至 8 月 3 日，1300 吨肉食全部运抵宁夏，它似一道堤坝挡住了肉价上涨的涌潮！

C 疲惫的两元四

由于银根紧缺，长期拖欠收购肉款的甘肃平凉肉联厂厂长被愤怒的农民打跑了！几乎与此同时，《人民日报》又将另一条令人瞠目的消息刊出：富庶之乡的湖南省，其省会长沙市冷库居然已空空如也。现代化的传播媒介将这些敏感的信息迅速传遍全国食品行业，宁夏食品业诸位同仁的心弦再度绷直拽紧了。

刚从自治区成立 30 击年大庆忙碌的市场供应工作中走出来的商业工作者们，还来不及喘口气，就又投入到秋冬之际的收购生猪的任务中去了。情况是再清楚不过的，不抓住眼下这收购旺季，那么 1989 年的春季将会有较 1988 年更艰难的局面出现。一天无菜卖，三天无肉卖，自治区主席的电话准打到你食品公司经理的桌上来。"民以食为天”，到那时，银川市民的克制将是有限的。区商业厅厅长杨树德在商业系统工作会议上动情地大声说道：稳定物价，繁荣市场，这是大局，不管有啥困难，只要你是共产党员就要为此作出努力。

然而困难是局外人所难以想象的。

流行说法是：卖猪的不如卖粮的，养猪的不如吃肉的。收购价格的一度偏低，造成猪粮价格的不合理，致使农民们纷纷放弃了这一传统的家庭副业。价格机制的某种不灵活，给我们的工作投下了阴影。货源的减少，多渠道经营的竞争，又给国营收购者带来了更多的困难，且不说这散布于千家万户之中的货源比起其他货物组织起来更有一番麻烦。然而无论怎样，为了市民餐桌上的肉盘子，他们——有关与无关的部门和同志们迎着困难，在这 1988 年的秋冬之际以切实行动作出了有效的努力！

银根紧缺，银川市工商银行咬紧牙关拿出 132 万元现金作为郊区收购生猪的保证！

汽油不够，影响了收购运输工作，驻宁空军即刻伸出了援助之手。

银川郊区党政领导走向收购第一线。这不，已经是第三次了，郊区党委王书记，轰走了无证收购生猪小贩，说服老乡，把卖猪的吆喝到了乡收购站。与此同时，银川郊区政府与市食品公司组织起的收购网点已遍布各乡。广泛的宣传，各项方便收购措施的实施使战果迅速扩展。

当然，收购价格科学合理的及时调整，决定了此次收购战役之成败：每斤毛猪收购价格上调 5 角，加之饲料补贴，平价化肥的供给，各种优惠犹如一个巨大的磁场将万余头生猪吸引进来。岁末，银川郊区的生猪收购量突破了历年的指标。它所蕴含的意义是：银川市已为 1989 年储备 700 余吨肉食。

当新年的钟声敲响之际，一垛垛，一码码的肉食品将银川市大小冷库挤得满满当当。收购价格大幅度提高，带来了令人欣慰的结果。价值规律又一次显示了它的魔力！“手中有肉，心里不慌”，2.40 元的价格似乎已有了坚实后盾！

这曾令人憎恶的 2.40 元啊！在经历了半年岁月的流逝之后，它在市民的视野中，形象已经大为改观。

它坚挺着，顽强，却又疲惫！

毛猪收购价为每市斤 1.40 元时，它是 2.40 元，毛猪收购价 1.90 元了，它还是 2.40 元（毛猪出肉率为 64%）。国营肉食商店前那不肯消升的排队长龙已在为它的疲惫作着注释！

购销价格的倒挂比例已达到历史上所未有的地步。

每收购一头肉猪给 10.50 元的饲料粮差补贴，再加上经营环节所需费用，国家每卖一斤猪肉就要倒贴 1 元钱左右。为此，区副食品公司在它的改革肉食购销体制的设想，书中叹息道：“购销价格的倒挂，由财政给经营环节的补贴，即暗补政策，既刺激了消费，又影响了国营商业的正常经营，从而加剧了肉食供应矛盾。”1988 年宁夏财政在国民肉食品上的补贴已达 828 万元，是 1987 年的 2.5 倍还多。其间还不包括城镇人口及每位职工肉食补贴款额总和的几千万元。

我曾企盼到达的理想之岸——取消暗补，增加明贴，刺激生产，繁荣市场，减轻财政压力。今天，似乎离我们更加遥远……

在我即将结束采访时，商业部门有关同志欣慰地告诉我：“银川已贮够全市消费 8 个月的肉源。太好了！希望这种欣慰之感能长期保持。当然，只有生产的发展才是它永远得以存在的秘诀！人们在期待！

卷四

评说论谈

光明与真理的追寻者之歌

——试论李震杰的诗歌创作

连星星也冻得发抖的夜晚，
它梦见把自己投进篝火里，
去点燃晨曦。

读着这几行诗句，犹如在读一颗鲜红、火热的心，它是何等的真诚、执着、不屈，为了换取黎明，不惜燃烧自己，生命因此而显示出壮丽，诗品因此而圣洁无比。老诗人李震杰在67岁的今天所吟唱出的诗篇，令多少晚辈的心魂震颤不已——

是的，这不只是诗，这是一颗历经磨砺却仍不倦追寻的心，是老诗人毕生追逐光明与真理的写照。

半个世纪，他把自己献给了缪斯之神。穿行于他五十年来跃动的诗行中，我们可以觅到他寻找光明的欢乐与艰辛、追求真理的热忱与坚贞，以及那对祖国、对人民的挚爱和企盼。那充满激情，不造作、不虚伪的动人诗魂，袒露了他生命的活力、信仰的真诚。诗人奉献出的是一组组具有独到审美价值的艺术珍品。

一、如磐暗夜中的寻觅

李震杰先生五十年的文学生涯，始于抗日战争爆发的岁月，敌寇的大举入侵，民族救亡运动兴起，激发了青年李震杰的爱国热忱。这充溢的激情终于化作了一篇篇讴歌、呐喊的诗文。他用手中的笔倾诉着民族的苦难："敌人——那来自海上的暴徒／从空中撒下灾祸／毁灭了人们恬静的日子／恐怖扎下罗网／在每一个急跳的心里"。他歌颂着人民的抗争："那武装了的人群英勇的子孙比前一代更强硬。"《城》《林》《给日本士兵》《夜街》《飞》《新的经典》……一批深刻反映抗战时代精神的作品诞生了，这批作品以其充沛的战斗激情，意气昂扬的追求民族解放与新生的精神，汇入壮丽的抗战交响曲之中。在那铁血激战，炮火硝烟的危难日月中，李震杰始终没有放下他那支呐喊、呼号的笔。

1938年武汉失守、长沙大火之后，渴求直接投身抗战的李震杰毅然离家出走，辗转来到被称作是西南抗战文化中心的桂林。为了寻求光明，早日迎来民族解放的曙光，为了在祖国危难的时刻贡献自己一份微弱的力量，他由湘江之滨来到了漓江之畔。然而美丽的城市却交织着高尚与卑鄙、光明与黑暗，进步与倒退。民族斗士与败类蟊贼鱼龙混杂。抗战爆发初期所带来的最初的热烈情绪渐趋平静，现实的困难与矛盾逐渐显露。在颠沛流离之中生活的李震杰，感到一种苦闷与压抑、愤懑与哀凄。他仍在为抗战高歌，但他那歌唱的音调里，于高亢之中多了悲壮，激越之中有了沉郁。《夜街》就是这批作品中的一篇。

在这首诗中，作者以历史的漫漫长夜为背景，将抗战时期的国民党统治区隐喻为一条浓浓夜幕笼罩之下的阴沉街道。一条夜街就是黑暗的社会，苦难的中国的缩影。诗中他为被压迫被凌辱的人民吟唱："菜色的脸／疲倦褴褛的身影／——印着逃难者流亡脚步的夜街／粉白色的脸／出卖肉体和花柳的身影／——印着拉不到客人的妓女脚步的夜街。"诗中他为民族的斗士、抗日的壮士们歌唱："古铜色的脸／枪尖闪光的身影／——印着奔赴沙场的战士脚步的夜街。"他慨叹"夜街／阴沉的夜街／永夜流过／苦难、挣扎、战斗的夜街"，沉重的情感溪流到这里突然一折，激起了愤怒的浪花："这儿已没有欢笑吗？／有呀／一阵阵散发油腥味的笑声／来自灯红酒绿的高楼里／打着饱嗝的酒客"。至此，作者通过对比、反衬的手法，将达官贵人，民族败类们醉生梦死的嘴脸勾画了出来。褴褛疲倦的流亡者的脚步声与朱门沉沉中的欢声笑语，奔赴沙场的战士与灯红酒绿高楼中的酒客，巨大反差的描写，把作者突兀在胸的愤懑宣泄无遗。

短短一首诗中，作者两次吟诵"夜街／阴沉的夜街"，并通过"……的夜街"这种句式的不断反复，造成黑暗、压抑的氛围，从而抒发了作者对光明的渴求。

《夜街》中，作者将爱与恨、对光明的追求与对黑暗的鞭挞糅合在一起，令你强烈感受到那相互渗融为一体的热爱与憎恨的力。

《林》是作者这一时期写就的一篇散文诗。它所给予我们的审美感受与《夜街》不无相似之处：沉郁，忧伤，但不失战斗的激情与对光明的渴望。

《林》向我们讲述了这样一个故事：侵略者夺去了美丽的牧羊女的生命，牧羊女的情人在埋葬了她之后，拿起复仇的枪投入了战斗。在苦难中流亡的一位孤独而哀伤的青年，听了这个凄婉的牧羊女故事之后，也追随着牧女情人的踪迹而去，"奔应祖国在烽火中抗争的召唤"。

《林》一开始的笔触是沉重的："岁月是用寂寞和忧愁串络的／尤其是为怀乡病困惑的时候／……数着落叶／我惆怅地歌唱……"在"我"的视野里，大自然的景象是如此凄凉："黄昏的静穆里，野风系着荒原上归羊的哀鸣飞来／……颓老的林叶凄颤地细语着。"主人公"我""从边岸已经燃点着烽火的故乡／奔流向南来／驮一身千里风沙／……栖留于这林后的僻居。"作者在这里透露给读者的情感是忧凄、哀伤的，但他在这里所抒发的并不是小"我"在牛角尖中挣扎的哀怨。他的这种忧凄、哀伤是与时代和人民相连的：日寇的入侵、统治的黑暗、人民的苦难，决定了诗人必然要赋予自己的作品以凄凉的色调。但他并没有沉溺于这种情感，而是进一步表现了在苦难战争中挺立起来的不流泪不退缩的中国男人和女人："他说／要用握过埋葬牧女的铁锄的手／拿起复仇的枪／战斗／去祖国有敌人的地方!"礼赞了他们身上闪耀着的中华民族威武不能屈，英勇向前的气概。作者更抒写了主人公"我"在时代精神感召下的转变。"我"决心把"多颜色的心情，随同死去的年华一同埋葬""决心奔应祖国在烽火中抗争的召唤"，去追随"牧女情人远征的方向"。诗中"我"的转变反映了整个时代的大转变、民族的大觉醒，是民族解放战争中人民所朝向的方面。在《林》的最后，"我"立下了誓言："我宁愿为牧女的情人追随的队伍，／作走向胜利之路填塞沟壑的沙石，／决不带着屈辱的不完全的生回来，／看你和我那遥远的故乡。"这不仅表达了受压迫民族人民要求解放的心声，也是作者在民族解放战争中追逐光明、追求胜利、以身许国的爱国激情的迸发。作品从沉郁开始，却结束在高亢之中。

对光明与真理的那种热烈的孜孜不倦的向往和讴歌，始终是李震杰诗歌的主旋律。这更突出地体现在《飞》这首抒情短诗中。

《飞》的副题是"奠逝世三周年的鲁迅先生"。诗人用象征性的比喻，将鲁迅及矢志摧毁黑暗社会，决心抗战不屈的民族志士喻为"英勇的海燕"。作品借鉴了高尔基名作《海燕》的意象，表现了中国人民抗日的坚强决心和气概。文中写道："如今／祖国大地的海／血的暴风雨／正猛烈地吹打着／……我们——无数的雏燕／并不曾因风雨的打击／被洪波吞没／……以飞向太阳的讴歌／迎着血的暴风雨／飞／英勇地飞……"诗中又以"无数疾飞中成长的海燕"追怀那逝去的老海燕时所发出的誓言："明天——在血的暴风雨中／飞／更英勇地飞／——向升起太阳的岩岸。"将民族志士们不畏牺牲追求光明的愿望给予强烈的表达。尤其是全诗结束时，一个紧接一个地"飞"更给人以离弦的箭之感。使那向往太阳，向往光明的急切之情，奋然不顾，跃然纸上，令读者激动不已。

全诗雄健、豪迈，散发着蓬勃向上的意气、不畏战斗的昂奋，洋溢着浪漫主义的激情，给人以酣畅淋漓的审美愉悦之感。

抗战让李震杰同全国人民一样历尽苦难与坎坷。然而胜利的到来，并没有使一颗渴求光明的心得到满足。国民党的法西斯统治，密布的内战阴云令正直的人们窒息。此时的李震杰已由抗战爆发之初的一位少不更事的中学生成长为一名进步的革命青年。他在北平加入了中国共产党领导的进步文学工作者组织——中华全国文艺协会北平分会。这些年里，李震杰的作品在其诗情与时代现实的一次次碰撞中更臻成熟，《春天》就是他这一成熟的标志。

《春天》诅咒了国民党的法西斯独裁统治，表现了人们在痛苦的挣扎里守候黎明的热情。整首诗透露出了人民对于革命胜利必将到来的坚定信念与对美好未来的憧憬。这首诗是对专制的讨伐檄文，也是对人民即将要取得胜利的预言。

在《春天》这首政治抒情诗中作者特别注意对意象的捕捉，他运用象征的艺术手法，使全诗具有了极强的形象性。

《春天》一开头，诗人就摄取了北方早春春寒料峭的大自然景色："……看不见阳光／天空挤满了灰色的云／顽固的冰块／还冻锁着土地和河流／黄昏／大风雪在原野上／像狼一样恐怖地嚎叫。"作者在这里通过形态、光线、色彩、声音，抒写了北方早春原野的阴冷、荒凉和凄切，用渗透着诗人主观情绪的意象，反映了国民党法西斯专制统治的黑暗，抒写了人民对这种统治的愤恨情绪。在这里，意象新鲜，倾向明确，绝无晦涩，极好地向读者传达了作者的思想感情与审美情趣。诗的第二部分，抒情主人公大声问道："春天／是要开花和歌唱的／垂死的风雪／能够永远占有她吗？"一个设问句，充分地显示了作者对黑暗统治的蔑视。继而又用乐观的口吻传达着"温暖的信息"："我听见了，河流上／冰块碎裂的声音／我听见了，愤怒的树林／树枝在风中撞击／冰雪跌落在地上的声音。"法西斯统治即将完结，人民定然胜利的预言在象征性的诗意中得到了清晰而又含蕴的表现。

诗的最后部分，诗人以充沛的感情，欣喜的音调，展示着明天的希望：

> 旷野里／将到处是新生的苞蕾／我要站在河边的岩石上／听百灵鸟自由的呼唤／而我的欢乐歌声／将随解冻的河水／流向向往已久的远方

至此，人们看到，在严寒的政治环境中，一朵渴望民主、自由，光明的诗歌之花在无畏地摇曳开放！

纵览以上诗歌作品，我们可以说，没有对光明的追求，便没有李震杰的诗章。

李震杰青年时代所抒写的诗歌，大多运用了象征的艺术手法，诸如我们上面所分析的《春天》《夜街》《飞》等作品。这也许与那黑夜如磐的社会有关。因为在那时，是不允许作者来直接抒发自己对光明与真理的拥有与追求的。然而恰恰是象征性手法的广泛运用，给他的诗作在意象之中增强了精神蕴含的弹性美，使诗的容量远远超出所记录的生活本身。这也许就是为什么在近半个世纪后的今天，我们读李震杰的作品时仍能得到很大审美愉悦的原因所在吧！

二、挣脱禁锢后的讴歌

解冻的河流／夺回被禁锢的歌喉，／跳跃着，欢唱着／奔腾向远方；／／冬眠的草木／抖掉身上的冰霜，／把绿色的眼睛／微笑地舒张……（《回春曲》）

此时，年届六旬，挣脱了极左路线绳索束缚的李震杰是何等的欢畅啊，其奔放的喜悦之情不亚于当年《闻官军收河南河北》的杜甫。他喜悦“被埋葬的希望破土而出”，他欢畅那祖国的大地又“全种上／金色的理想”。

历尽坎坷、磨难的一颗心没有麻木颓丧，而是以高亢的声调倾吐着诚挚的心音：

四十年风雨，／没有熄灭／我胸中——／时刻燃烧的信念，／数万里烟尘／没有污染／我这颗——／火红火红的心。

我们听到从曾“流血的心房”里跃出的诗歌，仍是那样的热情奔放，仍是“对于未来充满了信心和力量”。我们看见的还是那个当年从湘江之畔投入抗战洪流中的不屈身影，尽管在这追求的历程中他已“从青春／走到霜染两鬓”。

一颗自由了的心，又飞回到美妙的诗坛上。

冰心曾说过：“年轻的时候／会写点东西的都是诗人／是不是真正的诗人／要看到他年老的时候。”李震杰正是一位真正的诗人。

阅读新时期李震杰的诗，你会觉得比之他青年时期的诗作除了那澎湃的热情依然如故外，更多了几分深沉。其朴素的风格、哲理的蕴含，令你感到其诗似已达到炉火纯青。这一时期，他的诗歌作品中最为成功的是站在历史反思的峰峦上，俯瞰生活，讴歌真理，具有强烈的批判意识、忧患意识和哲学力量的诗篇。《祭》《古庙三题》就是其中的代表作。

《祭》是李震杰献给宁夏张志新式的反抗“四人帮”法西斯专制的优秀共产党员朱守忠的一曲赞歌。这是一曲动人心魄的礼赞正义与真理的浩然正气歌。

全诗共分六节。第一节开章起势就不凡：“你犯了法——／因为维护了正义；／你判了罪——／因为说出了真理。”作者一反常理，用了两句违背惯常逻辑的话语，将对“四人帮”的愤怒，对朱守忠的崇敬直直地道了出来。紧接着一句反问“虽然你关进了监狱，／铁镣岂能锁住正义？”一句感叹：“虽然你已经死去，／但刀枪杀不死真理！”这一问一叹，犹如两发连射的炮弹，炸裂开来，达到震心撼胆的效果。你似乎在这如雷的怒斥中，看见了老诗人那正直的身影！

二、三节，作者一改愤怒，运用饱蘸深情的诗句，把那不朽的灵魂一点点雕琢出来，造成感情波澜的跌宕之势，那对英烈的热爱，敬仰之情充溢其间。如果诗歌就此打住，我们说它已不失为一首斥责民族的丑类、歌颂人民英烈的好诗。但作者的思想触角，深入了下去，将诗歌的思想内涵大大深化扩展。他写道：

> 假如共产党员／——都像你，／斧头和镰刀，／该是怎样锋利？／假如祖国儿女／——都像你，／理想的种子／能不开花结实？／／你光辉四射的一生，／是铁面无私的明镜。／有的人照着你／——战歌高唱，／有的人照着你／——含泪沉吟；／有的人照着你／——胆战心惊。

诗人以其深刻的理性之光，烛照着人们的灵魂，向历史与社会提出自己的思考，引发读者对世界与人生进入哲学思考的领域。

作者在整首诗的节奏处理上，弛张有致，使其与感情的抒发结合得极为和谐。阅读整首诗，你就好像在倾听一首正义与真理的交响曲：一时慷慨悲壮，一时哀婉幽凄，一时又深沉低吟。在变换的节奏中，它用情感的浪花不断拍打着人们的审美感知与灵魂。

较之《祭》，《古庙三题》在对历史流程的俯瞰中少了一些直抒胸臆的东西，多了一些含蓄与简洁，更多了思辨的色彩，诗的哲理意境又上一层。

《壁画》一题对于魔鬼世界的描述与议论实际上是有感于现实社会的谬误作出的历史批判。在《二郎神与哮天犬》里对那阴险的“三眼怪物”二郎神与凶恶的哮天犬的诅咒和《玉帝像》一题中对于泥塑玉帝像的嘲讽，无不郁积着作者在经过了多年的曲折磨练和反思后所生发的深刻思想。从这看似荒诞的取题中，我们不难发现作者那双睁大的现实主义眼睛，以及维护、追求真理的坚定与执着。作品的蕴意之丰富、思辨之深刻、批判之犀利，令不少阅读过它的人拍案叫绝。

丰富、深刻与犀利是蕴含在诗作简洁的神话寓言式的暗喻之中的。在中国，二郎神与哮天犬是神话故事中人人熟知的形象，作者将它们抓入自己的诗中，树为自己批判的对象，这就为自己下步所要抒发的丰富、深刻的思想找到一个简洁的载体。作者斥道：“你这三眼怪物，／准是为经常窥探／人们心中的秘密，／因此多长一只眼；／而你那条恶犬，／为了追踪、咬人，／才天生就／腿快、齿尖？”寥寥几句，使读者产生了丰富的联想，人世间的丑类与那天国的恶神、恶犬是何其相似乃尔。诗中警喻已让人颇感不安。接下来的几行诗：“过去只要看到／你们狰狞的面目／那些脆弱的心房／就会剧烈地震颤。”到这里作者意犹未尽，以嘲讽的口吻写道：“今天，你们上哪儿去了？／我找遍殿侧、门前，／也没把你们找见，／是奉旨／去抓三圣母／没有回来？ ／还是不甘于／这破庙的冷落， ／悄悄混进了人间?”奇峰陡起，看似淡淡的几句，却给人以石破天惊的启迪，卑鄙与丑恶不会就此消失，善良的人们，要警惕！诗就此给读者留下了感悟的宽宏空间。整首诗，使丰富与简洁得到了艺术的统一，这种统一的完成又得力于作品顿悟的完美运用。

在《玉帝像》中，这种丰富与简洁的艺术统一，更多地体现在作者对于表面的威严与实质的平凡、虔诚的膜拜与可笑的愚昧之间充满哲理的精炼抒写之中。貌似威严无比的玉帝像本是善良百姓们自己用泥塑造的，到头来，自己却又拜倒在这泥塑的脚下，接受虚幻神灵的摆布。历史的演进已多次揭穿这其向的荒谬，但是某些“巫婆神汉”却仍想凭借那虚幻的魂灵来“恐吓善良的灵魂，／骗取天真的信念”，历史总是想多次进行重复，全诗不过短短的二三十行，却包蕴了如此深邃的哲理。

阅读《古庙三题》你会感到它有一种从容、超逸的气韵。我想这一审美境界的实现，除了诗人对生活的深刻认识使然而外，也是其诗歌艺术已臻完美的体现。

新时期，李震杰还写了不少表露自己对生活意义执着追求的诗歌。这些诗歌中既有热情严肃的言志诗，比如《人生的考卷》，也有诙谐幽默，反映诗人日常生活、工作的作品，比如《女儿来信》《生活二题》等。然而不论这些诗歌风格如何，它们所反映出对生活的态度都是积极的，这种态度又都是以他对光明与真理的不倦追求为底蕴的。当然，与一切事物都不可能是至善至美的一样，在李震杰的某些晚年作品中，其结尾部总要缀上一些直露的、形式化的表白，这往往造成了诗歌风格及内容上的脱节，破坏了作品的含蓄美。

生活的动荡使李震杰多年来所赋就的诗篇大部散失，使我们无法欣赏其诗作的全貌。但就是这些保存下来的不多作品，对于宁夏诗坛而言，已确是值得骄傲的弥足珍贵的一部分；对于他个人而言，则是其一生不倦追求光明与真理的生动、真实的可贵记录。

真诚质朴的歌者

——论朱红兵及其作品

文如其人，如果一般来说这是指风格而言，那么，当我读了朱红兵同志于民主革命及社会主义建设时期所创作的几组诗歌之后，留给我的最深刻的印象，即是那如同他人品一般的质朴。而令我感情激动、息绪留恋的则是他的诗作中迸出的对生长、哺育了他的人民与祖国的诚挚之情。但凡是了解朱红兵同志，且又读过他的诗作的人，我想都会有此同样的感受的。

朱红兵出生于齐鲁大地一位普通农民的家庭。在抗日战争的烽烟里，他投身于民族解放的洪流之中。与他一起投身的，还有那此后陪伴了他几十年风雨路程的诗歌之神。几十年中，“这位身体内流动着农民的血液”的真诚战士，转战、建设于祖国的大西北，将生命的大半，留在了这雄浑，广漠的黄土高原之上。他将自己生命及思想的根须深深地扎入了这片神奇的土地。那民族、民主革命的火热斗争生活，社会主义建设的壮阔场面，给了作者以丰富的思想营养，而那沙原上、山崖间传来的淳朴、悠扬的民歌小曲，又充实了他的艺术贮藏。大西北将淳厚与质朴融进了诗人的血液，并赋以他诗的灵感，于是，《我是一块制好的砖》《劳动歌唱》《沙原牧歌》《兰州散歌》……一组组真挚朴素的诗便由他的心灵深处飘出。

我是一块制好的砖

抗日战争爆发后，千百万中国青年奔赴祖国的大西北寻求真理。1940 年初，朱红兵几经辗转，终于汇入这股历史的潮流，由疮痍遍地的沦陷地，经腐败黑暗的国统区，来到了中国共产党领导下的抗日民主根据地延安。

蓦然由黑暗之中来到一个充满生气与光明的新世界，朱红兵与他同时代的许多青年诗人一样，沉浸于兴奋、愉快、激昂的情绪之中。《我是农民的儿子》《晚会上的伙伴》《劳动歌唱》等诗作正是他这种心情的流泻。

诗人在《劳动歌唱》中浪漫抒情地唱着：“当春风刮起时 / 布谷鸟在田边歌唱。”锄头啊，在阳光下 / 辉眼，闪光。”“春风吹下雨丝……幼芽儿……沐浴在潮湿的空气里……欢迎雨。”在这里，作者以明快、昂扬的感情，唱出了对于抗日民主根据地蓬勃的光明生活的真诚颂歌。同时，在这首诗中，作者还表达了对于解放区劳动建设生活的无比热爱。诗中的抒情主人翁是一位出身于农民之子的革命战士。他歌唱生活，歌唱劳动，对于养育了解放区军民的土地，充满了挚爱之情。诗中写道：

当我回头望时，／那一个个土的波浪啊！／在那里跳跃。／／我以农人的心，／用手轻轻地抚摸，／请它平静地休息，／还有许多儿子，／需要你养育。

在诗歌的起首与结尾，作者以欢欣、自豪的语气反复咏唱；“我生活／我就劳动／在大地的胸上。”这种反复的吟叹，充分表露了一位农人之子的革命者对于劳动的真诚、朴素的感情。

《劳动歌唱》写于 1942 年，其时正是解放区军民为抗击日伪及国民党的封锁而开展轰轰烈烈大生产运动的年月。诗歌从一个侧面反映了当年解放区沸腾的劳动生活。战士的锄头使“那多年闷死的土地哟，／都跑到我的面前报告：／我第一次见到太阳!”战士的劳动，带来了丰收的硕果与喜悦：“这大地的行列啊／个个都瞪着眼，朝我欢笑。／我向前，问你安康，／我闻到了成熟的香。／这时，我向太阳招手：说：／这是劳动的果子，向同志们，欢乐的歌唱。”整首诗以轻快、自由的节拍，欢欣的调子，将革命战争年月里，艰苦的劳动生活中，战士们所特有的豪爽、乐观的性格表现得淋漓尽致。充沛的浪漫主义激情是该诗的基调。

20 世纪 40 年代，那是一个血与火的时代。在民族与阶级的大搏击的浪涛里，个体只有汇入整体的巨浪，才能在向敌对营垒的冲击中，显示出自己的力量。具备整体意识及牺牲精神，是非凡的革命战争年月，对战士提出的严厉要求。对此要求，是战士，也是诗人的朱红兵是这样回答的：

我本是一些砂土，／工人们把我收集在一起，／加了水，合成泥；／他们用精美的技巧，／给我以形象，／又投入了炽烈的窑里。／／我是一块制好的砖，／等待工匠们拿去，／勿论放在高楼的尖顶，／或是茅屋的根基，／我本身就是为了建筑的。（《我是一块制好的砖》）

作者采用拟人化的手法，以砖拟人，托物言志，袒露了革命者无条件服从革命需要的心声。使读者感受到了当年活跃于延河之滨，投身于革命的一代青年知识分子，决心在根据地熔炉中燃烧，升华的坚定信念。诗歌的上下两节第一句均采用了统一的句式，以形成加强语气之感，将抒情主人公的这种决心与信念的表达推向极致。

《我是一块制好的砖》整首诗意象单纯，语言朴实。既没有令读者目迷五色的芜杂意象，也没有故弄深奥的艰涩言语，正是在这种单纯之中却具有了深刻的意蕴。而语言的朴实真淳、不事雕琢，恰又与抒情主人公所要表达的质朴情怀正相吻合，收到了形式与内容和谐美的效果。

新中国的欢乐奏鸣曲

20世纪50年代初期，社会主义建设的交响乐章在中国大地奏响，还是我们年轻的国家生机勃勃的时期，也是我们年轻的国家最欢乐，宁静的日月。“诗文随世运，无日不趋新。”一个充满希望的世界在诗人朱红兵的心里产生了欢乐的投影。英雄，质朴的人民以及他们的创造精神，激起了诗人强烈的创作冲动和不可抑制的讴歌热情，丰富的生活和祖国日新月异的建设风貌给了他抒写不尽的灵感和诗情。这一期间他所创作的作品充满了对新生活欢快的歌唱。新的世界、新的生活、新的情感在他的诗作中绘成了一幅幅乐观、明朗的画卷。

这是朱红兵诗歌创作的一个高峰时期。

“情以物迁，辞以情发。”昔日血与火的战歌，代之以欢乐，抒情的吟唱。我们看到这一阶段朱红兵的作品较之革命战争年代所创作的诗文，风格在原有的淳朴，激昂之中又多了许多秀丽与清新：

> 用不着远涉重洋，/去寻访那水晶宫殿，/这一片茫茫的森林，/装饰得璀璨耀眼。//哪个精心的工匠，/将银花雕满树枝，树干？/也许是皑皑的梨花怒放开绽，/难道温暖的春风早已越过雪山？（《凌霜》）

哦，新鲜与秀丽的清风扑面而来。读者宛若置身于一个美丽，清澈，透明的琼装玉裹世界。自然美充溢着社会性，是社会的人，给予自然景物以魂灵。在这里，诗人心头对于新生的宁馨儿——我们年轻的国家的挚爱，赋予了大自然以新中国人的灵性。诗文中那透明的浪漫世界正是作者心灵对现实世界的反映。

以战士的真诚去拥抱人民，用自己的诗歌去迎接新的生活。这一时期朱红兵的诗作中许多篇章传达了人民对新生活的欣喜之情：“漫步在柳荫下，/闲谈在花畦旁，/清溪汩汩地从你身旁流过，/让一天的疲劳，抖落在山坡上。/你听，这是谁在歌唱？/这歌声，合着山谷的回响，带来夜的清凉，/沐浴着花的馥香，/在这星的海洋上飘荡……”作者以舒缓的语调，温馨的意境，向人们展示了一幅和平，幸福的图画，图画中透露出的是劳动者在新生活中所感受到的美满愉悦之情。

战争的消逝，胜利的来临，使我们的人民对未来怀有了憧憬，对现实充满了欣喜，追踪这种欣喜之情的产生，那是由于他们在社会主义建设的劳动中取得了辉煌的成绩，生活向他们展示了希望：“也许，/你要问城市新的改变，/用不着把全城跑遍；/

只需抬头望一望塔的容颜，/每日都有新的笑容浮现。”“新的笑容”是因为“新的改变”且还是“每日”的。短短的四句诗，形象地传达出新时代建设者充满自信和乐观的音响。再现了他们创造和建设新生活的情感，也令你真切地感受到五十年代中期，社会主义高潮的兴起给祖国带来的日新月异的变化。时隔三十余年，读起这些诗，仍能感到其间所反映出的浓烈的时代情绪。

朱红兵在讴歌新的变化，新的生活的同时，并没有忘却这火热动人的新生活交响曲正是由千千万万普通的劳动者奏鸣的。他的笔底，时时着意追踪着他们的身影：在“严寒已把大地封严”的时刻，却“挥动着镢头，在把大路修建”的修路工人；在劳动的工地上“抄起了工具，就像当年冲锋时，端起了上好刺刀的枪”的老战士：“劈开山巅”让“弯弯曲曲的水渠把山头绕遍”的“武山‘神仙’”……凡此种种，全是朱红兵所刻意塑造与描绘的。他笔下耕耘的土壤更为宽阔，所摄入的广大时代图像上，凸现的是一代不畏艰苦、豪迈，具有创业开拓精神的建设者群像。生活中的创业者们真切地感动了作者，于是他情不自禁发为浩唱。

> 善飞的沙雁，/飞不上的高山，/他们，掣登到山巅，/就像步履平滩。//险峻的陡壁，/蜂儿都不能把脚立站，/他们用指甲扣住石岩，/从山这边，走到山那边。//愚公移山，/需几百年，/他们劈开山岭/只在转瞬间。（《他们就是神仙》）

这里用浪漫主义的夸张、比喻手法，镌刻了建设者们与大自然奋战的顽强英勇形象。作者对劳动者无限热爱、崇敬的情景袒露无遗。

总括看来，20世纪50年代朱红兵同志的诗作，可以说是一首真挚的欢乐奏鸣曲，是一曲嘹亮的新生活赞歌。在跃动着的旋律中，我们感受到的是诗人对于新生的祖国及创造新生活的人民的一片由衷的赤子之情。

战斗生活的结晶，感情积蕴的喷发

1960年，朱红兵利用业余时间创作发表了长篇叙事诗《沙原牧歌》。这首诗创造性地吸收了宁夏民歌和民间戏曲、说唱文学的艺术手法，具有独特的民族化，群众化的艺术风格。它通过主人公命运的吟唱，生动地展示了在中国共产党的领导下，贫苦农民争取解放的历史画卷，歌颂了他们对于革命及爱情的坚贞情怀。

《沙原牧歌》的创作是作者感情长期积蕴的喷发，是他虔诚心迹的流露。对于曾在三边革命根据地战斗、生活过七年之久的朱红兵来说，他永远不会忘记三边人民群众对他及其战友们的养育、救护之恩。虽然他早已离开了那块土地，但三边人在他心灵上始终占据着重要位置。随着时间的推移，朱红兵决心以诗歌形式来反映自己所熟悉、热爱的英雄的三边人民的愿望愈益强烈。同时，丰富的生活积累，复杂的斗争题材，以及许多鲜明的活生生的人民英雄形象和他们的事迹，又使诗人不满足于只用短小的抒情诗歌形式来再现与表现这一主题，于是产生了要在较为阔大的篇幅上，通过一定的叙事情节来展示人物的精神性格和抒发诗情的创作欲望。经过长期的思想积累和艺术准备之后，《沙原牧歌》诞生了。

长篇叙事诗中的人物形象，往往最集中地体现着作者主观情怀的抒发。《沙原牧歌》将具有独特审美价值的主人公形象——青年农民王夫与秀兰提供给了我们。诗人在长期的三边根据地革命斗争生活中，结识了一大批像王夫、秀兰这样质朴、善良、坚强、勇敢的贫苦农民。他们为了争得自我与祖国的解放，义无反顾地投身于中国共产党领导的革命洪流之中。在为中国革命取得胜利的艰辛历程中，建立了不可磨灭的功绩。作者对这些普通而又伟大的人民群众怀着深深的敬意，他把这种情愫集中地倾注在了自己的主人公王夫与秀兰身上，为他们真诚地尽情歌唱。

《沙原牧歌》采用浪漫主义的表现手法，赋予主人公王夫与秀兰以理想的光彩。

作品饱含深情，热情地赞颂了王夫与秀兰对美满爱情坚贞与执着的追求。王夫自幼丧母，受到秀兰母女的关怀。共同艰苦的劳动生活，催发了一对劳动青年之间纯真感情的产生：

> 贺兰山高来长城长，/ 王夫沙滩里来放羊，/ 提上个篮篮拿上个铲，/ 秀兰她剜菜紧跟上。// 一排排沙柳根连幔，/ 他俩人并坐身挟身，/ 糠干粮虽少哥的心，/ 掏出来两人平半分。// 吃一口干粮谈一谈心，/ 是甜是苦两人尝。/ 山头上下雨山沟里流，/ 合唱个小曲解忧伤。

作者笔端饱蘸感情色彩，将一对劳动青年的爱情描绘得如此和谐、纯真、质朴。在美好的爱情遭到地主牛如山的破坏时，作者又赋予他们以坚强的性格。王夫“伸出手掌像门扇”将侮辱秀兰的牛如山“打得老狗脚朝天。”面对地主的逼婚，秀兰以极大的蔑视高声唱道：“你家虽富我不爱，屎壳郎还来和人攀！”在恶势力的高压下，他们毫不屈服，以坚决的反抗，维护了劳动者的尊严，表达了自己对于爱情的忠贞！

作者没有将自己的笔触仅仅停留在对主人公纯朴、美好爱情的歌颂上，而是进一步将他们对爱情的追求，放在了波澜壮阔的人民革命斗争大背景之中来描绘，同时赞颂了他们投身革命的精神。一对历尽坎坷的情人终于相会时，王夫按捺住留恋难舍的情思，说道：“如今就要打宁夏，不消灭马匪我不回家”“一条大路亮堂堂，你闹革命我跟上。”秀兰以坚定的语调作了应和。在人民革命的斗争中，王夫与秀兰的爱情注入了新的内容，他们已将个人的爱情幸福与争取人民革命斗争的胜利结合了起来。至此，作品主人公的形象得到了升华。

为使人物形象更加丰满、更具光彩，作者在诗中多处使用了对比、反衬的艺术手法。诗中秀兰与地主牛如山是作为一组对立形象出现的。写到秀兰时："一排排杨树一行行柳，/清清的溪水潺潺流，/巧鸟鸟枝头喳喳叫，/满园的菜花缀绿洲。/一颗葵树一朵花，/三间茅屋树荫荫下，/门开姑娘走出来，/秀兰长得像朵花。""浓浓的眉毛月牙儿弯，/一对大眼睛像水潭。"如画的景色中走出的女主人公秀兰是那样的美丽喜人。而牛如山的外貌却是："三棱子脑袋火烂眼，/一个虎牙露唇边，/一颗脑袋粳柳斗，/驼背就像虾米子走。"德苏瓦尔说："丑是一种背景。用来增强奖的光辉。"诗歌中对秀兰和地主在描写上的巨大反差形成了鲜明的对比，使光彩者愈益光彩，丑恶者更其丑恶，而这其间所寄托的正是作者朴素的爱憎之情。

诗中秀兰的坚强个性，又是以其母的懦弱为衬托的。面对牛如山的逼婚，秀兰母亲"鼻涕眼泪地把儿劝：/牛家的势力半边天，/穷人的死活他手攥……咱出门就得把路走，/三天也走不出牛家的山……你不依从这门亲，/咱母女哪里把身安?"而与母亲截然相反，秀兰却答道："死也不嫁牛如山，/闯下大祸我承担！/生气撂下了针线活，/辫子一甩出房间。"火辣辣的话语，令人如闻其声。一个决绝的"甩"字，更使那不畏强暴，敢说敢为的秀兰女子，活脱脱站在了读者眼前。母亲的胆小，怯懦更衬托出女儿的无畏与刚强。晋代葛洪曾经说："不睹琼琨之熠烁，则不觉瓦砾之可贱，不觌虎豹之或蔚，则不知犬羊之质漫。"金圣叹在评点《水浒传》时也曾说："要衬石秀尖利，不觉写作杨雄糊涂"。作者对于前人在艺术上的真知灼见，看来是深谙个中三昧的。

《沙原牧歌》采用了民歌体的创作形式，这与作者以往所写的自由体新诗有所不同。而这种形式的采用，与诗歌本身所反映的内容正相合谐。

朱红兵的诗歌融宁夏大调、陕北信天游等流传于三边一带的民歌于一体，以宁夏民歌七言四句为主，其间又错落使用信天游八言，在基本一致的句型中，求得变化，造成了跌宕起伏的效果。

比兴手法的运用是自《诗经》起我国民歌创作中的一大传统手法。在《沙原牧歌》中，作者大量使用了比喻，增添了诗歌的形象性。诗中形容地主牛如山："一颗脑袋像柳斗，/驼背就像虾米子走。""柳斗"是宁夏地区农村用柳条编的汲水用具，它状如冬瓜，表面粗糙疙瘩不平，用这来比喻人的头其丑可见。写到牛如山遭王夫挨打之后，诗中这样形容："牛如山好像咬败的狗，/边跑边叫夹着尾巴走。"这种比喻将牛如山气急败坏，落荒而逃的狼狈样勾勒得活灵活现。比喻的精巧，生动，充分体现了作者的艺术智慧，极大地增强了诗歌的感人力量，有助于感情的表达。

《沙原牧歌》不仅大量使用了比兴手法，而且这种比兴富有地方色彩，使得诗歌具有了浓郁的乡土风味，增加了诗歌的生活气息和生活情趣。它描写王夫与秀兰的爱恋："一排排沙柳根连根，/他俩人并坐身挨身。" "羊群跟着头羊走，/相好的心思早就有。" 沙柳是三边地区特有的沙地丛生灌木类植物。而羊群跟着头羊走也是三边半农半牧地区人民所熟悉的畜牧常识。这种"兴"的手法的使用，极好地渲染了地方色彩。还有像"太阳爬上了沙梁巅/王夫跑进了红地边"，海边的人们常常由海平线上看到东升的朝日。而"日头爬上了沙梁巅"这却是作者对三边沙原地区自然景物特有的观察。"跑进了红地边"的王夫，其心境与初升的朝日照耀下的自然氛围正相吻合。这种描写，使得诗里人物的生活、思想、感情和诗歌描写的环境取得了和谐统一。

综上所述，我们可以感到朱红兵的长诗博采民歌、戏曲、说唱语言，以及口头语言的精华，化而用之，创造出一种刚健、清新、生动、活泼，富于生活气息和地方特色的诗的语言。写情状物，十分生动传种。同时人物对话口吻毕肖，读起来朗朗上口，韵味盎然。例如秀兰回答马匪的审问："沙蒿长上黄沙梁，/八路军藏在我心上，/树枝树叶连着根，/老百姓都是八路军。" 人物语言将民歌的比喻融入口语，又缀以有规律的韵脚，使之节奏明快、流畅，将人物果敢、刚毅的神韵表露无遗。如此语言在长诗中俯首皆是。可以说，这是长诗在语言运用上最成功的地方。

《沙原牧歌》是我区第一首长篇叙事诗。正因如此，它的创作中还存在着某些明显的不足之处，即如作者朱红兵同志自己所评价的，"它抒情不足。" 为什么会有这样的不足呢？究其原因，是诗的叙事太实太密。一方面在故事过程和人物身世的叙述上稍嫌繁琐，而在那些最易于引起人物感情激动的地方却没有充分展开抒情，一方面造成故事、人物、场景往往一闪而过，使人应接不暇，留不下深刻的印象。

尽管有这样的不足，然而当我们掩卷之时，仍会毫不犹豫地说，长诗是来自作者对生活的真切体察，是其感官和心智的圣洁产物，它以自己所包含的深刻意蕴，真诚情感，淳朴、自然、清新的风格吸引着你。

用自己那质朴的歌去真诚地为他所钟爱的祖国与人民歌唱，这是朱红兵几十年来所遵循的创作原则。也许这些歌中的天真和透明的单纯感多了些，甚至我们还可以明显地感到政治学对其某些诗作的过分渗透，以至影响了其艺术和美学价值的实现。但，我们不能对诗人做过多的苛责，因为我们无法超越我们的时代。他毕竟以自己的真诚与努力创作了那许多可供人们认识鉴赏的艺术形象，而这些艺术形象在宁夏诗歌创作史上留下了光彩的篇章。

在青春的故土上

——序《六盘雾中行》

抚摸着拜学英这厚厚一摞即将付梓的散文集书稿，我仿佛又看到了那个满目清秀、遍山苍翠的泾源。泾河之源，一个常常回到我梦境之中的地方。多年之前，我与银川市近500名中学生们曾一同在那插队落户，将十年的青春岁月留在了清冽的泾水之畔。拜学英的这部饱含对自己故乡泾源深爱之情的书稿，恰如一柄拨签划动了我心灵深处那根情感之弦。泾源，那可是我的青春故土啊！岁月流逝了，生命的记忆不会消去。塬上割麦，山涧背柴，河滩开荒，磨房罗面……

我落户的小村庄叫十里滩，按公社序列叫泾河源公社泾光大队第五生产小队。那时，这里虽山清水秀，却地气阴冷，无霜期很短，农作物产量低，加之极左路线的束缚，人们一年到头就愁没东西填饱肚子。没吃的，缺穿的，再加之旧习俗的影响，导致十里滩五十多户人家，小孩子上学的极少。自新中国成立到20世纪60年代后期，全村只有一两位初中生。妇女们全是文盲。再放眼全县，当时土生土长的大学毕业生好像也只有两位或是三位。这种局面直至20世纪70年代末似乎都没有很大的改变。

20世纪80年代第一个秋天，我离开了泾源，这一去就是十多年。

20世纪90年代因工作关系，我在银川接触到了几位泾源籍的文学青年，他们令我惊喜。这其中就有后来成为作家协会会员的拜学英同志。只有短短不到十年的时间，一批接受过高等教育，且具有现代意识，文学上有一定造诣的青年人成长起来了。从他们身上，我看到了改革给泾源、人民带来的巨大变化。一种人的精神、素质上的变化。

今天，拜学英的散文集要出版了，这是泾河之水哺育的一代新人，献给父老乡亲们的大礼啊！我孤陋寡闻，似乎这是泾源县的第一本文学专集。故而，它的出版具有超过其本身文学价值上的意义，在这里我为它鼓掌、我为它鼓掌，是因为以如此集中篇章去勾勒描绘泾源隽秀身影的，历史上还没有过；我为它鼓掌，更是因为其间处处洋溢着作者对故土的一片真挚的热爱之情。有如此好的儿女，泾源的富裕繁荣指日可待。

1996年，在阔别泾源16年之后，我回到了那里，别人问我：“这次回来最大的感受是什么？”我脱口而出：“泾源的年轻一代变漂亮了。”

什么样的变化能赶上人的变化更可贵呢?

我应拜学英同志之邀写了这么几句话，实在算不上什么序言。好在前面著名作家张武先生已就《六盘雾中行》的思想艺术等方方面面，以及作者本人谈了许多真知灼见，若有说得不到位之处也就没什么关系了。

拜学英同志的散文集使我可以时时到那滞留着我和同伴们青春印记的泾源山水之间徘徊流连。为此，真要感谢他。

你要真实

一

写报告文学也写了点年头，虽也认真，但终没大的响动。2000年写了部《跟踪何阳案件》算是写了个热点事儿吧，引起一点关注，于是在北京开会时，模样像影视导演的高伟就让我写篇创作感受什么的。

二

我是宁夏回族自治区的作协驻会工作人员，马瑞芳是山东的回族作家。开会间隙，瑞芳大姐叫我，光慧（儿），这儿化音一带，语调一挑，那亲切感自然地便多了一份。

“别人写报告文学，都是尽量把自己隐藏起来，你的报告文学里，怎么反其道，作者形象很突现？”

谢谢大姐认真看我的作品。让作者的形象、行动线索贯穿作品始终，我想这样从形式上会给人一种更真实的感觉。又因为写的是案件，牵扯的人、事纷繁复杂，以作者行动为线索，让读者跟着作者走，读起来会轻松一些，这可以说是借鉴了新闻通讯的写作方法。

三

会议散场，大家涌着往前走，马瑞芳旁边的陈建功插话说：“余光慧写这部作品时，采访挺辛苦吧？我看你采访的人挺多。”我这个人写作挺笨。写报告文学不到实地，不去感性地接触事和人，光凭看材料，我是写不了，也不敢动笔的。报告文学一要有新闻性，二要有文学性。它的内容绝不能够虚构，我认为这是个写作的原则问题。对于细节，甚至场景，人物的对话我写作时都要保证它的真实性。就报告文学而言，艺术的真实要建立在事实客观的基础之上。对于现如今一些打着纪实的幌子，瞎编捏造事实内容的作品，我厌恶至极。

再者，这回写的又是个名人案，我就更谨慎了，凡是写在文章里的情节内容，我必须要有采访记录、录音，以此作为依据。

四

报告文学，不仅要在内容情节、细节事实上真实，在反映生活本质上更要真实，艺术上也要有真实感。这后两点达到与否，可以说是对一位报告文学作家，对一部报告文学作品品味高下，优劣与否的检验。

我认为报告文学是一种更理性化，作者主观意识关照更强烈的一种文学体裁。报告文学作家需要他的社会责任感、良心感更强一点。一种社会现象、事件、案件，不是要你平面地去讲述它，而是要你在立体、生动的叙述外，去挖掘出它新闻性背后的社会内涵。作家在书中的独立见解与思想，以引起读者的共鸣与思考，给社会提供一点启迪，是最重要的。因此我在这本书中对当前市场经济环境下的某些社会误区，涉及的一些事情，一些部门进行了质疑和反思。生活本质真实的显露，我相信会带给人一种思想、情感上的震撼，从而达到一种艺术真实的效应。

报告文学的真实性，不光要靠你的思想，还要靠你的体力去采访，趁着现在还能跑，再多写几部读者欢迎的作品是我唯一的愿望。谁知道做得到做不到呢？

呼唤爱心

——《创造平等》讨论会发言纪要

张武（时任宁夏文联副主席、宁夏作协副主席）：今天是报告文学《创造平等》的研讨会。我区女作家余光慧同志以中国西部女童教育为题材的报告文学《创造平等》在《中国作家》1995年第5期发表后，引起了热烈的反响。北京大学中外国际妇女研究中心将此文编入了《创造平等》一书，《宁夏日报》周末版和《宁夏教育》转载。各个读者层和有关部门的领导十分关注，认为这是我区近年来出现的一部真实反映现实生活的好作品，不但揭示了西部女童教育的现状，而且描述了为“创造平等”所做的积极努力。作家有高度的责任感和智慧的历史见识。选材好，主题好，表现手法也有许多独到之处。参加今天讨论会的有银川地区的文学评论家、作家、编辑和新闻记者，还有妇联和教育界的女童教育研究专家，区党委宣传部、自治区文联、妇联和教委的领导同志。大家读了作品都有很深的感受，准备了很好的评论意见。现在请同志们畅所欲言。

一、清醒的历史意识　有意义的好题材

张涧（时任宁夏日报社高级记者、宁夏作协副主席）：感谢作者把这个问题提到了广大读者的面前，为我们提供了这样一部作品。西部女童教育具有特殊的地位，我曾在西海固待过四年，脑海中山区的儿童似乎没有学上，特别是女童的情况更为严重，这在我的脑海中永生不灭。前不久我又去了山区，现在孩子们虽然衣服穿得好多了，但教育问题还是十分严峻，是一个老问题。人和人本身没有多大的区别，可环境的差别决定了一生的差别。中国西部那么多孩子上不了学，有良知的人想想也无法入睡，现在作者以报告文学的形式写出来，是做了贡献，看了很受感动。但又有一种不满足的感觉，这是一本书的题材，作者可以深入下去，可以写出更深刻厚重的东西。

徐永富（时任宁夏回族自治区教委副主任）：这是反映教育战线的文学，有三方面的特点。一是抓住了女童问题，这是落后地区、西部地区，乃至世界性的问题，如果女童教育搞不好，世界发展也很难，宁夏教育的难点在于女童教育，作者把这个问题用文学的形式来表现是非常有意义的，得到了社会各界的肯定；二是选中了平等这个主题，作品主要讲男女的平等，同时也在于愚昧与文明、乡村与城市、中国与世界怎

样达到平等的问题，如果女性教育得不到解决，真正的平等是不会到来的，平等的问题意义深远；三是用“创造”来解决平等，这“创造”是女童教育中最需要的精神，“创造”应更多的是社会的，也是领导者的责任。我觉得作品对于知识分子、上级官员的形象刻画还不够，如果就此再进一步的拓展，文章会更放光彩。

丁文庆（时任西北二民院副院长）：作者写的是一个有意义的题材，抓好贫困地区西部女童的教育应是一个长期行为。西海固生活条件极其艰苦，人们很少考虑这个问题，不重视对女童的教育，同时也受到宗教观念以及落后习俗的影响。作者把这一些写出来，通过作品促使人们对这事的重视，把更多的精力投入到这项工作上来，对教育发展起到促进作用。作品很生动，背景广阔，从世界大的呼声，到中国为解决女童教育所做的努力，内容丰富。作品也描写了生动的人物形象，如失学女童王金花、教育工作者周卫等。作者有很强的社会责任感，她关注社会现实，反映大家关心的事，为西部女童教育竭尽她的呼吁。

杨殿勋（时任《宁夏教育》主编）：教育问题做起来很难，特别是山区，女童教育是整个社会的大问题。只靠教育界是不行的，要靠全社会的关心和重视。很多事情认识是一个层次，做又是一个层次，不仅要认识到，重要的是要做到。这需要宣传。女童教育行动起步于20世纪80年代，宁夏教科所的周卫他们选择了这个有意义的，却又很难干的事，重点在山区，这项工作不只是为女童，也是为宁夏，他们从对民族的责任感出发，做了很多实事，并不是搞一篇论文而已，他们的工作在区内外影响很大。《创造平等》是为教育献上的厚礼，引起了很多领导的关注，近年来在宁夏对社会产生影响的作品要算是这部了，很有分量、力度，应列入“五个一工程”。有人认为这个题材还可以写得更长，我觉得报告文学要有影响并不在于它的长短，完全取决于它对社会的意义。

虞期湘（时任《朔方》副主编、宁夏作协副主席）：读了《创造平等》很受感动，可以看出作者浸入了很强的感情，对女童教育状况十分的关注。作品的内容和题材都很有意义。一个国家要提高和发展，如果妇女的素质提不高，发展就谈不上。现在对女童的教育不太重视，贫穷是一方面，传统的旧观念也是一方面，只关心眼前的事，把具有长远意义的教育放在了次要的位置。作者以深刻的笔触描绘了这样一个重大的社会问题，将女童教育放在历史、文化和经济的环境中剖析，写出了它的急迫性和重要性，具有震撼人心的力量，目的是提醒各界来关注女童的教育。同时作者也对从事女童教育工作的人们给予歌颂，他们在艰苦的条件下辛勤工作，热衷于女童教育事业，可以从他们身上看出女童教育事业的希望。作品是大手笔的，后一部分快了些，当然不可能每个部分都要求很细，可以以后写。

孟悦朴（时任宁夏大学中文系副教授）：中国妇女解放速度发展得很快。这是一个特点。妇女解放的速度进展非常快是革命的一部分，我们有一种保障，是自上而下的，只谈这点似乎又不全面。我国人口众多，经济、文化的底子很薄，妇女自身的素质比较低。由于经济发展不平衡，有很大一部分地区，特别是贫困地区对于妇女教育的关心是被动的。妇女解放出现了两极分化。中国文盲中的三分之二是女性。自尊、自强、自立在很多地方的妇女中是谈不上的，她们没有享受到一般的权利。妇女解放最基础应从教育出发，主要是教育的机会不平等，造成男女不平等。真正的平等在于最广泛的平等。从事女童教育事业是最具有价值的事业，从事女童教育工作的人们，他们的工作是非常艰辛的，而且非常重要，《创造平等》中作者以极大的热情来歌颂他们，是值得肯定的。

二、高度的社会责任感　现实主义的视角

王帮秀（时任自治区党委宣传部副部长）：文学工作者怎样为人民服务，怎样来写生活，为这个时代树碑立传？我认为，作家应深入生活，与人民血肉相连，要有为提高民族素质做点事的社会责任感。只有这样，才能创作出受人民欢迎的好作品。《创造平等》的成功，正说明了这一点。作品引起了很大的反响，作品的意义还在于它向人们揭示，教育是四川建设的首要任务，妇女的教育更是关键，它揭示了现在妇女教育存在的许多问题，对于推动教育的发展，特别是女童的教育，起了好的作用。作品的成功也是作者深入生活的结果，她了解现实、了解存在的问题，从而使作品生动具有感染力。作品从世界的角度来写西部女童的教育，使作品的视野较为开阔。物质建设和精神建设是辩证的关系，把经济搞上去才能更好地发展女童教育，反过来女童教育发展了也会更好地推动经济的发展，我们应把女童教育提高到民族团结、长治久安的高度来认识。建议这样的题材可以写成长篇，也可以写成电视剧、长篇小说、儿童文学等。作品中的人物也很生动，相对来说对以周卫为代表的教育工作者着笔还不够。

谭积洪（时任宁夏文联党组书记）：女童教育是重大的题材，提高妇女素质，关系到国家、民族的发展，我们要通过各种努力来提高其素质，作为文学工作者要积极呼吁，引起各方面的关注，特别是各级领导的关心和支持，促使女童教育的发展。《创造平等》就起到了这种作用，作者把笔投入到社会关注的地方，真实反映现实生活，这与有些作家玩世不恭、嘲笑生活的态度形成鲜明的对照。我们的作家应以主人翁的身份关心生活、反映生活。《创造平等》反映的典型很重要，事迹感人，材料翔实，我们可以把这个问题写成电影、电视等。今后文化和教育部门要多合作，为妇女的教育做点实事。《创造平等》是一部成功的报告文学，引起了很大的反响，我们可以作“五个一工程”来推荐。

杨继国（时任宁夏文联副主席）：看了这部作品很感动。现在只抓经济还是不行，

不能盲目抓经济，如果这样，没有任何希望。应改变思想，抓教育、人才的开发，才是出路。富裕的地区都是文化的富裕，希望在于教育。这篇报告文学抓住了大主题。对山区的发展也有意义。山区贫困的原因是在于人的素质上，作家把视点关注到这里，说明了作者的社会责任感。现在文学对自身的关心太多，而对人民群众的生活情况关心较少。作家要有责任感和使命感。以诚恳的态度投入到生活中去，用真实的感受来抒发，以求实的态度来写作。《创造平等》的发表给了我们有益的启示，值得我们学习。

秦克温（时任宁夏日报社高级记者）：西部女童教育问题，不仅仅是个教育的问题，而且关系到平等发展的问题。作者把它放在历史大背景下表现出来，具有现实意义。它不仅向世界宣传中国对女童教育所做的努力，而且教育人们关注西部女童的教育，这篇文章表现了一个民族的觉醒。要发展就得发展教育，发展教育首先要从女童教育入手。如何改变生活生存状态，这是世界性的问题，各国都在关注，作者写出了这方面的情况，更写出了整个中国的行动。中国在为女童创造平等的机会。这篇报告文学是我区的重头作品，作者用强烈的激情感染读者，思想准确，议论深刻，文字朴实，叙述从容，既写出了西部女童教育所面临的困难，又写出了希望。现在宁夏的作品创作有点乱，但只要有现实主义精神，坚持主旋律，就会创作出好作品，《创造平等》就是一部弘扬主旋律的作品。

丁朝君（时任宁夏社会科学院《回族研究》编辑部副主任）：这是一部值得推崇的好作品。首先选材好，作者的创作视野是宽泛的。她选取了贫困山区女童能否享受受教育的权利这样一个为人们十分重视的课题。妇女解放的程度是社会进步的标志，而妇女解放理应从女童教育人手，作者正是抓住了这一点。其次这篇作品内含激奋的情绪，有详尽的调查、理性的呼喊、情绪的感染，有一种深切的同情弥漫于文章之中。第三，是以人道主义精神揭示了现实问题。题材拓展到教育、妇女生存、环境等多方面，作者呼唤人道的平等，表现贫穷的状况，呼吁社会的重视与援助。第四，是具有现实主义的批判力量。在经济如此发展的今天，西部竟然有那么多读不起书的女童，为什么？作者将痛惜的眼光射向现实中贫困的一面，并把它展示出来，面对社会上惊人的浪费现象，喷涌而出的无言的批判力度浸染于作品之中。作者怀着强烈的社会责任感，关注着西部女童的命运。

马宇桢（时任自治区党委宣传部文艺处处长）：本来今天的讨论会张怀武部长要来参加，由于临时有事没有来，但他打电话让我代表他向余光慧表示祝贺，说作品很感人，同时传达他的几点意见：一是忧患意识。经济贫困与教育的落后形成了恶性循环，这是个关系到几代人，也关系到西部地区的发展的问题；二是现实感很强。作者继承了报告文学关心现实、重视现实的文风，尤其给当前的报告文学带了一个好头，也为宁夏文学界，尤其是报告文学吹来了一股清新之气；三是表现出了作者的责任感。作者在采访和写作上花了很大苦力，她几次下乡，几次采访，从作品中可以发现她怀着一种很强的使命感和责任意识，所以作品很感人；四是作品中的人物，尤其是为妇女教育作出贡献的人是值得人们学习的。宁夏教科所的周卫同志在这篇报告文学中是主要人物，他是女童教育的代表，作者花了不少笔墨，但应使他们更加丰满起来。

就《创造平等》这篇报告文学而言，这个讨论会开得很及时，但就余光慧本人的创作来说，开得晚了一些。1992 年她的报告文学《话剧的脚步》在《文学报》发了一整版，当时的副书记梁国英看了很感兴趣，当初就准备要开讨论会，后因故拖延。这次宣传部文艺处、区妇联、作协联合召开作品讨论会，虽然晚了一些，但总算弥补了不少遗憾。

三、独特的艺术视角　充满激情的描写

马知遥（一级作家，时任宁夏作协副主席）：《创造平等》在《中国作家》上发表，表示余光慧的作品到了一定的档次，这篇报告文学算得上真正意义上的报告文学。现在的大多数是报告而不是文学，在宁夏真正称得上报告文学的是不多的。这篇报告文学写得很机智，作者的生活功力、文学素质、驾驭能力都很强，已经成熟了，她十几年来在文学上的努力值得我们尊敬。西部女童教育这样复杂的事件，作者采用非常简单的方法写出来，而且是非常准确，首先表现在题目的准确上，上下篇的题目也很准确。西部女童的情况千差万别，受条件限制作者并没有占有特别多的材料，但她国内、国外，纵横驰骋，准确、巧妙地描写了出来，表示出作者机巧的运用，以及思想的修养、哲学的修养。一个作家要有信仰，创作方法要坚持，最可怕的是什么主义也没有。作家要有甘于寂寞、贫困的精神，也要有社会责任感，如果没有责任感对社会是无用的。余光慧是一位非常严肃、认真的作家，她的创作付出了艰辛的劳动。《创造平等》的成功与她坚持现实主义的创作道路有关。

高嵩（时任宁夏文联文艺理论研究室主任、宁夏作协副主席）：前不久我看了《与报告文学绝交》一文，它指的是广告文学。而像《创造平等》绝非在其之列。新时期以来，宁夏文学给我们提供的那些报告文学，好的也是有的，不够多。而《创造平等》是当之无愧的，它不仅具有文学的价值，还有社会学、史学、教育学的价值。研究西部女童命运的问题，具有深度，它是最底层的问题。作品是从西部女童教育这个大事业中产生出来的一条五色斑斓的彩带。作品写了贫困，也写了苦难，但角度深，不是卖弄苦难，而是写了战胜苦难的行动，色调是明亮的。文章使我懂得了一些教育家，遗憾的是把他们没有立体化。点和面的处理也很得当，人物很多，但在重点、细节上处理得很出色，语言上方言的运用也地道，文学的核心是“感叹”，《创造平等》中激

情表达得很好，虽然文中描写了贫困的现状，而“感叹”的重点是与苦难作斗争的坚韧的努力和初露的曙色上，使作品放出了光彩。遗憾的是作品的后半段，作者自己的激情把细节淹没了，不足之处就是第二层次的“感叹”不突出，在写那些女童教育者们时缺乏细节，量的尺度给得很严，他们的形象是西部女童教育者的代表，应更生动，更丰富些。

王纬光（时任银川市教科所编辑）：余光慧的《创造平等》为宁夏文坛注入了一股清新的活力，整个作品有一种丰富深厚的大气，我认为这种大气有三点：第一，构思与结构上的大气。西部女童教育这是一个大题目，除了仅仅占有翔实的材料是不够。作者站在了辽阔的思维视野和认识高度上，把它放在世界的大背景、大环境、大舞台上去透视，如果把握不当，就会写成新闻报道或旧闻回顾或时事综述，但作者很好地把握了这一点，从而在立意上达到了高标准，使高和深合二为一。作品的框架采用了第一人称现场素描与第三人称评述相辅相成，对立而统一的处理方法，很巧妙地把景、情与身前身后的事实糅合于一体，加大了作品的辐射度与容量。第二，理性思索与激情投入的大气。报告文学不仅对所要表达、反映的事物有熟稔的了解和真实的描摹，更应具备对所反映的事物有较深层次的理性思考。同时还要有作者丰富的全身心投入于其中的情感，情感是一种兴奋剂，没有情感就不能调动读者的喜怒哀乐，就不能牵动读者的心弦，《创造平等》做到了这一点，尤其是上篇，可以说是字字句句总是情。第三，语言特色上的大气。作品中动用了多副笔调，来针对性地构建自己的作品，从而使得语言外壳很好地表现了特定的场景、人物形象以及环境、心理。方言运用得很到家，土得掉渣而又不失生活之美，读来亲切，从中可见人物性格和思想，为作品所要表达的思想内涵及特写氛围起了点睛作用。而当要表达一些国际国内大背景材料时，作者又运用了新闻短语的表达方式，无疑增强了作品的快节奏和时不我待的紧迫感。作品的语言深情、舒缓、优美。整个作品遗憾的是占有材料不够平衡，即上下部笔力上不够平衡。

哈若蕙（时任宁夏电视大学中文系副主任）：一个真正有良知、有作为的作家均会让自己的脉搏和着时代的进步而跳动，均会以反映社会、鼓吹进步与正义作为自己应尽的职责。今天作者以一颗敏感而激情的心，用一支女性作家热情、细腻而睿智的笔向世人展示了西部女童教育这一充满挑战的课题，袒露了参与这一行动研究的实际工作者们坚韧的努力以及这一工作初露的曙光。作者以高度的责任感和敏感度捕捉并感受了这一具有充分现实性、时代性、社会性的重大题材，同时，其娴熟、灵巧地运用报告文学的手段对之所进行的形象、生动而深刻地表达，则从另一角度显示了她对这一题材驾驭、把握的实力。全文 3 万字，篇幅宏大，气势恢宏，它以阔大的视野、充沛的激情、独特的结构、多变的笔触，多侧面、多角度、全方位地展示了西部女童教育行动的努力和成绩。作为一项大的社会进步奠基工程，其工作浩繁，试验学校偏僻分散，作者以一支充满灵性的笔，把这一切叙写的清晰、丰满，议论抒情深刻、蕴蓄饱满。从作品结构上看，可分为引子、上篇、下篇三部分。引子，用素描般的笔触勾画出 1985 年内罗毕世妇会及 1991 年北京“八五”哲学社会科学课题讨论会两个场景，明快简洁交代了全文的背景及表达中心，为全文定下了一个热切、昂奋而又深沉的基调。上篇“失衡的世界”是一首低吟着凄切苍凉的歌，在这里作者凝重的笔触流淌出忧郁、浑沉的情愫，真实地展示了西部失学女童令人心痛的情况。下篇“正义的投入”如同一股从山谷中涌出的激越的山泉，展露出女童教育充满希望的曙光。这曙光来自中国政府从上至下的努力，来自无数脚踏实地为女童教育呕心沥血的实际工作者们艰辛的努力。作为与引子的呼应，作者在结尾又写了国际友人对西部女童教育的关注，写了青海国际会议，使文章结构均衡，文章得到延伸。

高耀山（时任银川市作协主席）：《创造平等》是一部上档次的作品，为此作者付出了血汗，作者的作风、文风为我们带了一个好头。这篇报告文学是大手笔的，给人以大气的感觉。作者在创作中是下了功夫的，对于题目的选择、材料的筛选、手法的运用、结构的安排都很成功，格调很高。披露与歌颂方面处理的恰当。如果把握不住就成了自然主义，而《创造平等》文笔给人向上的感觉，方方面面为改变女童教育落后的面貌而奋斗，给人以希望；报告与文学的关系处理得恰当。全篇布局处理得也好，它不是罗列数据，而是用文学的魅力吸引人；叙事与议论处理恰当，把它们糅合在一起；宏观与微观、点与面的关系都处理得当。

陈葆梁（时任银南地区文联作家）、杨森翔（时任《银南报》主编）：余光慧敏捷地捕捉到了一个沉甸甸的历史主题。现在女童教育的现实依然严峻，发展女童教育，实现男女平等，彻底摆脱贫困与愚昧的脚步沉重而缓慢。《创造平等》中向我们展示了一个“失衡的世界”，对于平等概念感到“遥远而陌生”的山村失学女童，倾注了深切的忧患情感，从这深情的情感中我们看到了作者对失学女童的至诚爱心。作者的笔下没有那种虚伪的遮掩和尖滑的粉饰，她奉献给读者的是自己的至诚真情和质朴而近似残酷的真实——西部农村贫瘠、闭塞、苍凉的面貌，众多失学女童的艰辛和眼泪，这真实的再现，并非醉心于落后往事的钩沉，而是力图通过自己的创作，对西部女童教育起一种呼唤和推动作用，这是值得肯定和赞许的。可贵之处还在于，作者并未满足于对“失衡世界”的探究与思索，而是不惜篇幅深入揭示那些“渴望追求平等的心灵”，浓彩重墨地赞扬热心于“创造平等”的人们。在作者细腻而又不失刚健的笔下，不仅塑造了失学女童“追求平等”的女性形象，也塑造了当今中国“创造平等”者的群体形象。从中可以看出一场发展女童教育事业的整体战已经打响，社会各界齐抓共管的合力正在形成。近年来，我区的报告文学创作颇为红火，但拳头产品依然少见，

《创造平等》的产生，为我区报告文学走向全国迈出了可喜的一步。

王维堡（时任宁夏广播电台文艺部编辑）：《创造平等》我认为有三个到位：首先是情感的到位。作者曾在西海固插队、工作生活过十年，她把这十年中感受到的都投入到了作品之中，从作品的语言、习俗叙说、描写中可以看出。我看后心情很沉重。作者用沉重的笔，写出了沉重的作品，如果没有这种情感是不行的。如果没有十年的体验，写不出这样的作品的。这篇作品的成功，标志着作者的创作迈上了一个新台阶。作品在《中国作家》发表是我们的骄傲，也给宁夏的报告文学创作带了一个好头，值得大家思考。其次是论理的到位。中国几千年封建的传统思想是男尊女卑，作品中把这个问题谈得很深。中国千年史中，女性生活在最底层，封建思想桎梏着女性的解放与发展，这种思想至今仍没有彻底消除，特别是贫困、落后的山区，女性的彻底解放必须从教育抓起。作者在作品中把西部女童教育提了出来，这价值是很高的。三是艺术的到位。作品的结构是网状式的，多角度、多侧面地展示现实，作品的语言朴实，很抓人。细节的捕捉也很到位，准确，使作品大放光彩。

四、深入采访的思考

周卫（时任宁夏教科所所长）：感谢余光慧用作家特有的视角和生动形象的笔触对女童教育工作者所做的努力，及时作出报道。更要感谢她对四部女童教育真情的投入，深切的关注和支持。就《创造平等》而言，首先选题好，主题是严肃的，消除地区间、民族间、性别间的不平等现象，消除贫困，这是全世界关注的热点问题，女童教育是关系到提高全民族素质，促进社会进步与发展的大课题，它是一个系统工程，需要整个社会来关注，报告文学的发表有利于优化女童教育的大环境，引起社会各方面对西部处境不利失学女童的关注。其次是表现方法上站得高。这样的主题，如果把视野只放在科研课题上就不行。《创造平等》反映的是中国政府和人民为追求妇女平等发展而做的努力，为西部民族之间的平等，为西部女童教育所做的努力。作品从各个层面反映出了这一点。作者为写这篇报告文学付出了很多心血，她用了半年多的时间，深入到山区实地采访，条件很差，工作非常辛苦，作品恰好赶在第四次世界妇女大会前夕发表，这绝不是一个偶然的巧合。从中可以透见作家的敏锐。如果没有高度的社会责任感是不可能为此倾注这么大的心血的，这也是一种正义的投入。

余光慧（时任宁夏作协秘书长、《创造平等》作者）：首先感谢诸位对我的作品给予如此的关心与注视，也借此机会感谢多年来在文学创作道路上给我以帮助的编辑和朋友、师长。同时也感谢教育界的同志们给我提供了这样一个好的题材。去年 6 月份，在与宁夏教科所所长周卫的一次交谈中，听到了他对西部女童教育状况的讲述，是他第一次将这样一个关系着争取妇女平等、促进社会发展的重大问题介绍给了我，从而引起了我的兴趣、有了一种创作的冲动。七月份我随北大中外国际妇女问题研究中心和北大历史系的师生们一同到西海固采访，而后又参加了在青海西宁召开的国际女童教育研讨会。通过这一系列的采访，使我对我国女童教育的现状与努力有了进一步认识。同时在采访中，我接触了许多以忘我的热情投入这一伟大社会改革中去的教育工作者们。以周卫为代表的这批知识分子身上所焕发出的那种对于社会问题，也可说是对于人类问题的巨大热忱及表现出的知识分子的良知深深感染打动了我，他们的精神指向，我认为用“崇高”二字来说一点也不过分。我感到如能用手中的笔去反映这一重大课题，反映这样一种崇高精神是责任，也是荣幸。

最近在文化学术界展开的有关人文精神的讨论中，关于文学谢冕教授谈了很好的一段话。他说：“文学是营造超越现实的理想世界。文学始终坚持使人提高和上升。文学不应认同于浑浑噩噩的人生而降低了乃至泯灭了自己。”我们的文学作品无论是小说、诗歌、散文、报告文学，无论是叙事、抒情，它的实质所要体现的、闪耀的应是理想主义的光芒。我追求自己的作品中应有这样光芒的闪射，追求这样的一种境界。因而我在作品中不愿意只是一味展示落后与无望，而是更追求一种改造现实的努力与精神。正如同志们所指出，我在“感叹精神的崇高”之时，没有使一批优秀教育工作者的形象更生动、丰满些，缺乏细节，以及对于他们精神世界的挖掘不够。这里有受自己时间、精力所限，采访不够所致，也有受自己理论修养及文学素质、功力不足所限。今后在创作道路上还要不断加强学习，体悟生活，以求写出好一点的作品来。